お菓子の家の大騒動

ヴァージニア・ローウェル　上條ひろみ 訳

When the Cookie Crumbles

by Virginia Lowell

コージーブックス

WHEN THE COOKIE CRUMBLES
by
Virginia Lowell

This edition published by arrangement with
The Berkley Publishing Group,
a member of Penguin Group (USA) Inc.
through Tuttle-Mori Agency, Inc.,Tokyo

挿画／河村ふうこ

キャロルの思い出に

謝辞

クッキーカッターとお菓子作りをテーマにしたミステリのシリーズを書くのはとても楽しいものです。それは、その旅の途中で出会う人たちのおかげでもあります。編集者のミシェル・ヴェガと、バークレー・プライム・クライムの熟練スタッフのみなさまに感謝します。みなさまの鋭い指摘には、場面を際立たせたりキャラクターを深めるうえで、何度も助けていただきました。そしていつものように、長年の執筆仲間であるエレン・ハート、ピート・ハウトマン、メアリー・ローグ、K・J・エリクソンの励ましと友情に、尽きることのない感謝をささげます。あなたたちの洞察に富んだ批評も、とてもありがたかったわ……何度か深呼吸して、いくつかクッキーを食べたあとではね。夫にはとくに感謝しています。原稿の締め切りが四日後に迫っていたせいで、大切な誕生日のお祝いができなかったのに、文句も言わずに最終稿の推敲作業を手伝ってくれて。でも、彼のためにひと月遅れで盛大なパーティをしましたから、ご心配なく。

お菓子の家の大騒動

主要登場人物

オリヴィア（リヴィー）・グレイソン……〈ジンジャーブレッド・ハウス〉オーナー
マデリーン（マディー）・ブリッグズ……オリヴィアの親友で共同経営者
スパンキー……オリヴィアの愛犬。オスのヨークシャーテリア
エリー・グレイソン＝マイヤーズ……オリヴィアの母
ジェイソン・グレイソン……オリヴィアの弟。自動車修理工
ヘザー・アーウィン……図書館司書
デルロイ（デル）・ジェンキンズ……保安官
ペイン・チャタレー……チャタレー家の子孫
ハーマイオニ・チャタレー……ペインの妻
カレン・エヴァンソン……チャタレーハイツの町長
コンスタンス・オーヴァートン……〈M&Rカンパニー〉のオーナー
ローズマリー・ヨーク……チャタレーハイツ・コミュニティセンターの館長
マシュー・ファブリツィオ……チャタレー家の子孫
クウィル・ラティマー……教授。歴史家
アロイシャス・ウィラード
・スマイス（ミスター・ウィラード）……弁護士

1

今度委員になってくれとたのまれたら耳が聞こえなくなったふりをしよう、とオリヴィア・グレイソンは心に刻んだ。

オリヴィアと四人のチャタレーハイツの住民は、町の創立二百五十周年記念祝賀イベントの企画を練るという名目で、〈ジンジャーブレッドハウス〉の大きな正面ウィンドウのまえに円になって座っていた。オリヴィアとしては、現在この場で起こっているエゴの衝突よりも、店の厨房からただよってくるシナモンとジンジャーとクローブの香りのほうがそそられた。チャタレーハイツの誕生パーティ計画は、何人かの住民の最悪の部分を引き出していたからだ。

「薄紫色よ」

町長に選出されたばかりのカレン・エヴァンソンが言った。いつものように注文仕立てのスーツ姿で、ほっそりした体型を見せびらかしている。色は深いバーガンディ色。膝丈のスカートからは引き締まったふくらはぎがのぞいている。いかにもやり手に見えると同時に、四十六歳という実年齢よりも若く見えた。

「野外音楽堂のたれ幕は、絶対に薄紫色のままじゃなきゃ。ヴィクトリア朝の色だから、いちばんふさわしいわ」議論を寄せ付けない威丈高な声だ。「どっちみち、もう変えるのは遅すぎるし。裁縫クラブが作っているたれ幕はもう完成間近だから。もっと早く言ってほしかったわね、クウィル」

「言ったさ。あんたが無視したんじゃないか、いつものように」

町の歴史家であるクウィル・ラティマー教授は、細く長い脚を組んだ。クウィルのけだるい声には見くだすような響きがあり、専門家としての優越感が表れていた。彼は五十代半ばで額の生え際が後退していたが、学者っぽく見せるために剃《そ》っているのではないかとオリヴィアは疑っていた。

オリヴィアが今の半分の歳、十代のときにガンで亡くなった父親のことが思い出された。父は学者で、評判になった鳥類学の本の著者でもあった。ぼうっとした忘れっぽい人だったが、尊大ではなかった。だがクウィル・ラティマーは、自分には証明すべきことがあるかのようにふるまうことがよくあった。

「チャタレーハイツの町ができたのは独立戦争から間もないころだ」クウィルは言った。「やっぱりたれ幕に薄紫色はふさわしくないと思うね。赤と白と青のほうがずっと――」

クウィルに非難されたとおり、カレンは彼を無視した。

「もう時間がないわ、まだ話し合わなくちゃならない問題がいくつかあるのよ。まず、この週末が終わったら、それぞれが持っているチャタレー邸の鍵を、忘れずにわたしに返してちょうだいね。それと、みんな鍵は失くしてないでしょうね。ときどきなかにはいって、すべてがスケジュールどおりに進んでいるかたしかめてくれているわよね？」

委員会のメンバーはいっせいにうなずき、オリヴィアは一同が学童のように〝はい、エヴァンソン先生〟と唱和するのではないかと思いかけた。カレンは満足したようだった。

「では、ミスター・ウィラードからの報告に移りましょう」彼女は音声感知録音機を年配のやせた紳士に向けて尋ねた。「許可はすべておりたのかしら？」

アロイシャス・ウィラード・スマイスというたいそうな本名を持つミスター・ウィラードは、週末の祝賀イベントの法的問題に関して委員会の顧問を務めていた。彼はオリヴィアの弁護士でもあった。おだやかな笑みで突き出たあごの皮膚を引き伸ばしながら、ミスター・ウィラードは言った。

「ご安心ください、チャタレーハイツの通りをパレードしても逮捕されることはありません」

雰囲気が明るくなったことにほっとしながら、オリヴィアは控えめに笑った。だが、町長はおもしろがっていなかった。カレンはハニーブロンドの髪をいらだたしげに揺すって、町唯一の新聞〈ザ・ウィークリー・チャタレー〉の記者であるビニー・スローンのほうを向いた。

「ワシントンDCかボルティモアの大手新聞に、取材に来てもらうようにすることはできないのかしら、ビニー」

それを聞いてビニーは、しわしわのカーゴパンツのいくつもあるポケットのひとつに手をつっこみながら、嘲笑するように鼻を鳴らした。肉付きがよくごつい体格のビニーは、いつも男物の服を着ていた。深いポケットがついている服を好むのは、ネタに遭遇したときに備えてさまざまな道具を入れておけるからだ。そのネタが真実であろうと、捏造《ねつぞう》であろうと。

オリヴィアの麻のテーラードスラックスのポケットで、携帯電話が振動した。カレンがビニーをにらみつけているあいだに、発信者名をのぞき見た。デル・ジェンキンズ保安官からのメールだった。このあと彼と会う約束をしているわけではないが、メールなので開いて読むと、〝至急連絡を乞う〟とあった。母いわくオリヴィアの〝特別なお友だち〟である相手からのメールにしては妙だ。いつものデルはもっとのんきでおどけた調子なのに……チャタレーハイツやオリヴィアが危機にあるときをのぞけば。

カレン・エヴァンソンの有無を言わせぬ声が、オリヴィアのもの思いをさえぎった。

「決めたはずよ、オリヴィア。会議中は携帯電話禁止って。さっさとしまってちゃんと話を聞いて」ビニーがまたしのび笑いをして、カレンににらまれた。オリヴィアは携帯をポケットに戻した。

広報活動について報告しろと町長に繰り返されるまえに、ビニーは言った。

「DCやボルティモアの新聞のことなんて考えてなかったわ。この町のささやかな誕生パーティのことなんて、興味を持たれるわけがないもの。まあ、何かすごくきわどいことが起これば話は別だけど。そのときはわたしがブログに書くわ。たとえば、チャタレーハイツの重要な地位にある公務員のひとりが、詐欺行為で逮捕されるとか――」

「いつものように、あなたが担当すべき仕事をわたしがやらなくちゃならないみたいね、ビニー。つぎに、土曜日の朝のオープニングパレードについてだけど……」

カレンはタイプされたリストに目を通した。「パレードに参加するチャタレーハイツの著名人の順番はわたしが決めます。先頭は町長のわたし。そのつぎは……」

オリヴィアが店の正面ウィンドウから外を見ていると、通りの街灯がつき、タウンスクエアに光の長方形が出現した。公園のなかの古めかしい街灯が、歴史ある野外音楽堂を照らしている。あそこに座って、周囲の店舗が店じまいするのを眺めていられたらいいのに。

甘く濃厚な香りが厨房から流れてきた。糖蜜《モラセス》だ。いつものように、オリヴィアの心はクッキーのほうに引き寄せられた。ジンジャーブレッドのデコレーションクッキーなら、このいらいらをやわらげてくれるかもしれない。ふだんはクッキーの抜き型《クッキーカッター》や、クッキーのレシピ本や、色とりどりのアイシングのデコレーションに囲まれたこの店にいるのが大好きなのだが、もしこれ以上無駄な口論を聞かされるなら……。

委員会の仕事が重要でないとは言わない。二百五十年もつづいているというのは、こんな小さな町にとっては誇るべきことだ。だがオリヴィアは誇りも興奮もそれほど感じていなかった。彼女が大学にはいるまで住んでいたチャタレーハイツは、ボルティモアとワシントンDCのあいだにある町だ。小さな町は歴史の宝庫で、なかにはかなりおもしろい逸話もある。敬愛される町の創設者フレデリック・P・チャタレーの愚行の数々からは、愉快な物語が生まれていた。徹底的な調査の結果、最近明らかになったのは、厳密に言えば褒められたことではないにしろ、多くの町民がフレデリック・Pの子孫だということだった。

「オリヴィア？　空想のじゃまをしたくはないんだけど、あなたが注意を向けてくれればもっと作業がはかどると思うのよね」カレン・エヴァンソン町長はオリヴィアに向かって、完璧に整えられた眉を上げてみせた。

「みんなみたいにリヴィーと呼んでください」

オリヴィアはつい言ってしまった。もしちゃんと注意を払っていたら、エヴァンソン町長と呼ばれることを好む彼女が、くだけた呼び方をよく思っていないことを思い出しただろうが。とは言え、それでも町の人びとはみんな彼女をカレンと呼んでいた。おそらく怒らせるためだろう。

「愛称についてわたしがどう思っているか知ってるわよね」カレンはいらだたしげに首を振りながら言った。ミスター・ウィラードというのも愛称だが、彼だけは例外のようだ。カレンのつややかな髪の毛先はあごに触れたあと、すんなりと元の位置に戻った。「あなたの担当イベントの報告をする番よ。祝賀イベントがはじまるまであと三日しかないんだから、進《しん》捗《ちょく》していることを願うわ」

「計画は順調です」オリヴィアは言った。「デルとコーディがパレードのあいだ交通規制をしてくれますし――」

「デル・ジェンキンズ保安官とコーディ・ファーロウ保安官助手ね」カレンは録音機に向かってはっきりと言った。「それで？」とオリヴィアのほうを見て問いかける。

オリヴィアはため息をこらえて言った。「日曜日のお祭りには地元商店が出店します」

「チャタレー邸見学ツアーは？　手配してあるんでしょうね？」カレンのきつい口調から、役立たずのアシスタントに対するいらだちが伝わってくる。

「すべて手配ずみです」オリヴィアは言った。「ご存じのとおり、ラティマー教授がツアーの引率をしてくださいます。教授はチャタレーハイツの歴史をよくご存じですし、ハロルドとサリーのチャタレー夫妻とは、ふたりが亡くなるずっとまえからのお知り合いでしたから」クウィルへの賛辞がはじまったとき、カレンが録音機を止めたのにオリヴィアは気づいた。

「もっと手際よく報告するようにしてほしいわね、オリヴィア。無駄にしている時間はないのよ」

オリヴィアの助っ人であるヨークシャーテリアのスパンキーは、正面ウィンドウのそばに置かれたアンティーク椅子の、刺繍《ししゅう》が施された座部の上でまるくなっていた。その彼が町長のきつい口調に頭を上げてうなった。

「どうしてあの犬を店に置いておくのか、まったく理解できないわ」カレンが言った。「法にかなっているとも思えない」

「いえ、まったく違法ではありません」ミスター・ウィラードが言った。「スパンキーはお客さんにとても人気がありますし」

スパンキーは椅子の上でふわふわのしっぽをぱたぱたさせ、また居眠りに戻った。

ペットに対するカレンの非難を無視して、オリヴィアは委員会における自分の役目について簡単に書き留めたことを発表した。

「ご存じかもしれませんが、マディーは町でもっとも古くて重要な建物をジンジャーブレッドクッキーで再現するという、香り高くおいしい計画を進めています」オリヴィアの親友で、ビジネスパートナーでもあるマディー・ブリッグズは、芸術的かつ独創的なクッキーを作ることで知られていた。「現在、最後の建物であるチャタレー邸の仕上げにかかっているところです。室内の様子もクッキーで再現しています。とても見事なものです」

「週末いっぱいもつのかしらね」町長は感じの悪い笑みを浮かべて言った。「わたしに言わせれば、ジンジャーブレッドの家なんてくだらないし、衛生的じゃないような気もするけど」

「それはどうかしら、カレン」ビニー・スローンが言った。「ジンジャーブレッドの家は人気があるわ。マスコミに流す写真の被写体にぴったりだし」

これが〈ジンジャーブレッドハウス〉やマディーの菓子職人としての腕を考慮しての発言だったら、オリヴィアもビニーの支持をうれしく思っただろう。だがビニーは〈ザ・ウィークリー・チャタター〉が業績以上の高級紙であるとカレンを攻撃しているにすぎない。ビニーの書く記事は事実よりも扇情的であることを重視していた。かつて〈ザ・ウィークリー・チャタター〉に載った記事のせいで一度ならず痛いめにあっていたオリヴィアは、ビニーの肩を持ちたくなかった。

町長の完璧なメイクも、赤くなった頬とあごのこわばりを隠すことはできなかった。彼女がしゃべろうとして息を吸い、ビニーに身の程を思い知らせてやるより先に、クウィル・ラティマーが言った。

「実に有意義な話し合いで興味をそそられるが、わたしが担当する夜間の講義がそろそろ」彼はそこでニットベストのポケットから懐中時計を取り出して、ばね仕掛けのふたを開けてみせた。「あと一時間もしないうちにはじまる。車で二十分かかるし、家に寄って教材を取ってこなければならないんでね」

「それならまえもってちゃんと準備しておくべきだったわね」カレンがぴしゃりと言った。

クウィルはもじゃもじゃの眉毛の片方をカレンに向かって上げて言った。

「文句があるなら、チャタレーハイツの歴史にくわしい博士号を持つ別の歴史家に、無料奉仕をたのめばいい」

重いボウルと麺棒を、手の届かない場所に移動させたほうがいいだろうか、とオリヴィアが思案していると、ミスター・ウィラードが咳払いをした。何か言ってくれるつもりらしい。そのとき、いらだたしいことに、麻のパンツのポケットでまた携帯電話が振動した。マディーのいる厨房に置いてくるべきだった。電話は無視することにした。

「あなたの調査の進捗状況をうかがいたいですね、クウィル」ミスター・ウィラードは内気そうな笑みを浮かべて言った。「とくにわれらがフレデリック・P・チャタレーに大勢の、その、認知されていない子孫がいる可能性について」

その場にいる人びとが、おもしろがっているものから、さもいやそうなものまで、さまざまな表情で反応するなか、オリヴィアの携帯電話がまた振動した。今度は発信者を確認した。デルだった。彼のしつこさにオリヴィアはふと不安になったが、カレンに見られていた。話し合いが終わったらすぐに折り返そう。

ミスター・ウィラードはくすっと笑った。「尊敬すべきわが町の創設者の、あまり褒められたものではない行状に興味を覚えるのは悪趣味かもしれませんが、それでもやはり……」と言って骨張った肩をすくめた。

「すっごくそそられるわ」ビニーが言った。「あの節操のない男の非嫡出の子孫の記事に、まるまる一ページ割くつもりよ。何人いるんだったかしら？」肌身離さず持っているノートとボールペンを取り出す。「ええと、これまでのところ五人ね。いちばん若い子孫は、チャタレー邸でルーカスといっしょに働いてる子。マシューとか言ったかしら。直接は知らないんだけど」

「マシュー・ファブリッツィオのこと？」オリヴィアがきいた。「最近町に戻ってきたみたいね。彼の家族がそんなに昔からチャタレーハイツに住んでいたなんて知らなかったわ。マディーのジンジャーブレッドの家のデザインの参考にするために、チャタレー邸の写真を撮ったときに会ったけど」

「そうそう、ファブリッツィオだった」ビニーはそう言ってノートに名前を書き留めた。「フレデリック翁は一七〇〇年代にイタリア娘をものにしたわけね」

「それはまちがっている」クウィルが言った。「チャタレーハイツにイタリア系の人たちが住むようになったのは、もっと――」

「まあ、なんでもいいわ」と言って、ビニーはノートをポケットに押しこんだ。「その子にインタビューするから」

オリヴィアはマシュー・ファブリッツィオのことをほとんど知らなかったが、彼が気の毒になった。

「正しくは」クウィルは講義をするときの声で言った。「マシュー・ファブリッツィオの母方の家系がフレデリックの子孫で、チャタレーハイツに古くから住んでいる家系だ。ミスター・ウィラードが言ったように興味深い話だが、フレデリックの非嫡出の子孫についてくわしく調べたところで、あまり意味はないよ。フレデリックの悪癖を承知していたハロルドとサリーのチャタレー夫妻は、こういうことになるのを賢明にも見越していた。彼らの遺言書には、婚姻によってチャタレー家に生まれた者の子孫がいなければ、屋敷はチャタレーハイツの町に譲るとはっきり書かれている」

「そのとおりです」ミスター・ウィラードが言った。

「そこで、さらに重要な歴史的発見を報告させてもらうと――」

カレンの携帯電話からよくある呼び出し音がうるさく鳴りだして、話をさえぎられたクウィルは町長をじろりとにらんだ。カレンは謝りもせずに、椅子の横に置かれたふくらんだ伸縮性ファイルから携帯電話を取り出した。彼女が発信者名を見て顔をしかめたとき、オリヴィアは自分の携帯電話がまた振動するのを感じた。グループからそっと抜け出して、比較的プライバシーが保てる店の料理本コーナーに逃《のが》れた。携帯電話を開くと、ボイスメールが二件とメールが一件来ていた。すべてデルからだ。メールには「電話して。今すぐ」とあった。

電話すると、デルはすぐに出た。「リヴィー、信じてもらえないだろうが、そっちに客が行く。町長のオフィスに行かせることで時間かせぎをしたが、祝賀イベント実行委員会がきみの店で会合を開いていることは遅かれ早かればれるだろう」

「デル、いったいなんの——？」

「落ちついて聞いてくれ」デルは言った。「チャタレー家の人間は死に絶えたと思われていたが、そうではないらしい。ハロルドとサリーの息子のペイン・チャタレーが生きていたんだ」

「そんなばかな！」オリヴィアは声を低くした。「ハロルドのお葬式にもサリーのお葬式にも現れなかったじゃない」

「それでも、ペインはまだ生きている。しかもチャタレーハイツに戻ってきている。彼と妻のハーマイオニがそっちに向かってるんだ。自分の屋敷の鍵を返してもらおうとね」

「こんなのばかげてるわ！」

カレン・エヴァンソン町長は耳たぶまで真っ赤になった。

銀髪のほっそりした男性、ペイン・チャタレーは、他人《ひと》ごとのように楽しげにカレンを見た。彼のふくよかな妻ハーマイオニは、明らかに興味津々の様子で町長を見つめている。

「チャタレー邸の鍵をわたせせなんて冗談じゃない」カレンは言った。「身分を証明するものを見せてもらっていないのよ。ふたりとも詐欺師に決まってるわ。チャタレー邸を譲り受けるまえに、わたしたちがペイン・チャタレーの死亡を確認しなかったとでも思うの？」

ペイン・チャタレーは——彼が本人だったとしてだが——優位にあることをほのめかす、

かすかな笑みをカレンに向けた。

「もちろん証明書類は持っていますよ」ペインはそう言うと、ソフトレザーのブリーフケースから公式書類のようなものをいくつか選び出し、カレンにわたした。

カレンは疑わしそうに目をすがめながら、ペインの手から書類をひったくった。が、ろくに見もしなかった。

「彼は死亡したと言ったわよね」ミスター・ウィラードに書類を突き出して言う。「これは偽造書類だわ」

書類をじっくり読んだミスター・ウィラードのやせた顔が灰色になった。

進行中のドラマに気づいていないマディーが、デコレーションを施したジンジャーブレッドクッキーの皿を持って、陽気に厨房から現れた。

「ルーカスから電話があって、特別なお客さまが来ると聞いたわ。それでみんな燃料が必要になるかと思って」

マディーはペインとハーマイオニをじっと見た。夫妻は好奇心をそそられたように彼女を見返した。オリヴィアにはその理由がわかった。マディーは十時間ぶっつづけでデコレーションクッキー作りをしていた。赤い巻き毛は、ウィルスに感染した綿菓子のように、頭の上で盛りあがっていた。ジーンズとTシャツにはジンジャーブレッド生地と着色したアイシングが飛び、鼻には小麦粉がついている。

「てことは、あなたがペイン・チャタレーね。死んだって聞いてたけど」

ペインはマディーの率直さがお気に召したようだ。だがすぐに、オリヴィアは思った。彼は望めばどんな人物にもなれるのかもしれない。おそらく感情をコントロールするのがすばらしくうまいのだろう。頭から疑ってかかるカレンの無礼な態度にもまったく動じなかったのだから。

「いつか事情をお話しできると思います」ペインはマディーのジンジャーブレッドクッキーをひとつつまんで言った。「今はまだ無理でも」彼のことばにはかすかに英国風のアクセントが感じられた。二十五歳ごろにチャタレーハイツを出てから、西ヨーロッパを転々としていたという、デルから聞いた話から予想されるとおりに。「ともあれ、帰郷はうれしいものです。ハーマイオニとわたしは静かな老後を手に入れたいだけなんですよ。子宝に恵まれなかったわたしたちにとって、家族とのつながりを取り戻すのはとても意味があることなので」

オリヴィアはペインと妻の肉体的相違に気づいて好奇心を刺激された。ペインはやせ型で整った顔立ちをしており、まっすぐな銀髪を額からうしろになでつけている。一方、ハーマイオニ・チャタレーは肩幅が広く、でっぷりとした体型でほとんどくびれがない。かつてはマディーのような赤い巻き毛だったのかもしれないが、今は薄くなり、白いふわふわした髪をしている。

「そうしたければチャタレーを名乗るがいいわ」カレンが言った。「でも、もっと証拠がないとね。もちろんこちらでも調べさせてもらいます」

「カレン、マイ・ディア」ペインが言った。「どういうことなんだ。どうしてわたしがわからないんだ？」

すべての目が、ペイン・チャタレーをにらんだまま何も言わない町長に向けられた。ビニー・スローンが小型のデジタルカメラをさっと取り出し、シャッターを押しはじめる。カレンはビニーの手からカメラを奪い取り、伸縮性ファイルに突っこんだ。

「このことは報道無用よ。こちらのおふたりには明日までに出ていってもらいますから」

ペインは彼女を無視してラティマー教授のほうを向いた。

「そして旧友のクウィル、また会えてよかったよ。手に入れたそうだね……たいへんきみにふさわしい地位を」

ペインの口調は心持ち思わせぶりだったが、オリヴィアは気のせいかと思った。だが、クウィル・ラティマーのやせた頬が赤くなるのを見て、何かあるのだとわかった。巧みに演出された芝居を見せられているようだった。カレン・エヴァンソンとクウィル・ラティマーへのペインのあいさつは、個人的でありながらくわしい事情が伏せられているのが感じられた。それぞれに個人的なメッセージを伝えようとしているかのように。その一方で、腕のいい詐欺師は情報をほとんど、あるいはまったくもらすことなく、秘密を知っていると思わせることができるのを、オリヴィアは知っていた。

「口をさしはさませていただくと」ミスター・ウィラードが言った。「この書類は正式なもののようですが、わたしは法的書類の真偽を見分けられるほど英国の法律に精通しているわけではありません。ですが、ワシントンＤＣに専門家の知り合いがいます。国際的に有名な法学者です。彼にこの書類をファックスで送ってみます」

「どうしてこんなことになったわけ？」カレンは両手のこぶしを腰に当て、ミスター・ウィラードをにらんだ。「死亡証明書をたしかに見たと請け合ったじゃない」

「ええ、わたしは……その、正確に申しますと、正式な死亡証明書の写しを送ってもらったのです。それを裏付ける書類といっしょに。死亡証明書が偽造だという証拠は見つかりませんでしたが、まちがいはだれにでもあることですから」

「それはおもしろい」ペインが言った。「興味を惹かれますな……わたしはいつ死んだことになっているんです？　死因は？」

ミスター・ウィラードはひどく困惑し、おろおろしているようだったので、オリヴィアは初めて、彼は歳をとりすぎているのではないか、そのたぐいまれな知性が衰えはじめているのではないかと心配になった。

「ええと、その……ファイルを確認しなければなりませんが、まだお若いときにスキーの事故で亡くなったと記憶しています。二十代半ばだったと思います。わかったのはその数年後です。お父上の葬儀にもお母上の葬儀にもあなたが戻られなかったので、問い合わせたのです」

「そうでしたか」ペインは言った。「ご存じのように、わたしは両親とあまり仲がよくなかった。だから葬儀に出る必要はないと思ったんです。それに、わたしはスキーが大嫌いだ。送られてきたのは別のペイン・チャタレーの死亡証明書でしょう」

カレンはペインに怒りを向けた。「いったい何人ペイン・チャタレーがいるって言うのよ？」

「マイ・ディア、カレン、きみたちにはわかってほしい。わたしはひとりしかいないと。だが、太祖フレデリックの悪い癖のせいで、英国中に大勢のチャタレーがいることはたしかだ。植民地に逃れるまえにもうけた子供たちの子孫が。そのなかに、不幸にもペインと名付けられてしまった者もひとりやふたりいるでしょう。このことはすぐに証明されると思いますよ」

「そうかもしれない」カレンが言った。「でも証明されるまで屋敷の鍵をわたすことはできないわ。モーテルでも見つけて泊まってもらうしかないわね」

ペイン・チャタレーは、汚れた歯を見せながら、カレンににやりと笑いかけた。

「どうぞわたしたちの書類を専門家に送ってください。ですが、マイ・ディア、カレン、わたしたちがここに来たのは、単なる表敬訪問です。ここに来る途中、ちょっと遠回りをして屋敷に寄ったんですよ。親切な若者がわたしたちのために鍵をコピーしてくれましてね。この国に持ちこむことができた荷物はそこに置いてきました。彼はわが一族の屋敷の修復に取り組んでいるようです。町は屋敷をひどい状態のまま放置していたようですからね」

「ルーカスが鍵をわたしたっていうの？　ルーカス・アシュフォードが？」マディーが眉をひそめて指にはめた事実上の婚約指輪である、エメラルドの〝婚約を考えると約束する〟指輪を見た。恋人の不可解な行動の説明責任は自分にあるとでもいうように。

「ルーカスねえ……」ペイン・チャタレーは考えこむように、細く長い指であごをなでた。

「いいえ、もっと、そうですね、大陸的な名前でした。イタリア系だったかな」

「マシュー・ファブリツィオだわ」カレン・エヴァンソンが食いしばった歯のあいだからつぶやいた。

「その若者です」ペインは言った。「とても力になりたがっているようでした」

「でしょうね」カレンが言った。

ペインは不思議そうに彼女を見た。カレンは説明しなかったが、オリヴィアは理解した。マシュー・ファブリツィオがほんとうにフレデリック・P・チャタレーの末裔なら、ペインにごまをする理由には事欠かない。非嫡出子であろうとなかろうと、マシューはペインとハーマイオニに授からなかった息子に、そして相続人になれるかもしれないと期待したのだろう。マシューがフレデリック・Pの子孫だと知れば、ペインは新しい遺言書を書かなければと思うかもしれない。

「なんだか疲れました」ペインが言った。「ぶらぶら歩いて屋敷に帰ったら、荷を解くまえに昼寝でもすることにします。ここに落ちつく機会が与えられれば、みなさんともたびたびお会いすることになるでしょう」

ハーマイオニが初めて口を開いてオリヴィアに言った。

「〈ジンジャーブレッドハウス〉ってとてもすてきなお店ね。じっくり見せてもらうのが待ち遠しいわ」手を伸ばしてマディーの腕をつかむ。「ほんとうにあなたがこのかわいらしいデコレーションクッキーを作ったの？　わたしが子供のころ、うちにいたコックはほんとうにすばらしいお菓子を――」

ペインの手がハーマイオニの腕をつかんだ。

「行こう、マイ・ディア、荷解きをしなければ。それ以外のことをする時間はまたいつでもとれるんだから」

ハーマイオニの目に怒りの色が浮かんだが、あまりにもすばやく消えたので、オリヴィアは気のせいだったのだろうかと思った。

「ああ、ところで」ペインが言った。「わたしたちには静かな環境が必要ですので、祝賀イベント期間にチャタレー邸を公開するのは控えさせていただきます。敷地内も同様です。ご理解いただけますね。なんと言ってもあそこはわたしたちの家ですし、プライバシーがあったほうがいい」彼はにこりとすると、〈ジンジャーブレッドハウス〉の正面ドアのほうに妻を駆り立てた。

夫婦が出ていってドアが閉まると、しばらく沈黙がおりた。カレン・エヴァンソンとクウィル・ラティマーを知っているそぶりを見せることで、ペイン・チャタレーは心理戦をしかけていたのだろうか。オリヴィアは知りたくてたまらなかった。だが、正直カレンの毒舌とやり合うにはあまりにも疲れていたので、直接尋ねるのはためらわれた。

ビニー・スローンにそんな心配はなかった。彼女は古い小型テープレコーダーを取り出して、カレンとクウィルのほうに向けた。

「で、おふたりさん、話してちょうだい。われらが新町長と尊敬を集める町の歴史家は、長いこと姿を消していたペイン・チャタレーとのあいだにどんなつながりを持っているの？　彼を知っていることをどうして否定するの？」カレンの顔にレコーダーを近づける。「まずはあなたからね、カレン。ペインがチャタレーハイツを去ったとき、あなたはまだ……十歳？　十五歳？　彼は学校の運動場にたむろしてたの？　あなたがなんとかっていう名前の負け犬下院議員のもとで働いていたとき、ＤＣにたびたび来てたとか？　それとも、あなたとペインはヨーロッパのどこかで秘密の交際をしていたのかしら？」

カレンの顔がワインレッドのロイヤルアイシングの色に変わった。

「会合は終わりよ。あなたたち全員、今日ここであったことをひと言でも外にもらしたら、法の許すかぎりひどい目にあわせるからそのつもりで」

スパンキーが椅子のやわらかな座部の上でぴょんと立ちあがり、カレンに向かって吠えはじめた。彼を守るため、オリヴィアはスパンキーをつかんで胸に抱き、小声でシーッと言った。

ミスター・ウィラードが咳払いをして言った。「実のところ町長、そういったことを取り締まる法律は――」

「そんなこと、どうでもいいわよ！」カレンは大股で正面ドアに向かい、外に出てバタンとドアを閉めた。

ビニーは少しもめげず、今度はクウィルにレコーダーを向けた。

「あなたの番よ、ラティマー教授。あなたとペイン・チャタレーの秘密のつながりは何？」

「そんなものはないよ、ビニー」クウィルは短く笑って言った。「ペインとわたしは同年代だ。もちろん互いに知っていた。なんの逸話もないが、きみならひとつくらいでっちあげられるだろう」

クウィルは頭をめぐらせて窓の外のタウンスクエアを見た。野外音楽堂の街灯の下を通って公園を南に向かうチャタレー夫妻が見えた。オリヴィアは妙だと思った。チャタレー邸はタウンスクエアの数ブロック北にあるからだ。

遠ざかるチャタレー夫妻の姿を見ながら、クウィル・ラティマーはさらに言った。

「ひとつ言えることがある。あの男は出まかせを言っているわけじゃない。彼は正真正銘のペイン・チャタレーだよ。ちっとも変わっていない」

2

オリヴィアは空腹で鳴るお腹を抱えながら、厨房の作業テーブルの半分をおおっている五ダースの型抜きしたジンジャーブレッド生地を満足げに眺めた。残りの半分にはマディーの長方形のクッキーが置かれている。これに窓から見た室内の様子を〝描く〟のだ。ふたりが〈ジンジャーブレッドハウス〉の共同経営者になって以来、クッキーのデコレーションはほとんどマディーが受け持ち、オリヴィアは経営面を担当してきた。その取り決めはうまくいっていた。オリヴィアは経営学士だったし、マディーはまさにクッキーデコレーションの天才だったからだ。だが、オリヴィアは生地を伸ばし、型抜きをし、きれいな色のロイヤルアイシングを調合する楽しさが忘れられなかった……クッキーひとつひとつがデコレーションされていくのを眺めるよろこびも。

厨房のドア越しに、スパンキーのうれしそうな歓迎の吠え声が聞こえてきた。マディーが出勤してきたのだ。ふたりは午前五時に仕事をはじめることにしていたので、九時の開店までジンジャーブレッドクッキーを焼く時間は充分にあった。

「おはよう」マディーはドアをほんの少しだけ開けて厨房にはいった。「だめよ、スパンキー。あんたは店を守ってて。ルールはわかってるはずよ。また保健衛生局からきびしいお説教をされたくないでしょ?」しっかりドアを閉め、手提げバッグをカウンターに置いた。「ツナサラダを作ってきたわ。朝五時にピザを注文するのはどうかと思って。うわさになるから」

「もうなってるわよ」

「あらそう?」マディーは戸棚からロイヤルアイシングの材料を集めはじめた。「ゆうべはデルと何かすてきにスキャンダラスなことでもした?」

「〈ピートのダイナー〉でミートローフサンドイッチを食べることがスキャンダラスと言えるならね」

「ワオ。どうしてそんなに落ちついていられるの? あたしが何を考えてるかわかる? あなたにはあらたな謎が必要なのよ——デルとの関係を進展させるために」

オリヴィアは笑った。「たしかに進展するでしょうね。でも今のままでけっこうよ。犯罪捜査に関しては、お互いに歩み寄ることにしたの。危険な状況に自分から飛びこんでいったりしないと約束はしたけど、そうなったときはそうなったときよ。デルはいつもわたしのことが心配だと言うけど、していいことと悪いことをいちいち教えてくれるわけじゃないもの」

「理にかなってるわね」マディーは言った。「うまくいきっこないけど」

話題を変えようとオリヴィアは言った。「デルがゆうべ、カレン・エヴァンソンなら爆発寸前になるようなことを言ってたわ」

マディーの緑色の目がうれしそうに輝いた。「おもしろそう。何？」

「ゆうべペインとハーマイオニが、店を出て公園を南に向かったから不思議に思ったの。屋敷があるのは北なのに。デルによると、ふたりは警察署に寄ったらしいわ。夫妻は、というかペインは、金曜日の夜から月曜日の朝まで休みなしに、〝全署員〟でフレデリックストリートの警備に当たるよう命じたんですって」

「冗談でしょ。いけすかない貴族《ノブレス・オブノキシャス》め」マディーが言った。

「あら、フランス語は使わないのね」錆《さ》びついているとはいえ、そこそこフランス語を話せるオリヴィアが言った。

「フランス語を使うといつも直されるから、わざとごまかしたの」

「それで楽しいならいいけど」オリヴィアはツナサラダを冷蔵庫に入れようと、マディーのキャンバスバッグを開けた。「ねえ、何よこれ？」

「ああ、それね」マディーは食用色素の赤い小びんを選びながら言った。「サディーおばさんを説得して、ようやく刺繍作品を家から持ち出すことができたのよ。自分の作品を人に見せるのをすごく恥ずかしがっててね。ここだけの話、貯金がなくなりかけてるから、エプロンをうちの店で売ったらどうかと持ちかけたの」

「ほんとにいい考えかしら？　売れなかったらどうするの？」

「売れない？　ちょっとリヴィー、両親を亡くしたあたしをひとりで育ててくれた、あたしと血がつながってるサディーおばさんに、芸術的才能がないって言うつもり？　結論に飛びつくまえに、そのエプロンをよく見なさいよ」

「あなたが第一級の芸術家じゃないとは言ってないわよ、ただ――」

「いいから見なさいって」

「わかったわよ」オリヴィアはたたんであるエプロンをひと抱えバッグから出し、カウンターの上に置いた。いちばん上のエプロンを取りあげ、振って広げる。それを見てことばを失った。

「どう？」マディーは二枚目のエプロンを取ってカウンターの上に広げた。

「驚いた」オリヴィアは残りのエプロンを椅子に掛けながら、ひとつひとつ吟味した。どれも異なるクッキーの意匠が施されていた。オリヴィアが気に入ったのは、軒から下がっているつららや、窓のなかでともっているろうそくまで細かく描かれたジンジャーブレッドハウスだ。サディー・ブリッグズはさまざまなステッチや色を使って奥行きや影を表現していた。

「どれもすてきね。どうしようかしら。刺繍のことは何もわからないけど……」

「でも気に入ったのは認めるでしょ？」

「なかなかお目にかかれない作品だってことはわかるわ」オリヴィアはヴィクトリア朝様式の家が描かれたエプロンを手に取り、さらにじっくりと調べた。サディーは凝った色を選んでいた。家の外壁はピーチ色で、装飾部分はバーガンディ色だ。それなのになぜかオリヴィアには懐かしく感じられた。「待って、これってあのわれらがチャタレー邸?」

「やっとわかったみたいね」マディーが言った。「メレンゲパウダーは買ってあったっけ?」

オリヴィアはわずかなあいだだけエプロンから目を離し、備蓄品の戸棚からメレンゲパウダーの新しい袋を取り出した。それをマディーにわたし、エプロンのところに戻る。

「ねえ、二階の窓から小さな顔がのぞいてるわ。子供みたい」

「それがペイン・チャタレーよ」マディーが言った。

「まさか」オリヴィアは目をすがめて、窓のなかの黒っぽい髪の人物をじっと見た。窓敷居の上に男の子の上半身が見えていた。服装はどことなく十八世紀っぽい。刺繍糸で描かれた口は両端がかすかに下降し、悲しげな印象を与えている。「どうしてサディーおばさんはペインをイメージして作ったの?」

「長いこと彼のベビーシッターをしていたんですって」マディーは小さじ二杯のバニラエッセンスをミキサーに入れた。

「変ね。ついこのあいだ、サディーおばさんは六十代だって聞いたのに。ペインのベビーシッターをするには若すぎるんじゃない?」オリヴィアは言った。

「ちょっと待って」マディーはボウルにブレンダーを入れ、一回ぶんのロイヤルアイシングをかき混ぜた。できあがったところで言った。「しょうがないわね。でもこれは秘密だから、あちこちで広めないでよ、いい？　サディーおばさんはいまだに傷つきやすいのよ。ほんとは結婚して自分の子供がほしかったんだけど、それはかないそうになかった。それであるとき――いつだったかははっきりしないんだけど――何歳かさばを読むことにしたの。そうね、十歳とかそれぐらい。おばさんはすごく若く見えたしね。あなたは十八歳で大学に行って、たまにしか帰ってこなかったからわからなかったでしょ。もちろんたいていの人たちは知ってるけど、サディーおばさんは愛すべき人だから、みんなそのことを広めたりはしないのよ」

「絶対もらさないわ」オリヴィアは言った。

マディーは色づけのためにアイシングをいくつかの容器に分けはじめた。「サディーおばさんは、住みこみでベビーシッターをしながらなんとか暮らしていたの。チャタレーハイツの子供たちを大勢世話してきたのよ。半永久的にベビーシッターが必要なあたしと暮らすようになるまでね。幸いあたしの両親は倹約家で、暮らしていくのに必要なだけのお金を遺してくれたから、おばさんはあたしを育てることに集中できた。今はあたしが家賃と生活費を入れてるけど、実際おばさんにはもっと収入が必要なのよ。だって……」マディーはエメラルドの指輪をちらりと見た。

「ルーカスのプロポーズを受ける日も近いから？」

オリヴィアはさりげなく疑問を投げかけた。何年ものあいだ、マディーは金物店〈ハイツ・ハードウェア〉のオーナー、ルーカス・アシュフォードに恋していた。それなのに、ルーカスに結婚を申しこまれると、マディーは怖じ気づいてしまったのだ。

マディーは肩をすくめた。「少なくとも、ウェディングドレスの話をされただけで、悲鳴をあげながら部屋から走って逃げだすことはなくなったわ。とにかく、あたしたちのことは心配しないで。ルーカスはせかしたりしないから。それで、サディーおばさんのためにそのエプロンを売ってもいい？」

「きっと二十分で売り切れるわ」オリヴィアは言った。「奪い合いにならないように高い値段をつけましょう。わたしもチャタレー邸のエプロンを買わせてもらおうかしら。サディーおばさんのエプロンはまだあるの？」

「もちろん！　ほんの八十から九十枚ばかりね。控えめに見積もって。全部がクッキーとかクッキーカッターの絵柄ってわけじゃないけど」

「あら、なんだってクッキーカッターの絵柄になるわよ」オリヴィアはエプロンが汚れないように作業エリアから移動させた。「おばさんはペイン・チャタレーにどんな印象を持っていたの？　彼はどんな子供だったのかしら？」

マディーはフォレストグリーンのジェル状食用色素の小びんを取り、残量を確認するために明かりにかざした。

「幼いペインのなかに、尊大な男の片鱗を見たかってこと？　いいえ、そんなことはなかった。サディーおばさんの人を見る目はたしかよ。おばさんはペインをやさしくておとなしい少年だと思った。孤独だったとも言ってたわ。ペインは思いがけなくできた子供だったでしょ。自由奔放に暮らしていた両親にとってはじゃまだったんじゃないかしら。それで、学校にいるとき以外はほとんどの時間をサディーおばさんとすごしてたの。でも高校にはいってからは連絡が途絶えた。おそらくそれから彼は変わりはじめたのね」

時間がすばやくすぎていくのを意識しながら、オリヴィアとマディーはしばらく無言で作業をした。ふたりともかなり集中していたので、厨房の電話が鳴ったときは跳びあがった。オリヴィアはシンクの上の時計を見た。午前五時四十三分。よくないサインだ。心臓をばくばくさせながら、受話器を取った。

「オリヴィア？　エヴァンソン町長です。息を切らしてるみたいね。体型を保つためにもっとエクササイズが必要よ」

「カレン、こんな時間に電話が鳴ったら、普通だれかが死んだんじゃないかと思うわよ。まさかわたしに電話してきたのは――」

「だれかが死んだと知らせるため？　何をメロドラマみたいなこと言ってるのよ。あなたはビジネスウーマンなんだから、この時間には起きて働いてると思ったのよ。だってもう……」カレンはことばを切った。時計で時間を確認しているらしい。

「五時四十三分」オリヴィアはそう言ってからもう一度時計を見た。「失礼、五時四十五分だった。普通、人はこんな時間に電話をかけたりしないわ。かなりの緊急事態じゃないかぎり」

「くだらない。とにかく、だれも死んでないわ。現時点で殺人を犯しそうな人はいるけどね」

オリヴィアは言い返したい衝動をこらえて、こう言うにとどめた。

「あいにくいま時間が押してるの。何か用があるなら……」

「ペイン・チャタレーに常識をたたきこんでやってほしいのよ。彼がペイン本人ならね。とてもそうは思えないけど。で、結果を知らせて」

「ちょっと待って、カレン。なんのことを言ってるのかわからないわ」

いらいらしたため息が受話器の向こうから聞こえてきた。

「あなたはチャタレーハイツ創立二百五十周年記念祝賀イベント実行委員会の一員よね。その委員長であるわたしが、ペイン・チャタレーのところに行って話をしろと言ってるの。説得でも脅迫でもなんでもして。祝賀イベント期間、屋敷を一般開放することに同意させるのよ。あの家には大金を投じてるんですからね。寄付で集めた資材や、技術を持つボランティアの労働力はもちろんのこと。できるだけ早く彼と話してちょうだい。協力をとりつける

「カレン、わたしには店があるのよ」オリヴィアはいらだった声を出さずにはいられなかった。

「そんなちっぽけな店にすべての時間をかける必要はないでしょう。昼休みを使ってチャタレー夫妻と話をして。マディーがあのジンジャーブレッドの家を作りながら、店番もしてくれるわよ。あとね、もし必要なら、週末のあいだモーテル代を払うとペインに言って。もちろん、部屋代だけだけどね。とにかく、交渉してちょうだい。たのんだわよ。委員会メンバーで感じがいいのはあなただけみたいだから。もちろんわたしをのぞけばだけど、わたしは忙しいの」

ミスター・ウィラードもとても感じのいい紳士だし、自分よりうまくペインを説得できるはずだと思ったが、オリヴィアは黙っていた。ミスター・ウィラードをカレンのいじめの被害者にしても意味はない。

「待って、カレン、わたし……チャタレー夫妻を説得できるかどうかわからないわよ。知らない人があの人たちの個人的財産のなかを歩きまわれるように、週末のあいだ家を出てモーテルに滞在しろだなんて――」

「そう言えばいいのよ。早ければ早いほどいいわ」

かちりと有無を言わせない音がして、話し合いは打ち切られた。

〈ジンジャーブレッドハウス〉が開店する九時には、オリヴィアも運命を受け入れて、最善を尽くそうと決心していた。チャタレー夫妻と話はするが、自分なりの方法でやろう。スパンキーとクッキーの助けを借りて。ペインとハーマイオニが、週末の祝賀イベントのあいだ、自分たちの屋敷を町の手にゆだねたくないと思うのは理解できた。長旅を終えたばかりで疲れているのだ。知らない人たちに家のなかをうろつかれることなくゆっくりしたいにちがいない。もしわたしでも、ペインのようにかっとなるだろう——あんな尊大にはなりたくないが。歓迎の意をこめて親しげに訪問すれば、ペインのかたくなな態度も軟化するはずだ。手はじめにジンジャーブレッドのデコレーションクッキーを持っていけば。

オリヴィアはマディーとパート従業員のバーサに店をまかせ、スパンキーを連れてタウンスクエアの北のフレデリック・ストリートにあるチャタレー邸に向かった。もともとの敷地はブロックの北側のほとんどを占めていた。敷地の南側には四軒のコテージがあり、かつてはそこもすべてチャタレー家のものだったのだ。だが一族の財政状態が悪くなると、コテージと敷地の一部は売りに出された。

フレデリック・P・チャタレーが屋敷に住んだことはなかった。彼が死んで百年近くたってから建てられたものだからだ。十九世紀半ばのチャタレー家は、はるか南のプランテーションからの収入で潤っており、チャタレーハイツに大きなヴィクトリア朝様式の夏の別荘が建てられた。それがチャタレー邸だ。だが、南北戦争が勃発し、一族はプランテーションと、財産のほとんどと、五人の息子のうち四人を失った。以後、チャタレー家が往事の繁栄を取り戻すことはなかった。最終的に、夏の別荘は一族の住まいとなった。一九八〇年代の初めにペインの両親が亡くなるころには、屋敷は荒廃していた。観光客が訪れることを願って、町は屋敷の存続に努めた。しかし、訪れる人はほとんどいなかった。屋敷は定期的に点検されていたが、ここにきて修復が開始されるまで、しばらく公開されていなかった。

オリヴィアは通りをへだてた屋敷のまえで足を止め、ルーカス・アシュフォードと彼のチームが骨を折った修復の出来映えに感心した。作業はまだ完了していなかった。屋敷の西側は、地面から屋根の上まで足場が組まれていた。二階のふたつの窓枠も一部しか色を塗られていない。それでも、正面から見ると、十九世紀に戻ったような気分にさせられた。

ルーカスはメインとなる色にやや暗めの青紫色を選んでいた。窓枠には同じトーンの少し明るめの色を使い、南側の角をぐるりと取り囲むポーチの細長い手すりや柱も同様だった。マシュー・ファブリツィオは、いくつもあるとがった屋根の下に、屋敷にもとからあったがほとんどは長い年月のうちに破損してしまった、三つの部分からなる装飾的な意匠を再現していた。ふたつならんだシェルピンクの円の両側から、赤い渦巻きがしなやかに広がり、その下に両端の上がったバーガンディ色の曲線がある。デザインが表しているものに気づいて、オリヴィアは笑い声をあげた。ピンクの鼻の穴と、口ひげと、微笑んでいる唇だ。チャタレーの名を持つ一族にぴったりなシンボルだった。女好きで名を馳せたフレデリック・P・チャタレーを連想せずにはいられない。

オリヴィアは期待にわくわくしながら、スパンキーとともに修復されたばかりの石敷きの私道を歩いてチャタレー邸に向かった。なかにはいるのは、クラスで屋敷を見学した小学校のとき以来だ。

玄関ベルを二回鳴らしたが、返事はなかった。連絡しないで訪れたのは失敗だったかもしれない。もう一度ベルを押した。二階の窓が開く音がしたので、うしろに下がって窓を見あげた。網戸のない塔の窓からペイン・チャタレーの頭がのぞいた。銀髪はもつれ、ぐっすり眠っていたところを強引に起こされたように見えた。

「だれだか知らないが、すぐにうちの敷地から出ていってくれ。押し売りはお断りだ」ペインは言った。

「ミスター・チャタレー？　わたしです、オリヴィア・グレイソンです。あなたと奥さまのために、うちの店のジンジャーブレッドクッキーをお持ちしました。昨日の夜、うちの店にいらしたでしょう？」

ペインは少しのあいだオリヴィアをじっと見た。オリヴィアは学校のマーチングバンド存続のために、求められてもいないキャンディを売る子供になったような気分だった。二階の別の窓が開き、ハーマイオニの頭が現れた。「あら、こんにちは」彼女は言った。「あのかわいらしいお店のお嬢さんね？」

「もう一度言う。出ていってくれ。その不愉快な動物といっしょに」ペインが言った。

「ばか言わないで、ペイン。この人の言うことは気にしないでね。すぐ階下《した》に行ってドアを開けるわ」ハーマイオニはそっと窓を閉めた。彼女の夫はバタンと閉めた。

待っているあいだ、オリヴィアは鉛枠に新しくステンドグラスがはめこまれた玄関扉に見とれていた。元のデザインのガラスはほとんどが割れてしまったため、もう何年も板でふさがれていたのだ。町とルーカス・アシュフォードは、屋敷全体を修復するための資材に大金をかけたにちがいない。ペインの両親は無一文で亡くなったというから、ルーカスはその費用を回収できないかもしれないが。

玄関扉を開けたとき、ハーマイオニはひとりだった。

「さあ、はいって、ふたりとも。なんてかわいいちびちゃんでしょう。ヨークシャーテリアね？　イギリスにはテリアがたくさんいるのよ。とってもがんこな犬よね。自分の仕事はきっちりやるっていう。それがあなたのお店のクッキー？　なんてきれいなのかしら」彼女はドアに掛け金《がね》をかけた。「ペインのことは許してやってね。このところ体調が思わしくなくて。長旅が応えたんだわ。いつもはとてもやさしい人なのよ。ちょうど紅茶を淹れていたところなの。飲んでいってちょうだい。このかわいらしいクッキーもいただきましょう。ペインは紅茶を飲まないの。どうしてだかわからないわ。具合の悪いときなんかとても心が落ちつくのに」

話をする暇もなく、オリヴィアはハーマイオニのあとについて短く薄暗い廊下を歩いた。でっぷりした体型にもかかわらず、ハーマイオニの足取りが速くて軽いことに驚いた。彼女は黒地にグレーの水玉模様のすとんとしたベルトつきワンピースを着ていた。オリヴィアは曾祖母が白黒写真のなかで、似たようなワンピースを着ていたのを思い出した。子供のころ、そういうのは〝おばあさんのワンピース〟だと思っていた。ペインは五十代半ばぐらいなので、ハーマイオニはオリヴィアの母のエリーよりもだいぶ若いはずだが、六十すぎの母でもこんなやぼったい服は絶対に着ない。

「ここで待っててちょうだい。すぐにお茶を運んでくるから」

ハーマイオニは応接間にオリヴィアを残してせかせかと出ていった。彫刻の施された椅子とティーテーブルがあって、いかにもそれらしいので応接間だとわかった。椅子の詰め物入りのブロケードの座部は張り替えられたばかりのようだ。子供のころここを訪れたとき、屋敷じゅうの照明がやたらと暗かった記憶があった。今は天井からぴかぴかのミルクガラスのシャンデリアが下がり、部屋全体を照らしている。ヴィクトリア朝風のベルベットのカーテンでさえ、新しいもののようだ。作業に携わった人びとはずいぶん忙しかったことだろう。チャタレー夫妻は幸運だ。夫妻は修復のことを知っていて、帰郷の時期を修復が完成するころに合わせたのではないかと、オリヴィアはつい考えてしまった。

壁際のダークマホガニーの整理だんすの上に、一枚の写真があった。スパンキーはこれまでのところいい子にしていたが、信用はできないので、抱いたまま部屋を横切った。空いているほうの手で写真を取りあげる。年月によって色あせた、若い新郎新婦のカラー写真だった。花嫁の手を取っている花婿はペイン・チャタレーだ。もう片方の手に煙草を持っている。その笑顔には悲しげな色があった。自分の幸せがつづくとは信じていないかのように。花嫁はライトブラウンの巻き毛のほっそりした若い女性で、丸顔は晴れやかだ。オリヴィアは彼女が少年のような体つきをしていることに気づいた。腰幅がせまく、ウェストとたいして変わらないほどだ。ハーマイオニはすごい美人とは言えないまでも、少なくとも魅力的ではあった。

トレーの上でティーカップが鳴る音がして、オリヴィアは急いで椅子に座った。スパンキーは吠えようと身がまえたが、ハーマイオニだとわかると緊張を解いた。

「ほんとに浮き浮きするお菓子よねえ」と言いながら、ハーマイオニ・チャタレーは紅茶とミルクと砂糖とオリヴィアのジンジャーブレッドクッキーをならべた皿ののったトレーを運んできた。トレーには小さな白い紙包みものっていた。

「わたしにまかせて」ハーマイオニは紅茶を注ぎ、オリヴィアに好みを尋ねることなくミルクと砂糖を入れた。「ペインもいっしょにお茶を飲めればよかったんだけど。あの人、そうしたいと思えばとってもチャーミングにもなれるのよ。残念ながら、今日は調子のいい日じゃなくて」身を乗り出したハーマイオニにティーカップをわたされたとき、オリヴィアは彼女が珍しい銅色の目をしていることに気づいた。

「おふたりともお疲れでしょう」オリヴィアは紅茶を飲んだ。悪くない。

「あら、わたしは馬みたいに丈夫なのよ」ハーマイオニはいななきのような笑い方をした。

「でもかわいそうなペインは……」

スパンキーがオリヴィアの膝の上で立ちあがり、鼻をひくひくさせた。飛びおりてハーマイオニのほうにとことこと歩いていく。

「こんにちは、ちびちゃん」ハーマイオニは言った。「そうそう、あなたにもいいものを持ってきたのよ」彼女は白い紙包みを開け、ラグの上に置いた。赤身の肉が見えたと思ったら、スパンキーががつがつ食べていた。

「気にしないでくれるといいんだけど」ハーマイオニが言った。「ペインの朝食においしいステーキを焼いてあげようと思って、今朝買ってきたの――力をつけなきゃいけないでしょ――でも食べてもらえなかったの。食べ物のこととなるとすごくうるさいのよ。それにときどきとんでもないことを思いつくしね。だって、わたしが毒を仕込んだとか言うのよ、信じられる？」

オリヴィアはまだ床の上にある血の染みた紙に視線を落とした。口のなかがからからになる。でもスパンキーはちゃんと自分の肢で立っているし、急に具合が悪くなったようにも見えないので、ペインのとっぴな態度はパラノイアの表れだと思いたかった。それでも……ハーマイオニ・チャタレーにはこちらを不安にさせるところがある。念のためスパンキーから目を離さないようにしよう。

「ご主人はそんなに具合が悪いんですか?」個人的な質問だったが、ハーマイオニはペインの状態について話したがっているような気がした。

ハーマイオニは椅子の横の、天板が大理石のまるいテーブルにティーカップを置いた。どう答えたらいいか考えているように首をかしげる。わざとらしさが鼻についたが、毒入り肉のことを聞いてまだ気が立っているせいだと、オリヴィアは自分に言い聞かせた。

「説明するのはむずかしいの」ハーマイオニは言った。「ペインはいつも元気いっぱいだった。わたしたちが出会ったとき——もう三十年近くまえよ——彼は生命力にあふれていたわ。すごくハンサムで、わたしは息が止まりそうになったものよ。でも歳をとるにつれて彼は……なんと言うか、ふさぎこむようになったのね。もう人生を楽しんでいないみたいに」

「ごめんなさい、よけいなことを言うつもりはないんですけど、お医者さんには診てもらいました?」

オリヴィアは〝精神科医〟ということばを使いたくなかったが、ペインはうつ病を患っているのかもしれないという気がした。あるいはもっと重い精神の病気ではないかと。今の時代にこの年齢で、ハーマイオニが夫の病気の名前もわからないふりをしているのはなぜなのだろう、と思わずにはいられなかった。実際、オリヴィアは前世紀の舞台セットのなかにいるような気がしてきた。

「ペインはお医者さんが嫌いなの」ハーマイオニは怒ったように両手を打ち合わせて言った。「お医者さんに診てもらうことを話すのさえいやがるのよ」

「この近くには世界有数の医療機関がいくつかありますよ――たとえば、ジョンズ・ホプキンズ大学付属病院とか。わたしはボルティモアに住んでいたんです。元夫は外科医です。わたしが問い合わせてみても……」何考えてるのよ、リヴィー。なんでここにいるのか思い出しなさい。「でも、ご主人は単に孤独なだけなのかもしれませんよね?」と言ってみた。「こうして故郷に帰ってきたわけだし、興奮してもいるでしょう。この週末の祝賀イベントに参加すれば、元気になるかもしれませんよ。ある意味、チャタレー家の方のためのお祝いでもあるんですから。おふたりが帰ってこられてみんなとてもよろこんでいます」

「やさしいのね」

ハーマイオニはつぶやき、紅茶を飲んだ。そしてジンジャーブレッドクッキーに手を伸ばした。

「これ、かわいいわね。頭に小さな青い王冠を被ったジンジャーブレッドボーイ。チャタレー家はイギリスでは高貴な家柄だったのよ。でもかわいそうなフレデリックは七人兄弟の末っ子だったから、植民地にわたろうと決めたの」ハーマイオニは上品にクッキーをかじり、王冠の部分が消えた。

「そういう話はだれもが聞きたがります」オリヴィアは大げさでない程度に熱をこめて言った。「おふたりとも長旅のあとでお疲れでしょうし、時差ぼけもあるかと思いますけど、もしかしたら……チャタレーハイツの住民に会って——もちろん厳正に選ばれた人たちですよ——一族についてのお話でもすれば、ご主人も元気になるんじゃないかしら。マディーとわたしがジンジャーブレッドのデコレーションクッキーを提供しますし、訪問時間は短くするようにしますから」

「そうねえ、どうかしら……」ハーマイオニは夫に聞かれるのを心配するように天井を見あげた。「ここにはペインにつらく当たる人たちがいるの。ゆうべあなたの店であのふたりに会って、夫はとても落ちこんだのよ」

「しばらくぶりだったからですよ」昨夜のペインとカレン・エヴァンソン、クウィル・ラティマーとのやりとりを思い出し、つらく当たっていたのはだれかしらと思いながらオリヴィアは言った。「とげとげしい態度をとったにしても、きっと後悔しているでしょう。それに、訪問する可能性のある人たちのリストをおわたししますから、ご主人の気にさわるような人がいれば除外することができますよ」

ハーマイオニはジンジャーブレッドボーイの頭と肩をかじった。

オリヴィアはそろそろ退散する潮時だと思った。義務は果たした。チャタレー夫妻が週末の祝賀イベントのあいだプライバシーを要求するなら、カレンも受け入れるしかない。

「では、着いたばかりでいろいろとやることもおありでしょうから、わたしはそろそろ仕事に戻ります」オリヴィアは残りたがってもがくスパンキーを抱きあげた。「もしよろしければ、土曜日のまえにまたおじゃまして、あなたとご主人に会いたがっている人たちのリストをお見せします。リストを書き換えるのも、このアイディア自体を拒否するのもあなたがたの自由です」

「ご配慮ありがとう」ハーマイオニはそう言うと、オリヴィアを見送るために立ちあがった。「わたしのことはハーマイオニと呼んでちょうだいね」玄関で彼女はこう付け加えた。「そうね、少人数なら訪問を受けられると思うわ。訪問者のリストをいただいたら、ペインを説得してみる。人に会うのは彼にとっていいことだと思うから」

玄関扉の掛け金がかちりと閉まってからも、オリヴィアは玄関まえにしばらく立ち尽くしていた。ハーマイオニがこれほど急激に態度を変えるとは思ってもいなかった。ほんの数分で、優柔不断な態度から自信たっぷりな様子へと変貌するとは。チャタレー家を牛耳っているのは夫妻のうちどちらなのだろう?

3

チャタレー夫妻を〝説得する〟という任務を終えて〈ジンジャーブレッドハウス〉に戻ると、オリヴィアは安堵《あんど》のため息をついた。カレン・エヴァンソン町長にいいように使われるのはもう二度とごめんだ。だが、たしかに興味深い訪問ではあった。いくつもの疑問が生まれた。たとえば、ペインとハーマイオニのどちらがチャタレー家を左右する力を持っているのか？　ペイン・チャタレーはほんとうに昨日の夜のような、易々《やすやす》と人を操るのにたけた人物なのだろうか、それとも気力のない怒りっぽい人物なのだろうか？　あるいはその両方？　そんなに大騒ぎするほどの問題ではないが、興味深くはある。

活力がわいてきたオリヴィアとちがって、スパンキーはぐったりしていた。店までずっとオリヴィアに抱かれたままだった。店に着くと小さな肢で床におり立ち、ひと眠りしようと窓際の椅子に向かった。

「ぐうたらなんだから」

オリヴィアはいとしげに頭をなでて言った。スパンキーは椅子の上でまるくなった。長い散歩のあとはいつもこうなるのよね、ただ……気にしすぎかもしれないが、スパンキーから目を離さないようバーサにたのんでおいたほうがいいだろう。すぐに元気にならなかったら、車で〈チャタレー・ポウズ〉に連れていって、町の獣医であるグウェンとハービーのタッカー夫妻に診てもらえばいい。

バーサ・ビンクマンが客のひとりとともに料理本コーナーから出てきた。

「よかった、帰ってきたんですね」彼女はささやき声でオリヴィアに言った。「そりゃあ忙しかったんですよ」

バーサはオリヴィアの亡き友人クラリス・チェンバレンの家で、住みこみの家政婦をしていた。クラリスの死後、バーサには隠居できるだけのお金が遺されたが、六十代のバーサは本人に言わせると〝ポーチに座って編み物をする〟には力がありあまっていた。それに今ではやもめの弁護士ミスター・ウィラードという恋人がいるので、バーサは町にいることを望んだのだ。

スパンキーの様子に気をつけていてほしいとバーサにたのんでいると、背後で店の入口のドアが開く音がした。オリヴィアは接客用の笑顔で振り向いた。ピンクのロングセーターに黒のハーレムパンツ姿の小柄な母親、エリー・グレイソン＝マイヤーズが、弾むような足取りで売り場を歩いてきた。

「母さん、またベリーダンスをやってるの？」

「柔軟性を保つのにすごくいいのよ」エリーはもごもごと言った。

「髪に手を加えたのね。なかなかいいじゃない。目の色が引き立ってる。それ、リボンじゃないんでしょ？」

肩の下まであるエリーのグレーのウェーブヘアの左側には、ネイビーブルーの筋がはいっていた。

「ありがとう。ベリーダンスの先生に影響されてね。彼女は黒髪にすてきな薄紫色の筋を入れてるの」

「アランにはもうその姿を見せたの？」継父であるアラン・マイヤーズは、つねに行動的な妻とは大ちがいの、いたって平凡な男性で、そんなふたりの結婚はうまくいくはずがなかった。だがなぜかうまくいっている。

「ことばを失ってたわ、かわいそうな人」エリーは言った。「あの人にもリボンかってきかれたけど、半永久的なものだと説明したの。伸ばしていけばなくなるけどね。聞きたくないことだったみたい」

「アランの新しいインターネットの仕事はどんな調子？」

「新しい事業をはじめるとアランがどうなるか知ってるでしょ」

「めったに会話しなくなる？」

「そのとおり。わたしがキーボードの横にコーヒーと食べ物の皿を置いて、空になったら回収するだけ。まあそのほうがありがたいけどね。わたしはジンジャーブレッドの家を作る手伝いで忙しいから。でも、かがみこんだ姿勢のまま固まっちゃうんじゃないかと心配なの。彼の仕事が一段落したらヨガに連れていくわ」

「アランには言ったの？」

「もちろん言わないわよ、リヴィー。ヨガを怖がってるんだもの。そんなことを知ったらまた出張するようになるわ。もっと家にいてほしいのに」

お客がひとりはいってきて、バーサが急いで接客に向かった。オリヴィアは腕時計を見た。もうすぐランチタイムだ。またクッキーカッターファンがなだれこんでくる。マディーは週末の祝賀イベントに向けてジンジャーブレッドの家作りで手が離せないので、オリヴィアは忙しくなるだろう。

「これからコミュニティセンターに行くんだけど」エリーが言った。「ジンジャーブレッドの家作りに必要なものをいくつか持っていくことになってるの」エリーはハーレムパンツの深いポケットから紙切れを引っぱり出し、オリヴィアにわたした。「でもそのまえに教えて。チャタレー家の訪問はどうだった？　ほんとに、カレンには夫妻を説得しろと命令する権利なんてないのにね。でもあなたは……」

「だれよりも先にその話を聞きたいってわけね？」

「当然でしょ。ペインのことが心配なのよ。カレンのことも」

「カレンのことが？　ほんとに？　ペインのことも？」オリヴィアが驚いたせいで、バーサが相手をしていたお客が何事かと顔を向けた。

エリーはオリヴィアの腕をつかみ、半個室のようになっている、もとはダイニングルームだった料理本コーナーに連れていった。

「若いころのペインを知ってたのよ。彼は……むずかしい子だったわ。実を言うと、あの子のことはよくわからなかった。サディーの家で刺繍を習いながらあれだけたくさんの午後をすごしたのに」

「母さんが？……それは初耳だわ」

「当時あなたはまだ生まれていなかったからでしょうね、リヴィー」エリーはアイシング用の食用色素の列に目をさまよわせた。「ロール状のフォンダン（砂糖と水を煮詰め、冷ましてから練ってクリーム状にしたもの。糖衣に用いる）は置いてある？　何パックか必要なんだけど」

「フォンダンなら簡単に作れるし、そのほうがずっと安あがりよ」

「わかってるわよ、リヴィー、でもわたしたちには時間がないの」

母にしては珍しくとげのある言い方だった。まごついているようでもある。

「大丈夫、母さん？」オリヴィアは尋ねた。「まだ水曜日だし、ジンジャーブレッドの家は土曜日の朝に祝賀イベントがはじまるまでに仕上げればいいのよ。徹夜するつもりじゃなければ金曜日の夜までに」

エリーはため息をついた。「町が二百五十年も存続するっていうのはそうあることじゃないわ。少なくともまだ若いこのアメリカではね。もちろんヨーロッパなら――」

「時間が押してるんじゃないの、母さん？」

「それだけじゃないわ。マディーのチームの手伝いをするためにわたしがどれだけたくさんの活動を犠牲にしてきたか――読書会でしょ、ヨガでしょ、週一の野歩きの会がふたつ、それにワシントンの抗議デモ行進を手伝う時間は一分だってないのよ。下院の注意を惹くために計画することがたくさんあるのに」

「むしろ下院選挙に出馬するつもりなのかと思ったわ」オリヴィアもちょっととげのある言い方をしていた。

「考えたことならあるわよ、ディア。たぶんそのうちね」エリーはオリヴィアが持っている紙切れを見て眉をひそめ、またため息をついた。

オリヴィアはリストに目を通した。

「ロール状のフォンダン五パック、粉砂糖二箱、食用色素……タリアテッレの乾麺？」

「マディーのアイディアよ、すばやく簡単に窓ガラスを作るための。もう必死なの」

オリヴィアは黙って最後までリストを読んだ。

「ほとんどは店にあるわ。クッキーカッターとか絞り袋とか。厨房にある材料を分けてあげることもできる。乾燥タリアテッレだけは自分で手に入れて。でもおもしろいアイディアね」


材料を集めながら、オリヴィアは母に尋ねた。

「それで、どうしてカレンとペインのことが心配なの？」

エリーは自分の懸念を説明することばをさがすように、虚空に目をやった。

「ペイン・チャタレーは……ほんとにかわいらしい男の子だったわ。だいたいにおいては。でも悲しげでもあった。驚くようなことではないけどね。妊娠がわかったとき、長いこと子宝に恵まれなかった両親はすごくよろこんだと思うでしょ？　たしか彼の母親は四十歳をすぎてたわ。でも、すべての夫婦がいい両親になれるというわけじゃないのよ」

オリヴィアはかつてパントリーだった小部屋の鍵を開けた。ルーカス・アシュフォードにたのんで、売り場からはいれるようにドアを設置してもらったのだ。古い木の棚には店の在庫品がならんでいた。箱を選びながらオリヴィアは言った。

「植物関係のカッターはこのなかにあるはず」箱の前面に貼ってあるリストに目を走らせる。

「あったわ」オリヴィアは箱からクッキーカッターをひとつ取り出し、母にわたした。「わたしが手作りしたニレの木のカッターよ。これを失くされたらすごく悲しいかも」

「絶対に失くさないようにする」エリーは言った。「あの古いニレの木、好きだったわ。すてきな木陰があって」

「さっきの話だけど」オリヴィアは言った。「ゆうべと今朝ペインに会ったわたしからすると、最初に出てくることばは〝かわいらしい〟じゃないわね。〝怒りっぽい〟とか〝横柄な〟ならわかるけど」

「悲しみはいろいろな形で表れるのよ。怒りっぽくなったり横柄になったりすることも含めてね。でも、言いたいことはわかるわ」

「これは葉がいっぱい茂ったオークの木」オリヴィアはぴかぴかの銅製カッターを母にわたして言った。「ハーマイオニはペインがうつ病だと思ってるみたい。うつ病ということばは使わなかったけど」

「そう聞いても驚かないわ」

「カレンのほうは？」

「は？」

「われらが高名なる町長殿よ。母さんが心配してるもうひとりの人。カレンが悲しんでるとか落ちこんでるって言うつもりなら、ジンジャーブレッドの家をまるごと食べてやるわ。乾燥タリアテッレも何もかも全部」

オリヴィアは母のリストにあった最後のクッキーカッターを見つけた。バラの木のカッターだ。ただのもこもこした楕円形のカッターにすぎないが、マディーならわかるはず。オリヴィアは箱を棚に戻してから、貼ってあるリストを見て、取り出したものにしるしをつけた。

「カレンは別に悲しんでるわけじゃないけど、神経が張りつめているみたい。よくないことだわ。町の祝賀イベントをあまりにも深刻にとらえすぎているのよ。もちろん歴史は重要だし、若い人たちに世界は自分たちが生まれたときにはじまったんじゃないってことを示す必要はあるけど、それでもやっぱり何かにのめりこみすぎるというのはよくないわ」

「週に十七回もヨガのクラスに出てる人がよく言うわ」オリヴィアはエリーを料理本コーナーに連れていった。

「大げさね。それにヨガはただのヨガよ」

「意味がよくわからないんですけど」

エリーは首をかしげ、笑顔で娘を見あげた。自分よりたっぷり二十センチは背の高い娘を。

「わたしとヨガのクラスに出ればわかるわよ。カレンを連れていこうとしたんだけど、忙しいからって断られたわ。ヨガはストレスを増やすだけだからばからしいって。でもカレンももう四十代後半よ。わたし、彼女に言ったの。そろそろしなやかに優雅に歳を重ねるための準備をしたほうがいいって」

「彼女はわかってくれた？」

「全然」

オリヴィアはクッキーのデコレーション用材料のディスプレーをざっと見て、ジンジャーブレッドハウスの屋根の雪用に、白いシュガースプリンクルの大びんを選んだ。

「母さん、クウィル・ラティマーにどんな印象を持ってる？」

「そうね、クウィルは……」エリーが頭を傾けると、髪のなかでネイビーブルーの筋が明かりを受けて光った。濃紺のキラキラ光るパウダーのようだ。「そう、場ちがいよ」

「あの……もう少しくわしく説明してもらえる？」

エリーの明るいブルーの目のあいだに考えこむようなしわが刻まれた。

「気の毒にクウィルは、いつもいるべきじゃない場所にいて、そのせいですごく悲しんでいるように見えるのよ。何年かまえ、コミュニティカレッジでクウィルの講義を取ったことがあるの。〝チャタレーハイツの歴史：独立戦争以前から現在まで〟という内容だった。記憶では〝現在〟は第二次世界大戦で終わってたけどね。これには意味があると思うの」

「場ちがい？　クウィルが？」

「その話をしてるのよ、リヴィー。講義の内容でわかるでしょ。クウィルは過去に取り憑かれているのよ」

「歴史の教授はたいてい過去に焦点を当てるものじゃない？」オリヴィアは最後にパール状のチョコレート粒のはいったびんを母にわたした。

「もちろんよ、リヴィー、文学の教授は文学に集中してるしね。でもたいていはほかにも興味の対象を持ってるわ。ジェラルド・マンリー・ホプキンズの詩が専門の友だちがいるの。ホプキンズの作品について語る彼女は恍惚《こうこつ》としてるけど、ボウリングでストライクを出したときも同じくらい興奮するわ」

「ボウリングでストライク？　母さん、わたしは――」

「混乱してるのね、わかるわ。わたしが言いたいのは、クウィルは過去に没頭しているときしか幸せじゃないってこと。教室での彼は別人だったわ――おもしろくて、気さくで、近づきやすかった。でも履修登録にまちがいがあったから訂正してもらおうと彼のオフィスを訪ねたら、むっつりした気むずかしい人になってたの」

「わたしたちが知ってるクウィルだわ――」

「そのとおり。クウィルは前世紀にしがみついているのよ。二十一世紀にうまく適合できないの。ひどく居心地の悪い思いをしてる」

「それは一種のこじつけよね、母さん」

「それはどうも。さて、ロール状のフォンダンはどこ？」

オリヴィアは先にたって厨房に向かった。バーサが会計カウンターでレジを打ち、何人かのお客が店内を見てまわっていた。「残りの材料は厨房で調達しましょう。そのあとは売り場に出て手伝わなきゃ」

「マディーに材料集めを手伝ってもらえないかしら？　彼女、午後はここに戻るって言ってたけど」

「マディーはカレンと同じくらい興奮してるけど、もっとうまく対処してるわ。今夜デコレーションの手伝いでコミュニティセンターに行くまでに、窓から見えるジンジャーブレッドの家の内部を完成させるんですって」

オリヴィアはドアを開けて押さえ、母を厨房に入れた。マディーはたしかに不安そうではあったが、ジンジャーブレッドの家の内部について思い悩んでいるわけではなかった。それどころか、作業台をおおっているデコレーション途中のジンジャーブレッドクッキーには、まったく注意を払っていなかった。

マディーの婚約者と言ってもいい人物、ルーカス・アシュフォードが厨房の椅子に座って、マディーに肩を抱かれていた。ルーカスはオリヴィアが見たこともないほど怒っているようだ。実際、彼がむっとしているのさえ見た記憶がなかったのに、今は整った顔を赤くしており、あごの様子から歯を食いしばっているのがわかる。マディーは不安そうに眉根を寄せてオリヴィアを見やった。彼女の元気な巻き毛までがしぼんでいた。

「マディー」エリーが作業台に製菓材料を置いて言った。

オリヴィアはコーヒーサーバーが空になっているのに気づき、ミスター・コーヒー社製のコーヒーメーカーをセットした。コーヒーとクッキーが必要な状況だ。

「ルーカスはチャタレー邸の修復工事のチームを解散させたところなの」マディーが言った。そこでためらい、事情の説明をルーカスに譲った。だが彼が何も言わないので、自分で説明した。「ペイン・チャタレーはキッチンを修復して設備をすべて新しくしろと要求したんですって。それも無料で」

「なんですって？」オリヴィアとエリーは同時に言った。

ルーカスはさっと椅子から立ちあがり、たくましい腕を胸のまえできつく組んで、カウンターにもたれた。

「ペインは屋敷があんなひどい状態になったのは町の責任だと言うんだ。ハロルドとサリーは遺言で、自分たちの死後、屋敷の一般公開を許可する代わりに、町に屋敷の維持管理を託したのだからと」

「そんなのどうかしてるわ」オリヴィアは言った。「キッチンを最新式にすることと、歴史的建造物を維持することとは関係ないじゃない。むしろキッチンは百年まえと同じ状態にしておくべきよ」

「閣下にそう言ってくれよ」ルーカスが言った。「まあ、そんなことをしても無駄だけどね。彼は今週末、屋敷を公開するつもりなんてないんだよ。だからぼくはみんなに作業をやめさせた。それは別にいいんだ。ただ……ぼくはかなりの時間と金をあの屋敷の修復につぎこんだ。町だってそうさ。それが今やすべて水の泡だ」

マディーがお尻を持ちあげてカウンターのルーカスの横に座った。

「ちゃんと取り決めがあったのよ。ルーカスは屋敷内と外装の修復作業をビデオに撮らせてもらうという条件で、無報酬の労働と一部資材の寄付に同意したの。ビジネスを拡大するためよ。この景気じゃ、金物屋から上がる利益なんてたかが知れてるわ。それにルーカスは両親の医療費のせいでまだ負債を抱えてるし」

やり場のない怒りが落胆に変わり、ルーカスは肩を落とした。

「プロジェクトのためにぼくが勧誘した作業員の何人かは無報酬で働いていた。給料がもらえる仕事をさがす必要があったのにだ。彼らはみんな、ぼくがこのプロジェクトから新しいビジネスに進出するのをあてにしていた。彼らには技術がある。ぼくなら仕事を世話できたのに」

マディーはルーカスの腰に腕をまわして彼に寄り添った。

「あなたのせいじゃないわ、ハニー。あなたは何も悪くない」彼女はオリヴィアの目を見て、口の動きで〝クッキー〟と伝えた。

オリヴィアはうなずいてわかったと伝えた。デコレーションクッキーには人間関係を円滑にし、心の痛みを癒す力があると信じているオリヴィアとマディーは、こういう緊急事態に備えてつねに少量のクッキーを備蓄している。オリヴィアは冷蔵庫の上から缶をおろしてふたを開けた。なかにはきれいに重ねられた一ダースのクッキーがはいっていた。たちまち厨房内の緊張感がゆるむのを感じた。

エリーがコーヒーのカップを配るあいだ、オリヴィアは大皿にクッキーをならべてマディーにさし出し、マディーはピンクと赤のアイシングでマーブル模様が描かれたハート形のクッキー二枚を選んだ。その一枚を口元に差し出されたルーカスは、弱々しい笑みを浮かべようとした。

厨房のドアが開き、見ると鷹のような目をしたサム・パーネルの顔があった。うれしくない眺めだ。サムはゴシップ好きなチャタレーハイツの郵便集配人で、あることないこと吹聴する。それゆえ、ニックネームは詮索屋《スヌーピー》だ。

「翌日配達指定の郵便があったもんでね」サムはオリヴィアに言った。「祝賀イベントに使う大事なものじゃないかと思って、急いで持ってきたんだ。おたくの店員のバーサは大忙しだよ。店には彼女ひとりきりだった」いやみにだれも反応しないので、彼は厨房のドアからするりとはいりこみ、ドアを閉めた。「とにかく、あんたらはここにいるって彼女に言われたから」

いつものように、サムは合衆国郵便公社の制服を着て帽子までかぶっていたが、郵便袋は持っていなかった。荷物の宛先が〈ジンジャーブレッドハウス〉と見るや、まっすぐ店に持ってきたのだろう。無料のクッキーと、オリヴィアとマディーの近況を知るチャンスにありつけるのを期待して。数週間まえ、サムは郵便を手わたししようとして、オリヴィアが厨房でデルと話しているのを見つけた。その数日後、人びとはデルとの〝ビッグニュース〟をいつ発表するつもりなのかとオリヴィアに尋ねるためだけに店に立ち寄った。ビニー・スローンは堂々と〈ザ・ウィークリー・チャタラー〉でオリヴィアとデルの婚約を記事にした。そんなことは事実無根なのに。

サムはエリーが持っているクッキーの皿に目を落とした。

「身内だけでささやかなパーティってわけか。祝賀イベントにはちと早すぎやしないか？」

「そんなんじゃないわ」オリヴィアはちょっぴり性急に言った。サムの目がきらりと光ったのがわかった。「週末の大イベントの準備中にひと休みしていただけよ。時間があんまりないのにやることがたくさんあるの。配達ご苦労さま。土曜日のオープニングセレモニーにこれが必要だったのよ」彼女はサムの手から荷物を受け取って、包みを開けずにカウンターに置いた。

「ゆうべはペイン・チャタレーと奥さんが来たそうだな。あいつ、あんまり具合がよくなさそうだろ？　死にに帰ってきたのかもな」

「そんなことは――」サムのさぐりを入れる手口に乗ってしまったことに気づいて、マディーは頰を赤らめた。「ていうか、もう彼のところに郵便を配達したの？」

「荷物をひとつね。イギリスのロンドンからだった。手わたししたほうがいいと思ったんだ。配達中に新顔に会うのが好きなんでね。彼らが犬を連れてきてなくてありがたかったよ」彼はオリヴィアをちらりと見た。反応がないので、話をつづけた。「出てきたミスター・チャタレーは起きたばかりのようだった。まえの晩かなりきこしめしたんだろうよ。ここに住んでた十代のころはかなりの酒飲みだったらしいから、ヨーロッパでもそうだったに決まってる。あっちではみんな始終飲んでるからな」またもやサムはかたくなな沈黙に迎えられた。

「さてと、いつまでもしゃべってるわけにはいかないな」そう言いつつも動こうとしない。

「仕事があるんだ」

エリーが慈悲深くサムに微笑みかけて、皿を差し出した。

「クッキーをひとつ持っていって、サム」

「どうしようかな、おれには糖尿病やら何やらがあるし」

そう言いながらも、サムはクッキーを二枚つかみとった。褒めことばをつぶやくこともせずに、ペーパータオルを引きちぎってクッキーを包むと、制服の上着のポケットにつっこむ。

オリヴィアは小路に面した裏口を解錠し、サムのためにドアを開けて押さえた。彼は黙って出ていった。ゴシップを求めてまた戻ってくるのはわかっていたが、オリヴィアはもう気にしていなかった。彼の扱い方を覚えつつあったからだ。ときにはサムに引き出されるより多くの情報を、彼から引き出せることもあった。そのなかに真実があるかどうかはまた別の問題だが。サムは気になることを言っていた……ペインはひどく体調が悪いか、大酒飲みなのだろうか？　どちらにしても、一貫性のない態度や放っておかれたがることの説明にはなる。

オリヴィアが裏口に施錠すると、厨房の電話が鳴った。マディーが電話に出て言った。

「彼女が電話に出られるかどうか確認してみます」受話器を手でおおってささやく。「リヴィー、カレンからよ。逆上してるわ。あなたの居場所はわからないって言っとく？」

「そうしてもらいたい気もするけど、出るわ」オリヴィアは電話を代わった。「カレン、なんの用？」ぶっきらぼうな声になってしまったのに気づき、今度はやんわりときいた。「何かまずいことでも？」

「何かまずいことでも？　ふざけてるの？　まずいことだらけよ。祝賀イベント全体が風前のともしびってとこね。ルーカス・アシュフォードがわたしにひと言の断りもなしに屋敷の作業をやめたと聞いたわ。このぶんじゃ外装さえ土曜日までには間に合わない。少なくともマシューは作業をつづけることに同意したけど、彼がやるのはヴィクトリア朝様式のジンジャーブレッドトリム（レース模様の木製装飾）だけでしょ。もしペインがどこかに行ってくれたら――」

「マシュー・ファブリツィオはまだ屋敷で作業してるの？」

オリヴィアはルーカスが厨房にいることを思い出したが、もう遅かった。彼の顔がこわばるのを見て、オリヴィアは会話の方向を変えようとした。

「ねえカレン、ルーカスと彼のチームはずっと無償で作業してきたのよ。ルーカスは資材の提供もしてる。屋敷が公開されないことになったのに、作業をつづけさせようとするなんて契約違反だわ。そもそもルーカスは忙しいのよ、〈ハイツ・ハードウェア〉の経営があるんだから」

「店の経営の話を聞かされるのはもうたくさんよ。ただの店じゃないの、ばかばかしい、一日や二日放っておいても大丈夫でしょ。こんな大事なイベントだっていうのに、ペンキ塗りの作業すら間に合わせることができなかったら、わたしは笑い物よ」通常アルトのカレンの声は、恐慌のせいでソプラノの音域に向かいつつあった。

「カレン、あなた個人が非難されることはないわよ」

オリヴィアはこらえきれずにマディーに向かって目をぐるりと目をまわした。マディーはうんざりした様子で首を振った。ルーカスの首から顔に赤みが広がり、エリーはだれにともなくやさしく微笑んでいる。

「個人的に非難されない？　あなたってどこまでおめでたいの？　祝賀イベントはわたしの仕事なのよ。わたしが考えて、計画を立てたのよ。もしうまくいかないことでもあれば……いいえ、うまくいかないはずがないわ、そんなこと考えるまでもない。あなたがチャタレー夫妻に理解させるのよ。この町に住むつもりなら、協力することを学ぶべきだってね。そうでなきゃ、絶対許さない」

チャタレーハイツの誕生パーティにすぎないものに、カレンがやたらと入れこんでいるので、オリヴィアはしだいに困惑し、落ちつかない気分になってきた。

「カレン、ちょっと距離をおいて考えてみたらいいんじゃないかしら。チャタレー邸を一般公開することができなくても祝賀イベントはぶちこわしにならないわ。屋敷の写真があるし、もちろんジンジャーブレッドの家もあるし――」

「あなたはわかってないのよ！」カレンが電話の向こうでどなり、オリヴィアは受話器を耳から離した。怒りの爆発は厨房にいる全員に聞こえた。カレンは声を低くして言った。「言い方が悪かったようね。金曜日の朝、屋敷にマスコミが来るってことを説明するべきだったわ。小さな週刊新聞の記者だけじゃなしにね。ビニーがあおりたててマスコミの興味を惹きつけたの。そこまではよかったんだけど、そのあとへまをしたんで、わたしがDCとボルティモアの新聞に交渉して来てもらえることになったのよ。屋敷のなかと外の写真を撮らせると約束したの。ペイン・チャタレーのコメントももらえるかもしれないと言ってね。しらふだったらの話だけど。わたしは屋敷のまえでマスコミに会って、声明を発表するつもりよ。祝賀イベントや歴史や……あれこれについてね」

「すごい」オリヴィアは興味を惹かれたふりをして言った。「あなたならきっと見事にやってのけるわ」見物人を寄せ付けないよう保安官に警備させろとペインがたのんだ——と言うか、命令したことは、話しても無駄だろう。「屋敷は個人の住居に戻ったと説明すれば、記者たちもきっとわかってくれるわよ。だから——」鋭く息を吸いこむ音が聞こえ、また怒りの爆発に見舞われることになるのがわかった。

エリーがオリヴィアの肩をたたいて耳元でささやいた。

「代わろうか？」オリヴィアが受話器を手でおおうと、エリーはさらに言った。「カレンとはよくいっしょに走るの。簡単に追い越せるはずなのにならんで走ってるってことは、ある程度わたしに敬意を払ってくれているはずよ」

オリヴィアは本心から〝お願い〟と口の動きだけで伝え、母に受話器をわたした。

エリーは忍耐強い親の声で言った。「こんにちは、カレン、エリーよ。オリヴィアはお店の問題を解決するために呼ばれていったから、わたしがあなたのジレンマのお相手をするわ」

オリヴィアは椅子に座りこんだ。マディーがクッキーの皿を持ってきてくれた。

「興味深いと同時に勉強になるわね」マディーがひそひそ声で言った。「おもしろいとさえ言える」

「ええ、そうね」エリーが電話に向かって言う。「あなたにとってどんなに重要なことか、とてもよくわかるわ。あなたの将来にとってもね」カレンが返事をするのを待ってからつづける。「あら、あなたのチャンスがすっかり台なしになるとは思わないけど、祝賀イベントがうまくいけば、あなたにかなりのリーダーシップと管理能力があることを示せるわね」

エリーが町長のことばに耳を傾けているあいだに、オリヴィアはピンクとラベンダー色の羽のついた蝶の形のショートブレッドクッキーをかじった。クッキーの癒しの魔法は効いた。どうやら売り場に行ってバーサを手伝うべきなのだろうが、椅子から立ちあがれなかった。マディーとルーカスもエリーの話すことが気になっているらしい。

「ええ、あなたの言うことはすべてもっともだと思うわ」エリーは言った。「でもね……別の作戦を提案できるかもしれない。ちょっと考えてもらえるかしら？　わたし、冷静に計画を進められる交渉力のある政治家には、いつも感心せずにはいられないの。もちろん、相手に分別があれば、そこそこの能力でもうまく交渉できるでしょうけど……ええ、まったくそのとおりね。短気で強情な相手は挑みがいがあるわ。そういう相手と交渉しようとするのは、才能のある本物のリーダーだけよ」

オリヴィアには自分が侮辱されているのがはっきりわかった。だが、それでまたチャタレー邸に行かなくてすむなら、ありがたいことだと思った。

「それはすばらしいアイディアだわ」エリーは言った。「ただ心配なのは……あら、もちろん冗談で言ったのよね？　あなたがそんなことをするはずないわ。わたしはつねにあなたの成功を願ってるのよ、カレン。あとで首尾を知らせてね」エリーは電話を切って、固唾《かたず》をのむ聴衆に向かってにっこりした。「カレンみずからペインと話すそうよ。クッキーをもらえるかしら」

「ご褒美よ」オリヴィアは皿に残っていた最後のクッキー、黄色と青の羽の蝶を母に差し出した。エリーはひと口かじって満足げにうめいた。

「母さん？　カレンがそんなことをするはずないとか言ってたのはなんのこと？」

「ああ、別になんでもないわよ。カレンは好戦的な気分だったんでしょう、いいことだわ。もちろん、理性を失わなければね。ただの空いばりよ」

「何が空いばりなの？」オリヴィアはきいた。

「ほら、わかるでしょ、カレンは欲求不満を吐き出しただけよ。ペイン・チャタレーが自分のじゃまをするなら、首を絞めてでも排除してやるって言ってたわ」

4

スパンキーは涼しいたそがれのなかを散歩したがり、オリヴィアは希望をかなえてやることにした。蒸し暑い夏のあとなので、一枚余分に着なければならない季節は快適に感じられる。町長からまた常軌を逸した命令調の電話がかかってくるかもしれないので、携帯電話は置いていこうかと思ったが、迷った末に腿《もも》まであるセーターのポケットにすべりこませた。

外に出て店の戸締まりをしたあと、オリヴィアは問いかけた。

「どこに行く、スパンキー？」

小さなヨークシャーテリアは北の方角に向かってひもを引っぱった。逆らっても無駄なのはわかっていた。スパンキーは散歩ルートにこだわりを持っており、混雑や乱暴なティーンエイジャーたちを避ける傾向にあった。〈ジンジャーブレッドハウス〉を一日じゅう警備するのは疲れる仕事だ。スパンキーは夕方のお出かけに平和と静けさを求めた。

スパンキーが消火栓のにおいをくまなくかいでいるとき、オリヴィアの携帯電話がポケットの奥からくぐもった調べを発した。発信者番号を確認したところ、弟の番号だった。

「ジェイソン！　ワシントン環状道路《ベルトウェイ》の内側の暮らしはどう？」

「厳密にはもうベルトウェイの内側にいないんだよ、リヴィー」ジェイソンは言った。「実は近々DCを離れる。それで電話したんだ。うちに戻るよ」

「そう」オリヴィアはつぎに頭に浮かんだことばをのみこんだ。〝やった！〟と思ったのだ。ガールフレンドのシャーリーンがチャタレーハイツからワシントンDCに帰ることになったとき、彼女についていくという弟の決断に、オリヴィアはいい顔をしなかった。暴力を振るう元夫がひそかに町にやってきて殺されたあと、自然食品の店を営んでいたシャーリーンはすぐに店をたたんだ。ジェイソンのシャーリーンへの献身が、愛よりも過保護から来ているのではないかとオリヴィアは心配した。むしろふたりがきっぱりと別れてくれることを願っていた。ジェイソンにはもっといい相手がいるはずだ。

「それで」オリヴィアはきいた。「元気なの？」

「ああ、元気だよ。いろいろとうまくいかないことはあるけど……事情はわかるだろ。この不況やらなんやらで、仕事は見つからない。でもシャーリーンの金で暮らすわけにはいかない」

「わかるわ」オリヴィアは言った。「つらい状況ね」

「うん」ジェイソンが長いこと黙りこんだので、オリヴィアは弟が電話を切ったのかと思った。だが、急にまた話しだしたのでびっくりした。「母さんとアランに電話したよ。また自分の部屋が借りられるようになるまで、家にいてもいいって言ってくれた。この歳で親と同居なんて、気色悪いけどね……そうだ、いいニュースがある。ストラッツがまたガレージで働いてもいいって言ってくれたんだ」

「よかったじゃない！」オリヴィアは驚かなかった。ストラッツ・マリンスキーはチャタレーハイツ唯一の自動車整備工場〈ストラッツ＆ボルツ・ガレージ〉のオーナーだ。彼女は腕の立つ修理工で、立派な上司でもあった。技術がある者を見ればそれとわかる。「あんたがまた近くにいてくれるのはうれしいわ」

「そんなに感傷的になるなよ。じゃあな」カチリ。

ジェイソンからの知らせがうれしくて気もそぞろになり、もう一ブロック歩いたところで、朝スパンキーと通ったチャタレー邸への道をたどっていることに気づいた。無理もない。今朝あの屋敷を訪問したとき、ハーマイオニ・チャタレーはスパンキーに肉をくれたのだから。愛犬に勝手に肉を与えられてもオリヴィアは異議を唱えなかったが、それはひとえに屋敷を一般公開することに同意するよう、ハーマイオニにペインを説得してもらいたいからだった。当然ながらスパンキーはまたおいしいごちそうがもらえることを願って、そこに戻ろうとしているのだ。

「きみの考えはお見通しよ」オリヴィアはがんこな愛犬に言った。「わたしのほうが大きいってことを忘れないでもらいたいわ。散歩に出るたびあの屋敷に連れていこうったってそうはいかないわよ」

スパンキーは聞く耳を持たず、シカモアストリートを北に向かった。このまま進んでいけば屋敷のまえを通ることになってしまう。オリヴィアが速度をゆるめると、スパンキーはまえ肢が歩道から浮くまで散歩ひもを引っぱった。オリヴィアは彼を抱きあげて脇に抱えた。

「わたしが買ったのがハーネスつきのひもでよかったわね。首を絞められずにすむんだから」とつぶやく。スパンキーはキャンと鳴いて応えた。

「シーッ、静かに」飼い主の声に何かを感じ取ったヨークシャーテリアは、今度ばかりは命令に従った。チャタレー邸が見えるところまで来ていた。屋敷のまえには車が一台停まっている。見覚えのある赤いキャデラックだ。フレデリックストリートをわたり、シカモアストリートを北に向かっているとき、運転席のドアが開くのが見えた。形のいい脚が現れ、カレン・エヴァンソン町長が降り立った。カレンは立ち止まってスーツのジャケットを引っぱり、髪をふんわり整えると、大股でチャタレー邸の玄関に向かった。

最初に思いついたのは、母に電話してその功績を讃えることだった。だが、チャタレー邸からもう少し離れたかった。玄関にだれかが出てくるのを待ちながら、カレンが通りに目を向けるかもしれない。カレンのことだから、ペイン・チャタレー懐柔作戦にオリヴィアを引き入れようとするだろう。ブロックをまわったほうが安全だ。

「ごめんね、スパンキー、今夜は禁断のごちそうはなしよ。もううちに帰りましょう」

スパンキーをおろそうとかがんだとたん、彼がぐいとひもを引き、オリヴィアの手からひもが離れた。つかまえようとしたが、スパンキーはすばしこかった。オリヴィアは走って追いかけながら、少なくともあの子は屋敷の玄関ではなくて北に向かっているわ、と自分をなぐさめた。スパンキーは急に右に曲がって消えた。チャタレー邸の裏の小路を見つけたのだとすぐにわかった。ただの偶然かもしれないが、すべては彼が仕組んだ作戦だったのではないかと思った。

オリヴィアはスパンキーのあとを追って小路にはいった。だれかに見られているといけないので、ゆったりとした足取りで。最初、小さな犬の姿は見えなかった。やがて、チャタレー邸の裏にある小型のごみ缶の横で、猛スピードでしっぽを振っているのを見つけた。ジャンプしようという体勢だ。オリヴィアがつかまえるまえに、小さなうしろ肢とふさふさのしっぽがごみ缶のなかに消えた。

「もう、スパンキーったら……」

オリヴィアはごみ缶のなかをのぞいた。半ばまでごみがはいっている。それでスパンキーが飛びこんでもひっくり返らなかったのだろう。スパンキーは毛のふさふさした顔をうれしそうに上げたが、それは飼い主を見たからではなかった。赤身の肉をくわえていたからだ。正確に言うと、レアに焼いた小さなステーキを。

「ほんとに悪い子なんだから」たしなめても効果はなかった。ささやき声で言ったからだろうが。

オリヴィアはごみ缶のなかに身を乗り出して、肉を両手でつかんだ。口から肉を引き抜こうとすると、スパンキーはうなって、ごみ缶の縁まであとずさった。缶が動き、歩道にこすれる。オリヴィアはしかたなく手を離した。小路に面した屋敷の唯一の窓がキッチンのドアについている窓で、この場所から二メートルほど離れているのはありがたかった。

どうするべきか悩んでいるうちに、なぜチャタレー家はステーキをごみ缶に入れたのかという疑問が浮かんだ。ペインが食べるのを拒否したのだとしても、どうしてハーマイオニが食べなかったのだろう？　ペインは妻に毒を盛られていると思っている。ハーマイオニがそう話していたのを思い出し、ひやりとした。いや、それはないだろう、スパンキーはたったの二・三キロしかない小型犬だ。もし今朝食べた肉に毒がはいっていたとしたら、夕方まえに具合が悪くなっているはずだ。

だいたいどうしてもうごみ缶にごみが半分もたまっているのだろう？　ペインとハーマイオニは、古い壁紙や何か、作業員たちが家に置いていったものを片づけていたのだろうか？

ごみ缶の中身をあらためるつもりはなかった。早く家に帰りたかった。

オリヴィアはスパンキーをステーキごとごみ缶のなかから抱えあげた。そのとき、ごみのなかに空のウィスキーのボトルがあるのに気づいた。近所の人が証拠品を処分するのに、屋敷のごみ缶を利用したのかもしれない。ヘビードリンカーは自宅のリサイクル用容器に大量の空びんを入れたがらないだろうから。だが、そうでないとすると、今度ばかりはスヌーピーことサム・パーネルの言うことが正しかったということになる。ペイン・チャタレーは飲酒の問題を抱えているのかも。

いつもはかわいいペットの口から血まみれの物体がぶらさがっているのを見て、オリヴィアは顔をしかめた。

「その肉、たぶん傷《いた》んでるわよ。今にお腹が痛くなるから。そうなって当然だけど」

罪悪感がちくりと心を刺した。スパンキーは保護施設を脱走したあと、何カ月も路上で暮らしていたのだ。ごみ缶のなかのものを食べることも多かったのに病気にはならなかった。とはいえ、犬から肉を引き離す方法を考えなければ。いずれは。

まずは犬と肉をチャタレー邸から離れさせ、家に連れて帰ることだ。できるだけ早く。来た道を戻るのがいちばんの近道だった。つまり屋敷の前庭が見えるフレデリックストリートをわたるということだ。見えたところで意味はないけど。

飼い主においしい獲物を奪うつもりがないとわかると、スパンキーはおとなしくオリヴィアに運ばれた。小路を離れて南に向かい、家を目指す。角のコテージまで来ると、身を隠しながらフレデリックストリートの様子をうかがった。ひと気はないようだ。カレン・エヴァンソン町長の車がまだチャタレー邸のまえに停まっているということは、少なくともハーマイオニは彼女と話をする気になったのだろう。カレンがペインの協力をとりつけることができたとしたら、それこそ奇跡だ。

スパンキーは肉のかたまりに歯を埋めているせいで鳴くことができないので、オリヴィアはほっとしながら屋敷の反対側にわたった。スパンキーは肉にかみついて離さずにいることにエネルギーをかたむけていた。かなり苦労しているようだが、なんと言ってもスパンキーはテリアだ。あきらめるのは性分ではない。

〈ジンジャーブレッドハウス〉が見えてきたときも、彼はまだ血まみれのかたまりをくわえていた。そのころには、オリヴィアが見積もったところチャタレーハイツの住民の半数に見られ、笑われ、携帯電話で写真を撮られていた。たそがれの薄れゆく光のせいで、スパンキーの略奪品がはっきりと写らないことを願うしかなかった。

疲れと恥ずかしさを感じながら、クィーンアン様式の家の玄関ロビーにはいり、ドアマットの上に犬をおろした。両手で肉をつかんで歯を食いしばり、タフなヨークシャーテリアと引っぱり合いをはじめる。スパンキーはたちまちゲームに夢中になった。犬はうなり、オリヴィアは甘いことばで油断させながら。勝負はつきそうになかった。勝負を決める要因となったのは、騒ぎを聞きつけて〈ジンジャーブレッドハウス〉のドアを開けたマディーだった。

スパンキーの自衛本能が作動した。彼は激しく吠えはじめ、口を開けたせいでステーキを落としてしまった。不意をつかれたオリヴィアは、玄関ロビーの壁に激突して床に座りこんだが、手には肉を持ったままだった。

「激しい遊びをするつもりなら、外に行くべきだと思わないの？　ここは客商売をするところなのよ。それなのにラグに血なんかつけて」マディーが言った。

「外だと携帯電話のカメラにねらわれるのよ」オリヴィアは言った。

「そう。それは残念ね。てことは、ビニー・スローンのブログでこれを見ることになるのかしら？」

「おそらくね」

マディーはずたずたになったステーキを見て顔をしかめた。「ひどいわね」

「ステーキが？　それともスパンキーが？」オリヴィアはスパンキーに取られないように肉を掲げながら立ちあがろうともがいた。

マディーは脇に寄ってオリヴィアとスパンキーを店に入れた。意気消沈した犬はふたりから離れて売り場を歩き、自分の椅子に向かった。そしてクッションつきの椅子に跳び乗ってまるくなった。マディーのあとから厨房にはいったオリヴィアは、肉を捨てて両手を念入りに洗った。古いふきんを湿らせて、服の汚れを拭き取る。なんとかきれいになると、一日ぶんのレシートが乱雑ながらもかなりの山を作っている、小さなデスクのまえの椅子に座った。カレン・エヴァンソンがどう思おうと、商店経営には時間と手間がかかるのだ。

「服は着替えないことにする」オリヴィアは言った。「このレシートたちは待ってくれないだろうから」

「それがいいわ」マディーが言った。「ジンジャーブレッドの家の室内風景を仕上げるあいだ、仲間がほしかったから。ちょっとくらい褒めことばをもらえるのも悪くはないし」

「売り上げは上々だったようね」オリヴィアはレシートを手にして言った。

「大入りだったわ。ほとんどバーサがさばいてくれたんだけど」マディーはワイヤーラックの上のデコレーションのすんだ長方形のジンジャーブレッドクッキーを示した。「で、褒めことばは？」

オリヴィアはマディーのいる作業台に近づいて、クッキーのデザインをよく見た。

「いつもながらすばらしいわ。ねえ、屋敷の窓辺にいるあの男の子って、サディーおばさんがエプロンに刺繍したのと同じ子？」

「ご名答。これはチャタレー邸の窓から外を見てる孤独で悲しげな幼いペイン・チャタレー。これをクッキーの窓に取り付けるの――ジンジャーブレッドのチャタレー邸のね。だれだかわかる人はほかにもいるかしら？　ペインは成長するにつれて髪の色が明るくなったってサディーおばさんは言ってたけど」

「それはそうと、あのエプロンはなんとしてでも手に入れなくちゃ」オリヴィアは言った。「これをクイズ大会のお題にしてもいいわね。この子がだれだかわかった人は、イベントのあとでジンジャーブレッドの屋敷をもらえるの」

「いいわね！　いずれあなたは解くべき謎を考え出すだろうと思ってたけど。ほんとに好き

なんだから。でもサディーおばさんはクイズ大会に参加できないわよ。もちろん、黙ってい
てもらわないといけないし。どっちにしろ、おばさんはそんなにしゃべらないけど。あなた
のお母さんも問題ね。エリーならこの男の子の正体をたちまち見抜いちゃうでしょうから。
だって彼女は……」マディーはぴったりなことばをさがして眉間にしわを寄せた。
「異次元の人だから？」オリヴィアが言った。
「あたしは〝直観力がある〟って言いたかったんだけど、あなたの説にも一理あるわ。とに
かく、クイズ大会のアイディアはおもしろそうね。サディーおばさんに話しておくから、あ
なたはエリーの協力をとりつけてくれる？　そしたらチラシを作るわ」マディーは使った調
理器具をまとめはじめた。
「そのままでいいわよ。レシートの集計が終わりしだい食器洗浄機に入れておくから」
「あなたは真《まこと》の友だわ」シートケーキの型の底にデコレーションを終えたジンジャーブレッ
ドクッキーをならべながらマディーは言った。「アイシングはほぼ乾いてるから、ジンジャ
ーブレッドの家に取りつけたらどんな感じか早く見てみたくて。このクッキーを全部荷造り
したら、コミュニティセンターに行くわ。ルーカスが〈チャタレーカフェ〉のコンビーフサ
ンドイッチを持ってきてくれるの。家の外装に手を加えながら少しはふたりですごせるわ」
「ルーカスはどんな様子？　ペイン・チャタレーに修復プロジェクトを中止させられたうえ、
あんなばかげた要求をされて、まだだいぶ落ちこんでるんじゃない？」レシートの集計はマ

ディーが出かけるまで待つことにして、オリヴィアは食器洗浄機に皿を入れた。ふたりとも祝賀イベントの準備でひどく忙しかったので、互いの近況を話す時間がほとんどなかったのだ。

「ここだけの話だけど、ルーカスは今、怒ってるというより心配してるの」マディーはケーキ型のひとつにふたをしながら言った。「たしかにペインには腹を立ててるし、自分とチームが労働力や資材を提供したことが無駄になったのを残念がってるけど」

「マシュー・ファブリツィオはちがうみたいだけどね」オリヴィアが言った。「マシューが二度と〈ハイツ・ハードウェア〉で仕事をしないでくれることを願うわ」

マディーは別の型のふたを両手に持ったまま動きを止めた。

「聞いてないの？　ペインはマシューのことも利用したのよ。あの気の毒な若者は、屋敷のヴィクトリア朝様式の装飾を修復しつづければ、ペインがチャタレー王朝に迎え入れてくれて、血筋を証明する手助けをしてくれるものと思ったの。そう提案したら、ペインは協力するふりをしたから。マシューはしばらく働いて、翌日には完成すると判断した。そこで帰るまえにチャタレー夫妻のところに行って、曾曾祖母だかなんだかがフレデリック・Pと火遊びをした話をくわしく披露した。この新事実はハーマイオニにはあんまり受けなかった。ペインは急に態度を百八十度変えて、マシューがなんの話をしているのかさっぱりわからないと言ったのよ」

「どうしてマシューがそれを予期できなかったのか、理解に苦しむわ」

「わたしにはわかる」マディーが言った。「マシューはアーティストなのよ。すばらしい可能性を想像したんだと思う」

「じゃあアーティストは現実がよくわかっていないってこと?」

「彼にはお金がないの。だから裕福な一族に連なることがいい方法に思えたのよ」マディーはふたをしたケーキ型を持ちあげて、〈ジンジャーブレッドハウス〉の大きな袋に入れた。「たしかにマシューは現実ってものがよくわかってないわ。それにあのとおり、何かあるとすぐにうじうじ悩むやつだから、今ごろお酒を飲んでうさを晴らそうとしてるのかも。それはそうと、ヘザー・アーウィンはマシューにぞっこんみたいよ。彼女、ほんとにあの手の男に弱いのね」マディーは大切な荷物のために袋を二重にすると、それを持って裏口に向かった。「わたしが出たらドアを閉めてくれる? このクッキーを落としたくないの。ありがと」

マディーを見送って裏口を施錠しながら、内気で若い町の図書館司書、ヘザー・アーウィンのことを考えた。ヘザーは過去に男選びを誤り、危険な男に引っかかった。この夏、暴力好きな泥棒に恋をしたことで、ヘザーが学んでくれていればいいがとオリヴィアは思っていた。だが、マディーはマシューのよくない性質について大げさに言っただけかもしれない。なんと言っても彼は腕のいい職人だ。マシューならヴィクトリア朝様式の渦巻き模様の装飾を、どんなに時間がかかろうと一分《ぶ》の隙もなく仕上げると、ルーカスが言っていたのを聞いたことがある。

オリヴィアが携帯電話を置きっぱなしにした厨房のデスクの上で、レディー・ガガがユダへの愛を高らかに歌いだした（レディー・ガガの楽曲〈ジューダス〉のこと）。マディーがまた着信音にいたずらをしたのだ。留守電に変わるまで鳴らしておこうかと思いかけたが、見るとデル・ジェンキンズからだった。

「メッセンジャーを撃たないでくれよ、リヴィー」デルは開口一番に言った。

「聞き捨てならないわね」オリヴィアは言った。「何事？」

「ペイン・チャタレーに週末の祝賀イベントのあいだじゅう、屋敷のあるブロック全体を警備しろと言われた話を覚えてるだろう？　実は金曜日の朝、カレンと報道陣が、カメラとマイクを準備してチャタレー邸に向かうことになった。そしてカレンはコーディとぼくに同行しろと言ってきている」

「つまりあなたは抜き差しならない状態になったわけね」

「そのとおり」

「カレンってほんとに神経にさわるわ」オリヴィアは予備のクッキーをさがして冷蔵庫を開けた。いらだちをやわらげるものが必要だ。「自分を何様だと思ってるのかしら？」

デルは男っぽいため息をついた。「町長だと思っているんだろう。拒否したら保安官の職をとりあげるとおどされた。実は、提案があるんだ。カレンはハーマイオニ・チャタレーと長い時間話をしたと言っている。ハーマイオニはこの週末に屋敷を一般公開することを、夫に承諾させると約束したらしい。にわかには信じがたいが」

「ハーマイオニは今朝わたしが訪ねたときも似たような約束をしたわ。正直言って、彼女はわたしたちが思っている以上に夫婦のあいだで力を持っているという印象を受けた」

「きみから逃げたかっただけかもしれないよ」

「あなたって皮肉屋ね、デル。でも、あなたの言うことにも一理あるわ。チャタレー家に電話して、カレンの話を確認した？」

「やってはみたよ。昔の、屋敷が博物館だったころの番号に電話したんだが、つながらなかった。電話会社の話では、屋敷に新しく電話を引いてくれという依頼はなかったらしい。それでコーディをやって玄関をノックさせた。だれも出なかった。裏にまわっていくつか窓ものぞいてみたが、人がいる気配はなかった。祝賀イベントそのものを避けるために、チャタレー夫妻が町から逃げ出してくれたならいいんだが」

「わたしもそうあってほしいわ」オリヴィアは言った。「でもカレンがどんなにがんこになれるかも知ってる」

「どっちにしろお手上げだよ。ぼくは金曜日の朝に屋敷に行って、何が起こるか見ていなくちゃならない。もしカレンの言うとおり、チャタレー夫妻が報道陣にプライバシーの侵害を許すなら、そばにいて治安を守ることになる。もしカレンの言っていることがでたらめなら、彼女を強制退去させて報道陣を追い払うことになる」

「楽しそうね」オリヴィアは笑いながら言った。「終わったら店に寄って。ジンジャーブレッドクッキーとコーヒーをごちそうするから、ぐちっていいわよ」

「そう先走りするなよ、リヴィー。実は町長からきみへの伝言をことづかっているんだ」

「あら、それならあとにしてもらえる？　マディーが呼んでるみたいだから――」

「きみは金曜日の朝七時半きっかりに屋敷にいてもらうことになっている。ぼくらに指示を出したあと、八時にカレンがひとりで屋敷の玄関をノックする。きみはカレンがインタビューをうまくやれるよう手を貸す係に任命されたんだ。委員会のなかでいくらかでも良識があるメンバーはきみしかいないそうだ」

「カレンが言いたいのは、思い通りにできるメンバーが委員会のなかでわたしだけってことでしょ。彼女がまちがってるってことを証明してやりたい気分」

「リヴィー、きみが行くのを断れば、カレンがぼくを責めるのはわかってるだろ。それに、彼女には政治的影響力がないわけじゃない」

「あなたはタフなんだから彼女の扱いくらいお手の物でしょ。それに実際、わたしには店があるの。カレンはそんなことどうでもいいと思ってるみたいだけど、あなたはわかってくれるわよね」

「もちろんだよ。開店時間までには〈ジンジャーブレッドハウス〉に戻れるよう最善を尽くすつもりだ。コスチュームで来るように念を押してくれともカレンに言われてる。給仕女に扮したきみが目に浮かぶよ」

「ありがと。でもあの役はもうマディーがやることになってるの。そんなにたくさん給仕女がうろうろしてるわけにもいかないでしょ」

「リヴィー、給仕女が多すぎるなんてことはないよ」

「さよなら、デル」オリヴィアは携帯電話をパタンと閉じた。

5

木曜日の午前中は忙しく、売り上げも好調だったので、オリヴィアはカレンに何を命じられてもやってやろうという気になった。暇な時間はわきあがるエネルギーで棚の整理や商品の補充をした。売り場に三枚出しておいたサディー・ブリッグズの刺繍つきエプロンは、朝のうちにすべて売れてしまった。オリヴィアは料理本コーナーのアンティークのコートスタンドにもう三枚掛けた。百二十五ドルと書いた新しい値札を、それぞれにピンで留めつけて。

「ほんとにすてきな刺繍ね」背後でおなじみの声がした。

「母さん、びっくりするじゃない」

「ごめんね、リヴィー。モカシン（やわらかい革の靴）のせいだわ。あなたはここにいるとバーサに聞いたの」

エリーにしては地味な服装だった。ダークブラウンのやわらかいスエード調のロングスカートに、〝食べ物のために抗議する〟と書かれたライトブラウンのTシャツだ。

エリーは咲き誇る春の野の花で彩られたエプロンを取り、刺繍部分をなでた。

「サディーの腕は見事ね。この値段でも安いくらいよ」彼女は値札を確認して言った。「もちろんわたしには買えないけど、二倍の値段でもこれに飛びつく裕福なご婦人たちを何人か知ってるわ」

「それってわたしに大金を残すつもりはないってこと？」

「リヴィー、大金があったとしても、わたしが使っちゃうから心配いらないわ」エリーはスカートのウエストバンドについた小さなポケットから紙切れを取り出した。「長居はできないの。急遽《きゅうきょ》必要になったジンジャーブレッドの家の材料を取りにきただけだから。マディーが電話でリストを伝えてきたの。これからコミュニティセンターに手伝いにいかないと」

「追加の材料？　でも昨日母さんもローズマリーも、長いリストを持ってここに来たじゃない。もう必要なものはないと思うってローズマリーは言ってたわよ」ローズマリー・ヨークが館長を務めるチャタレーハイツ・コミュニティセンターには、マディーとジンジャーブレッドの家を製作するチームが作業できるほど広い厨房があった。

いつも落ちついているエリーの顔が不安にゆがんだ。

「そうなんだけど、アイシングの材料が急激に減っているみたいなの。ちょっと気になるのよね。チャタレーハイツのだれかが関わっているとは思いたくないけど」

「母さん、また文章が部分的に抜けてる」

「え？　ああ、ごめん。だれにも言ってないんだけどね、とくにローズマリーには。彼女、コミュニティセンターの館長だから責任を感じてるんだけど、どうしようもないのよ。夜遅くまで作業をするデコレーションのチームが出入りできるように、入口のドアは解錠しておかなくちゃならないでしょ。それにもちろん、厨房のドアはもともと施錠できないし」

「母さん、だれかがアイシングの材料を持ち去ったって言うの？〈ジンジャーブレッドハウス〉は製菓材料のほとんどを寄付してるのよ。このこと、デルには言ったの？」

「まだ言ってない」自分の報告が理解できないというように軽く首を振って、エリーは言った。「費用はわたしのポケットマネーから出すわ」

「そういう問題じゃないでしょ」

「わかってるわよ、リヴィー。正直言って、材料がほんとうに消えたのかどうか確信はないの。ロイヤルアイシングはむずかしいでしょ。経験の浅い作業員が、恥ずかしさから失敗を隠そうとしているのかもしれない。もちろん愚かなことだけど……わたしが言ったことは忘れて、リヴィー。気をつけて見ているようにするわ。それでも盗まれてると思ったら、すぐデルに報告するから」

オリヴィアはうなずき、つぎにデルに会ったらすぐ話そうと心に決めた。

マディーがチャタレーハイツ・コミュニティセンターで躍起になってジンジャーブレッドの家の仕上げをしているあいだ、ランチタイムをすぎても来店客の流れは止まらず、オリヴィアとバーサはずっと忙しかった。スパンキーは窓際の自分の椅子でちやほやされていた。彼が頭を上げるかしっぽを振るだけで、ほとんどのお客はめろめろになった。学校がはじまって、目にかかる長い毛を引っぱるのが好きな子供たちがいない今、スパンキーは比較的安全だった。

午後一時にはジンジャーブレッドミックスが売り切れた。一時間後、オリヴィアはジンジャーブレッドボーイとガールのクッキーカッターが大量に置いてあった棚が空になっているのに気づいた。半径三十キロ以内に住む人びと全員が、祝賀気分になっているようだ。ジンジャーブレッド関係の商品をすぐに補充しないと、店の名前を変えなければならなくなる。

さらに三十分してから、ようやく数分時間がとれたので、棚に商品を補充することにした。在庫品の倉庫にしているクロゼットに駆けこみ、大きなバスケットに食用色素各種とジンジャーブレッド用のクッキーカッターセット、三箱残っていたジンジャーブレッドの家が作れるキットを入れる。クロゼットの倉庫を出て鍵をかけたとき、スパンキーのうれしそうな鳴き声が聞こえた。目を向けると、おもちゃ屋にいる子供のようにうっとりしながら店内を見まわしているハーマイオニ・チャタレーがいた。小さなピンクのバラのつぼみを散らした栗色のワンピースを着ている。オリヴィアはまたもや、おめかしして町に出かける曾祖母を想像した。壁紙を思わせる服でもある。

スパンキーは椅子から飛びおりて、ハーマイオニのほうにとことこ歩いていった。

「こんにちは、おちびちゃん」うしろ肢で立ってあいさつするスパンキーに、ハーマイオニが言った。「なんていい子ちゃんなの」

スパンキーはまた肉をもらおうとしているのだ。「スパンキー、さがりなさい。ミセス・チャタレー、ようこそ〈ジンジャーブレッドハウス〉へ。何かおさがしのものでも？」

「オリヴィア、あなたがここにいてよかったわ」ハーマイオニは言った。「家のなかにいるとなんだか息が詰まるから散歩に出たの。それであなたのチャーミングなお店に行ってみようと思いたったのよ。できればちょっと見てまわっていいかしら。わたしのことはどうぞおかまいなく」女性がふたり、おしゃべりをしながら店にはいってきて、ハーマイオニは脇にどいた。

バーサはレジ打ちで忙しいので、オリヴィアはふたりの女性が料理本コーナーのディスプレーのなかからフットボール関係のクッキーカッターをさがすのに手を貸した。メインの売り場に戻ってくると、ハーマイオニはどっしりしたガラスのキャビネットに引き寄せられていた。価値の高いアンティークのクッキーカッターがならんでいる、施錠されたキャビネットだ。

「アンティークにご興味が？」オリヴィアはハーマイオニに近づいてきいた。

「ペインはアンティークにかなり興味があるみたい。わたしは新しいもののほうが好きだけど。だってずっと頑丈でしょ。ペインの誕生日はひと月後だから、彼の好きそうなものをさがしてるのよ。クッキーカッターなんて男性へのプレゼントには変かもしれないけど、特別に価値のあるアンティークがあるなら……」

「クッキーカッターはそれほど高価なアンティークというわけではないんです。少なくとも金額的には。レアなものだと値段が高くなることはありますけどね。ほんとうに価値のあるアンティークのクッキーカッターはほとんどが博物館にあるか、個人が所有しています。コレクターの多くは、カッターに付随する人の歴史に惹きつけられるんだと思います――何世代にもわたって母親たちや祖母たちが、それらを使って愛する人たちのためにきれいなクッキーを作ったということに」オリヴィアはキャビネットの鍵を開け、お気に入りのヴィンテージカッターのひとつ、アルミ製の頭のとんがったジンジャーブレッドマンのカッターを取り出した。「このカッターは一九五〇年代に売られていたもので、それほど珍しいものではありません。でもわたしは、いかに愛されていたかがわかるから、これがとても好きなんです。この取っ手の、まんなかへんが壊れそうになっているのがわかりますか？　生地に押しつけては持ちあげて、取っ手が傷むまで何度も使われたということです。ヴィンテージのクッキーカッターの多くは曲がっていますし、壊れているものもありますが、愛好者にとっては、そういうささいな欠点がよりいっそう魅力になるんです。へこみのひとつひとつの裏にある物語が想像できますから」

「すてきね」ハーマイオニはそのカッターをほとんど見ていなかった。「ペインはもう少し価値のあるもののほうがよろこぶと思うわ。あの人、子供時代はあんまり幸せじゃなかったのよ。母親にクッキーを作ってもらったことなんてないんじゃないかしら。もちろん家にはコックがいたしね。彼におやつを作ってくれたのはきっとコックよ」

「差し出がましいことを言うようですが、ちょっと不思議に思ったものですから……ご主人にとってチャタレー・ハイツに戻ってくることがなぜ重要だったんですか？　子供時代の思い出がつらいものなら、ここにいてもつらいんじゃないんですか？」

オリヴィアが驚いたことに、ハーマイオニはくすくす笑った。

「ええ、あなたはわたしのようにはペインを知らないものね。あの人はみじめな気分になるのが好きなのよ。でも」ハーマイオニの視線が、とくに何かをさがしているように、ヴィンテージカッターの棚をたどった。「言われてみれば、わたしも不思議に思ってたわ。あの人がここに戻ってきたがったのは、言うなれば、過去の問題を整理するためだったのかしらって」

オリヴィアはカレン・エヴァンソンとクウィル・ラティマーに対するペインの妙な物言いを思い出した。〝問題を整理する〟というのは復讐することの婉曲表現なのだろうか？　クウィルは火曜日の夜、それ以前からペイン・チャタレーを知っていたと認めたが、なんでもないことのようにやりすごしていた。カレンはペインが以前会ったことがあると遠回しに言ったのを無視していた。

「でも、そんなことは気にしないで」ハーマイオニは言った。「ほんとうに価値のあるクッキーカッターはないの？　少なくとも百五十年くらいまえのものは？　ペインのご先祖が使ったかもしれないものとかは？　つらい思い出しかないのに、ペインは自分の相続財産に恐ろしく誇りを持ってるのよ。少なくとも現存する記録に書かれているところまでは先祖をたどれるし、チャタレー家に代々受け継がれている話によれば、さらに昔までたどれるの。彼のおじいさんが話してくれたことによると、サー・セドリック・チャタレーは十字軍で戦ったそうよ」

オリヴィアは友人にして助言者だったクラリス・チェンバレンから相続した、広範囲にわたるクッキーカッターのコレクションのことを思った。クラリスは百年から百数年まえのブリキ製クッキーカッターを多数集めることに成功していた。ドイツからの移民が植民地に持ちこんだ、クッキーカッターの前身であるクッキーモールドのすばらしいコレクションもある。そのクッキーモールドやクッキーカッターはたしかに価値があったが、オリヴィアはそれらを売るつもりはなかった。いつか手放す心の準備ができたら、博物館に寄贈しようと考えていた。

ディスプレーケースのほうを示しながら、オリヴィアは言った。

「残念ながらここにあるヴィンテージのクッキーカッターは、ほんの六十年か、せいぜい七十年まえのものです。でもたまにもっと古いものに出会うこともあります。もしよろしければば、気をつけてさがしておきますよ」

「それはうれしいわ」とハーマイオニは言ったが、気持ちはすでに正面ウィンドウから見えるタウンスクエアの景色に移っていた。

会計カウンターからバーサに呼ばれ、マディーが電話してきてオリヴィアと話したがっていると言われたときはほっとした。ハーマイオニとのやりとりがオリヴィアを落ちつかない気分にさせたからだが、はっきりした理由はわからなかった。別々の会話が同時に進行していて、そのうちのひとつしか理解していないような気がするのだ。

オリヴィアは厨房で電話を取って言った。「もしもしマディー、どうしてわたしの携帯電話にかけないの？　いつもマナーモードにしてポケットに入れてるのに」

「その理由はすぐにわかるわよ」マディーは言った。「でもちょっと込み入った話だから、いらいらしないで聞いてくれる？」

「わたしがいつ、いらいらしたって言うのよ？　答えなくていいわ。何があったのか話して」

「今コミュニティセンターのローズマリーのオフィスにいるの。とにかく普通にふるまって、いい？　ハーマイオニ・チャタレーはいま店にいる？」

「と思うけど。ちょっと待って」オリヴィアは厨房のドアからのぞいてみた。メインの売り場にはだれも見えなかった。

　バーサは同時にふたりのお客の相手をしていたので、オリヴィアはすばやく自分で料理本コーナーに行き、だれもいないことを確認した。厨房に戻り、受話器を取って言った。

「帰ったみたいね。どうして？」

「オーケー、大ニュースよ」マディーは言った。「友だちのローラがここでデコレーションの最後の仕上げを手伝ってくれてるの。昼から〈レディ・チャタレー・ブティック〉の仕事を休んでね」〈エレガントなレディのためのレディ・チャタレー・ブティック〉はチャタレーハイツ内外から裕福なお客を引き寄せていた。「ローラはあそこのマネジャーなの。だからこのことに対処しなくちゃならなかったのよ」

「いったいなんの――」

「口をはさまないで。込み入った話だって言ったでしょ。あなたのお母さんは正しいわ。あなたもヨガか何かやったほうがいいわよ、冷静になれるから。とにかく、今朝ハーマイオニ・チャタレーが〈レディ・チャタレー・ブティック〉に来て、すてきなドレスをさがしてると言ったらしいの。ローラの話では、六着か七着のドレスを試着したそうよ。全部七百ドル台から八百ドル台のものばかり。ハーマイオニは気に入った一着を選ぶとローラに命じた――たのんだんじゃなくて、命じたのよ――つけにしろと。〈レディ・チャタレー・ブティック〉ではそういう商売のやり方はしないと、ローラははっきり言った。ハーマイオニはかんかんに怒って、チャタレー家はイギリスでは高貴な家柄なんだから、自分こそ本物のレデイ・チャタレーだ、この店は無断で自分の名前を使っていると言ったそうよ」

「ワオ」ハーマイオニ・チャタレーはがめついと同時に機転もきくようだ。「ローラは予想外の展開にどう対処したの？」

「ローラはそう簡単に音《ね》を上げないわ。あの強烈な眉の吊り上げ、まずはあれをやったでしょうね。それから、〝マダム〟なら合衆国で使用できるどんな大手クレジットカードでもお買い物をしていただけます、と説明した。するとハーマイオニは、クレジットカードなんてそんな中流の持ち物は使ったことがないと言ったんですって。イギリスでは銀行から毎月店主に直接お金が引き落とされるからって」

「それで、ハーマイオニはドレスを持って〈レディ・チャタレー・ブティック〉から出てきたの？　それとも持たないで？」

「また先走ってる。答えはノーだけど、まだつづきがあるの。あなたなら絶対知りたがるわよ。ローラは少しからかってやろうと思って、そういうことならうちの店でも、その銀行から直接アメリカの銀行に引き落としてもらうというやり方をしてもいいかもしれません、と言った。そしてハーマイオニから銀行の名前を聞き出し、確認のために一日か二日もらいたいと言った。ハーマイオニが帰ったあと、ローラは夫に電話した。たまたま彼女の夫は――」

「チャタレーハイツ・ナショナルバンクの副支店長よね」オリヴィアは言った。マディーが黙ってしまったので、こう言い添えた。「ごめん、つい引きこまれちゃって。ローラのご主人はハーマイオニの銀行のことでなんて言ったの？」

「存在してないって」

「どういうことかしら……」オリヴィアの頭に、ハーマイオニがうその銀行名を言った理由と思われるものが浮かんだ。

「ローラはハーマイオニが偽物なんじゃないかと思ってる」マディーが言った。

「ペインは本物のペイン・チャタレーみたいだけどね」オリヴィアは火曜日の夜、チャタレー夫妻が祝賀イベントの委員会に突然現れたときのことを思い起こした。「少なくともカレンとクウィルのことがわかったみたいだもの。ふたりのほうもあの反応からすると、どちらも彼だとわかったはずよ」

「サディーおばさんも彼にまちがいないって言ってる。おばさんをだますのは容易じゃないわ。歩行器が必要かもしれないけど、頭はこれまで同様はっきりしてるもの。もしかしたらハーマイオニはペインを操ってるのかも」

「水曜日の朝に初めてふたりを訪ねたとき、わたしもそう思った」オリヴィアは厨房のシンクの上の時計を見た。興味深い情報だが、仕事に戻らなければならない。〈ジンジャーブレッドハウス〉はあと一時間で閉店になる。

「時間をたしかめてるんでしょ。わかってるわよ」マディーが言った。「でも伝えたいことがもうひとつあるの。ローラは何人かの商店主たちに電話したんだけど、何がわかったと思う？　ほかにも三つの高級店がハーマイオニのご来店を賜《たまわ》って、結局彼女は何も買わなかったそうよ。でも彼女が帰ったあと、商店主は三人とも、高価な商品が棚から消えているのに気づいたの。だからうちも、週末の祝賀イベントが終わったら、徹底的に在庫チェックをする必要があるかも」

「わかった」

オリヴィアは電話を切ると、ハーマイオニがしばしば演技をしているような印象を与えることについて考えてみた。彼女は極悪な犯罪者で、有無を言わさずペイン・チャタレーを支配下に置いているのかもしれない。だが、もっと単純な説明もできる。チャタレー夫妻は破産したとか。もしかしたらもうどこにも住むところがないので、なけなしのお金をはたいてここに来ることにしたのかもしれない。

週末の祝賀イベントの準備期間はもう木曜日の夜と金曜日しか残されていないので、マディーはほとんどチャタレーハイツ・コミュニティセンターに行ったきりだった。彼女が大勢のボランティアとともに、町の歴史的建造物をすべて網羅した、かなりの数のジンジャーブレッドの家を仕上げているあいだ、オリヴィアはひとりで〈ジンジャーブレッドハウス〉の閉店作業をすることになった。それはかまわなかった。厨房に散らかっている汚れた皿にいたるまで、店のすべてを愛していたから。

片づけと棚の補充を終えると、店の明かりを落として窓際のふかふかの椅子に腰かけた。椅子を動かして、タウンスクエアと店のメインの売り場の両方を視界に収める。その椅子とオリヴィアを自分のものだと思っているスパンキーが、膝に跳び乗ってきた。祝賀イベントに向けてボランティアたちがたれ幕を吊ったり張りめぐらしたりしている公園の様子を眺めるスパンキーをよそに、オリヴィアは〈ジンジャーブレッドハウス〉の平和な雰囲気を楽しんだ。あたりにはシナモンとクローブとジンジャーのかすかな香りがただよっていた。まだ夕暮れには早いが、低くなった太陽の光が部屋に射しこみ、つねに変わらず店に吊ってあるクッキーカッターのモビールが小さく音をたてている。

スパンキーがオリヴィアの膝から飛びおりて、正面のドアに歩いていった。

「ちょっと待ってよ、相棒」

オリヴィアは散歩ひもとビニール袋二枚を持ってきて、会計カウンターのうしろの棚からセーターを取った。そして考え直し、厨房にそっとはいって封筒を手にした。それには刺繍つきエプロン一ダースの売り上げから、サディー・ブリッグズのために書いた小切手がはいっている。さらにデコレーションクッキー六枚を〈ジンジャーブレッドハウス〉の袋に入れて、スパンキーのもとに行った。オリヴィアが首輪にひもを装着しようとするあいだ、もどかしげなヨークシャーテリアはうしろ肢で立ち、まえ肢を玄関ドアにかけた。

「落ちつきなさい。散歩に行くのが一週間ぶりというわけじゃあるまいし」

タウンスクエアの喧噪を避けて、スパンキーは別の方角に行きたがったが、オリヴィアは彼を脇に抱えて南に向かった。

「サディーおばさんに会いにいくのよ」スパンキーは反対しなかった。

タウンスクエアの南西の角まで来ると、マディーに教えてもらった近道を使うことにした。チャタレーハイツ公立図書館の敷地を抜けてチェリーブロッサムレーンに出る道だ。その短い曲がりくねった通りにサディー・ブリッグズは住んでいた。いつもは施錠されている図書館の裏口を通りすぎようとしたとき、主任司書のヘザー・アーウィンとマシュー・ファブリツィオの姿が見えた。そう言えばふたりはつきあっているという話だった。どうりでいつまでも名残惜しそうにキスしているわけだ。歩調を速め、もう少しで図書館の敷地から出るというところで、スパンキーは恋人たちの品行について意見を述べることにしたらしい。それは猛烈な批判だった。ヘザーとマシューがぱっと離れてこちらを見た。オリヴィアはがまんできずに笑ってしまった。ヘザーとマシューがその陽気な反応にとまどっているのは明らかだったので、オリヴィアは手を振ると、チェリーブロッサムレーンの入口に着くまで早足で歩いた。

「もうすぐよ、スパンキー」

オリヴィアは興奮状態のペットに言った。曲がりくねった道を歩きながら、好奇心にかられて図書館を振り返った。ヘザーとマシューはまだそこにいて、お互いに夢中なあまり、オリヴィアの好奇心には気づいていないようだ。マシューは背中をまるめて両手で頭を抱え、ヘザーがなぐさめるようにその背中をなでている。はっきりとはわからないが、彼は泣いているようだ。オリヴィアはさっと彼らに背を向け、サディー・ブリッグズの家に向かってきびきびと歩いた。ヘザーとマシューがどんなことを話し合っているにせよ、自分には関係ない。ありがたいことに。

体が弱いせいでたいてい家にいるサディーがポーチに座っているのを見て、オリヴィアはうれしくなった。マディーは二十年以上まえに父親ともども交通事故で亡くなった母親よりも、巻き毛のふくよかなおばによく似ていた。体調が万全でないときも、サディーおばさんはみずから手仕事と呼ぶものをやめようとしなかった。彼女は会話をしながら編み物や刺繍をすることができた。オリヴィアは歩きながら話そうとするとよくつまずくというのに。

さらに近づくと、サディーおばさんはポーチの脇を飾る格子柵の陰になって見えないだれかと話をしていた。笑い声を上げ、編み物の手を止めて客をたたいている。「もう、よく言うよ」と言う声が聞こえたような気がした。彼女がよくマディーにかけていることばだ。マディーが作業中にひと息入れているのだろうか？　親友はめったに休憩したがらないけど、もしかしたら……道路のカーブを曲がるとポーチ全体が見わたせた。サディーを楽しませている客はマディーではなかった。ペイン・チャタレーだった。

オリヴィアがポーチのほうに歩いてくるのを見て、サディーおばさんは微笑んで手を振った。ペインは笑みを浮かべて振り向いたが、オリヴィアだとわかると笑みは消えた。同時に快活さも消えた。興味を惹かれながら、オリヴィアはポーチのサディーとペインのあいだの椅子に、半円形になるように座った。スパンキーを膝に乗せて、ペインの特徴のある横顔をしげしげと見る。距離をおいたよそよそしい態度だったが、落ちつかなげにあごをこわばらせているのがわかった。

「あら、かわいいぼくちゃんを連れてきてくれたのね」と言って、サディーおばさんが両腕を差し出した。「だっこしてもいい？」スパンキーはおばさんの膝に跳び乗って顔をなめると、いそいそとまるくなった。「ペットを飼いたいけど、きちんと世話してあげられないからねえ」彼女は手を伸ばせば届くところに歩行器が置いてある、ポーチの手すりのほうを見た。

「スパンキーとわたしからお土産があるのよ、サディーおばさん」オリヴィアは子供のころからの呼び方をした。彼女にとってはいつでもサディーおばさんなのだ。「あの刺繍つきエプロンには感激したわ」オリヴィアはセーターのポケットに手を入れて、気前のいい金額の小切手を取り出し、おばさんにわたした。「お客さんに大評判よ。かなり高い値段をつけたのに、飛ぶように売れてるの」

ペインは椅子の上でもじもじした。「わたしはぼちぼちうちに帰ったほうがよさそうですね」と言って、立ちあがる。

「あら、だめよ、ペイン・チャタレー」サディーおばさんが言った。やさしいながらも命令調の声に、スパンキーが耳を立てた。「ここに残ってオリヴィア・グレイソンと近づきになってもらわなくちゃ。リヴィーはわたしの家族も同然だから、はにかみはお尻のポケットにしまって、会話に加わってちょうだい。チャタレーハイツに住むつもりなら、人づきあいが大切よ。さあ、座って」

ペインは座った。オリヴィアは彼が口の片側を引きつらせたのを見た気がした。サディーおばさんの影響力にはたいていの人が逆らえない。

「ペイン、わくわくするようなニュースがあるの。あなたはわたしの姪のマディーには会ったことがないけど、十歳のときからわたしが育ててきた子で、とてもやさしい子なのよ。でね、その子が婚約したの。すばらしいでしょう?」

ペインはためらった。それはほんの一瞬だったが、オリヴィアにはわかった。マディーがまだルーカスのプロポーズを承諾していないという事実を、サディーおばさんが無視しているということにも気づいた。これがもしほかの人なら、オリヴィアも希望的観測だと茶々を入れるところだが、サディーおばさんではそうもいかない。観察力に長けている彼女のことだから、マディーは教会の祭壇に近づきつつあると確信する理由があるのだろう。

「お幸せをお祈りします」ペインは静かに言った。

サディーおばさんは眉間にしわを寄せながらペインの顔をじっと見た。

「あなたと奥さまはもう落ちつかれましたか？　身の回りのものがなくて不自由じゃありませんか？　荷物はいつ届くのかしら？」オリヴィアは尋ねた。

ペインは一瞬ちらりとオリヴィアを見た。

「一、二週間はかかるでしょうね。でも屋敷にはまずまずの設備が整っていますから、しばらくは快適に暮らせるでしょう」ペインはオリヴィアが火曜日の夜に見た人物に戻っていた
――よそよそしくて傲慢な人物に。

「リヴィー、ペインはとてもすてきな贈り物を持ってきてくれたのよ、はるばるイギリスから」

サディーおばさんはサイドテーブルに手を伸ばし、グレーのユリの紋章《フルール・ド・リス》が描かれたティーカップとソーサーを取った。オリヴィアはアンティーク全般を愛しているが、陶磁器類は専門外だった。それはスポード焼きで、今はもう製造されていないものだが、わかるのはそれぐらいだ。カップの銀色の縁が一カ所薄れていた。右利きの淑女が、カップのちょうどその場所に唇を当てていたのだろう。

サディーおばさんの手のなかで、陶器がカタカタと音をたてた。

「また手の震えが出てきたわ。あなたが持ってちょうだい、リヴィー」

オリヴィアはカップとソーサーを両手で受け取り、膝のあたりまで下げた。カップのなか

に小さな金属製のクッキーカッターが見えた。つまんでじっくり見た。裏張りつきのティーポットの形をしたカッターで、いくつかの小さなブリキの断片をはんだ付けにして作ったものだ。カッターを裏返して裏張りを見た。長い間酷使されてきたらしく、ティーポットの形に盛りあがっているのが、ポーチの明かりではっきりと見えた。何世代もの焼き手を経て、スポードのティーカップのなかに入れられたのだろう。オリヴィアとマディーはまだ在庫から消えている商品を確認していないが、このカッターが〈ジンジャーブレッドハウス〉にあったものでないことはわかった。

「とても珍しいものだわ」オリヴィアはペインに言った。「どこでこれを見つけたか、教えてもらってもいいですか？」

「ロンドンの小さな店です」ペインはためらいもなく言った。「厳密に言えば、ハーマイオニがそこで見つけたと言っているだけですがね。わたしはアンティークにくわしくないし、興味もありませんが、このティーポットを見たとき、この家ですごした時間を思い出したんですよ。あれは子供時代のもっとも幸せなひとときでした」ペインは薄い唇にほのかな笑みを浮かべてつづけた。「ここで午後をすごすときはいつも、サディーおばさんがポットに紅茶を淹れて、アイシングクッキーといっしょに出してくれた」

「最初はリプトンのティーバッグを使ったのよ」サディーおばさんがくすくす笑って言った。

「ペインは両親に連れられてイギリスに行ってきたばかりで——あのことばは忘れられない

わ——このポットのなかの液体は紅茶じゃない、と言ったの。たったの七歳でね。笑いすぎて倒れそうになったわ」

ペインの笑みが広がった。「あのときは大まじめだったんですよ」

「ええ、そうよね。たしかにあなたは関節がはずれるんじゃないかと思うほど、小さな鼻にしわを寄せていた。でもわたしはまじめに受けとめたのよ。息が整ってからは。あちこち電話して、やっとボルティモアで紅茶を輸入している小さなお店を見つけたの。そこに本物の英国紅茶の茶葉を注文した。あなたがわたしのところに来てくれていたあいだ、ずっと注文していたのよ。そうよね？」

「たしかに」

「あのお店はもうないでしょうね」サディーおばさんは首を振って言った。

「気にすることはありませんよ」ペインは流れるように優雅に椅子から立ちあがった。「つぎに来るときは、いい紅茶をひと包み持ってきますから」彼はサディーおばさんの上にかがみこんで、額に軽くキスをした。

「戻ってきてくれてほんとにうれしいわ」サディーおばさんは言った。

「ではこれで、オリヴィア」ペインはオリヴィアにさっとおじぎをした。リヴィーと呼んでくれとオリヴィアが言うまえに、彼はいなくなっていた。

「ほんとうのことを言って、サディーおばさん。あの人はわたしが火曜日の夜に〈ジンジャーブレッドハウス〉で会った人と同一人物なの？　相手かまわず侮辱しようとしたあの尊大な人と？　その翌朝わたしとスパンキーに敷地から出ていけと命令したあの気むずかしい人と？」

サディーおばさんはティーカップのなかからティーポット形のクッキーカッターを取り出して、金属製の裏張りをなでた。

「ペインはほんとにまじめな子でね。わたしは息子のように愛していたけど、欠点も知っていた。あの子を責めるわけにはいかなかったわ。両親はあの子をお荷物みたいに扱っていたんだから。ただあの人たちの人生のじゃまをするためだけにわざわざ生まれてきたみたいにね。両親といっしょのときのペインは、いつも小さな大人みたいにふるまっていた。わたしはあの子が子供でいられるよう、手助けをしようと決めたの」

「だから彼はおばさんのことが好きなのね」オリヴィアは言った。

「でもそれだけじゃ足りなかった。友だちを作る方法を学んでほしかったのよ。わたしが見たり聞いたりしたことによると、彼には奥さんしかいないみたいね。そして……彼女を選んで正解だったのか疑問だわ」

「彼女が彼を選んだのも」オリヴィアは言った。「でも、わたしが言うことじゃないわね。離婚してるんだから」

「そしてわたしは結婚したこともない」サディーおばさんは明るく笑って言った。「でも、だからと言って他人の結婚を分析できないことにはならないわ。いつもならこういう話は楽しい暇つぶしになる。でも今回はそうはいかないみたい」

6

カレン・エヴァンソン町長に命じられたとおり、オリヴィアが金曜日の朝八時にチャタレー邸に到着すると、通りをへだてた屋敷のまえにはちょっとした人だかりができていた。そのグループから少し離れて立っているのは、デルと保安官助手のコーディ・ファーロウだ。ふたりとも正式な制服を着ている。オリヴィアのほうはコスチューム選びにあまり頭を使わなかった。直前のひらめきにしたがって、お気に入りのサディー・ブリッグズのエプロンを選び、ライトブラウンの麻のパンツと淡いピーチ色のセーターの上にそれをつけたのだ。チャタレー邸の刺繍の少し暗めのピーチ色とバーガンディ色がうまくなじんで、オリヴィアは満足だった。

「すてきなコスチュームね」オリヴィアはデルとコーディに言った。

コーディは若い額にけげんそうなしわをかすかに寄せながら、自分の保安官助手の制服を見おろした。

「ありがとう」デルが薄笑いをして言った。「保安官の扮装をすることにしたんだ」彼はオリヴィアを上から下まで見た。「それがきみの思いつける給仕女にいちばん近いコスチューム？」

オリヴィアは軽くおじぎをして言った。「あなたをがっかりさせたくなかったから」

「いささか現代的だね」デルが言った。「でも色はきみによく似合ってる。待てよ、それって……」彼は通りの向こうをすばやく見やった。「そのエプロンにあるのはあの屋敷だろう？上階の窓辺にいるのはだれだい？」

コーディは話が聞こえないところに移動していたので、オリヴィアは言った。

「マディーによると、子供のころのペイン・チャタレーなんですって。彼女のおばさんのサディーは昔彼のベビーシッターをしていたの。これがだれかを当てるクイズ大会をするつもりだから、もしばらしたら、ただじゃおかないわよ」

「わかったよ」デルは言った。

一台のヴァンが縁石に停まり、機材をかついだ四人のよそ者が降りてきた。近隣の小さな町の週刊新聞社から来た人たちらしい。これまでのところ、到着している報道陣は彼らだけだ。ワシントンDCとボルティモアの新聞社が記者を派遣しなかったら、カレンは激怒するだろう。

祝賀イベント実行委員会のメンバーは全員来ていたが、コスチュームを着てくるようにとのカレンの指示を律気に守っているのはミスター・ウィラードだけのようだった。ミスター・ウィラードのやせた肩からは昔の弁護士のローブがたれ、白髪のかつらがまばらな髪をおおっていた。バーサが彼のためにあつらえたにちがいない。筋金入りのアメリカ独立革命の申し子なら英国風のコスチュームに異議を唱えるかもしれないが、おそらくバーサが短時間に見つけることのできた唯一の型紙だったのだろう。

町長自身はテイラーメイドの淡いグレーのスーツにバラ色のブラウス姿だった。ジャケットはヒップのあたりで軽く広がり、スタイルのよさをさりげなく強調している。いつものきつい表情さえ浮かべていなければ美人なのに。小さな町からやってきた記者たちにルールを説明するカレンは、オリヴィアに小学一年生のときの先生を思い出させた。子供はみんな野蛮な怪物だと思っていた先生だ。思いこみを正すまでしばらくかかった。

クウィル・ラティマーは博士のフードつきローブを着て、頭には角帽という学者の正装姿で、ほかの人たちから離れて立っていた。妙なコスチュームを選んだものだ。オリヴィアはペイン・チャタレーがクウィルの仕事を〝たいへんきみにふさわしい〟と言っていたの思い出した。クウィルは近郊のコミュニティカレッジで教えている。歴史の博士号を持っているのは知っているが、どこの大学院にいたのか聞いた記憶はなかった。もし一流大学を出ているなら、クウィルのことだから、まちがいなくみんなに話していたはずだ。それもしつこく。

オリヴィアはビニー・スローンがグループから消えているのに気づいた。ついさっきまでほかの週刊新聞の記者たちのなかにいたのに。予想どおり、ビニーはコスチューム着用というカレンの指示を無視していた。服装はいつものとおり、男物のカーゴパンツにフランネルのシャツ、そして男物のジャケット。そのどれにも、小型カメラやレコーダーやノートやペンなどを入れるための、たくさんのポケットがついていた。たしかビニーのジャケットは赤と黒のチェックで、パンツとシャツはベージュだったはずだ。オリヴィアは集まった記者たちをよけて、通りと屋敷の敷地を見た。四角張った赤と黒とベージュの人影がチャタレー邸をぐるりと囲むポーチを通りすぎ、屋敷の裏に向かうのが見えた。

オリヴィアはデルの腕に触れて彼の注意を惹いた。

「ビニーが近くで見ようとしてるわ」低い声で言って、屋敷のほうにあごをしゃくった。

「ラップアラウンドポーチのところにいる」

デルは悪態らしきことばをつぶやいて走りだし、すぐにコーディがつづいた。ビニーはすでに屋敷の裏に消えていた。デルとコーディが走って通りをわたると、オリヴィアはカレンににじろりとにらまれるのを感じた。オリヴィアは肩をすくめ、カレンの完璧な計画に生じた問題は自分の責任ではないことを示した。

また二台のヴァンが縁石に停まり、カレンのいかめしい表情がやわらいだ。手を振って熱烈歓迎しながら一台目のヴァンに近づいていく。スパイクヒールで芝生の上を歩いていることを考えると、町長の足取りの速さにオリヴィアは感心した。

若いクルーたちがうんざりした様子で、マイクやカメラや、オリヴィアが名前を知らないその他の機材を持ってヴァンから降りてきた。ワシントンDCかボルティモア、あるいはその両方の大手新聞社から来た若手スタッフのようだ。彼らは話しかけてくるカレンを無視している。乗り気でないのも無理はないとオリヴィアは思った。こちらとしても早く〈ジンジャーブレッドハウス〉に戻って、届くのを楽しみにしていたヴィンテージのクッキーカッターの仕分けをするか、お客がアイシングの色を決める手伝いをしたかった。

オリヴィアが見ていると、デルとコーディがビニーをまんなかにしてがっちり腕をつかみながら、ポーチをまわってきた。ビニーの体重は軽くないのに、足が地面から浮きかけている。近づくにつれ、デルの顔が怒りでこわばっているのがわかった。若い保安官助手の顔も一歩進むごとにますます赤くなっている。ビニーを支えているのは、おもに身長百九十センチのコーディだった。ビニーは草の上につま先を引きずりながらにやにやしていた。

デルとコーディは、ビニーに死刑を宣告しそうなほど激怒している町長のもとに、捕虜を連れていった。地面にしっかりと足をつけるやいなや、ビニーは身をよじらせて捕獲者の手から離れ、いちばんいい場所に機材を設置している、着いたばかりの取材クルーたちのほうにまっすぐ向かった。デジタルカメラのデータをスクロールするビニーを、記者たちが取り囲んだ。

ビニーが注目を浴びているあいだ、オリヴィアは屋敷に目を戻した。塔の窓で明かりが明滅したのを見たような気がした。窓には薄手のカーテンがかかっているので、はっきりとはわからない。だが、二日まえにオリヴィアが訪れたとき、寝起きらしきペイン・チャタレーが頭を突き出したのと同じ窓なのはたしかだ。

見ていると、カーテンの裾の隅が動いた。取り戻したばかりの実家から、ペインが通りの向こうの動向をうかがっているのだろうか。カーテンが揺れ、窓がわずかに開いているのがわかった。さっき見えた明かりは、窓ガラスに反射した日光だったのかもしれない。何も言わなくてよかったと思った。だれも聞いてくれなかっただろうが。ビニー・スローンの冒険に感心してもいなければ怒ってもいないのはオリヴィアだけのようだった。

わたしはいなくてもいいだろう、とオリヴィアは判断した。カレンはビニーをしかるのに忙しく、ビニーはそれをろくに聞きもせずに、同業者たちに写真と話を披露しつづけている。こっそり消えるなら今しかない。やっと数歩離れたと思ったら、近くで知らない人の声がした。「見ろ、何かあったみたいだぞ。カメラをまわせ」

さっと振り返ると、屋敷の玄関がゆっくりと開くところだった。ハーマイオニ・チャタレーが戸口に立ち尽くしている。お客を迎えるような服装ではなかった。見たところ、フリルつきのピンクのネグリジェとおそろいの化粧着姿だ。ふっくらした顔のまわりで、白い巻き毛がてんでな方向を向いていた。

カメラのシャッター音が響き、チャタレー邸の新しい女主人の劇的な登場が、ひそひそ声で伝えられた。人びとの注意を釘付けにしながら、ハーマイオニは観衆にあいさつするように右手を差し出して口を開いた。と思いきや、気を失ったらしく、戸口にもたれてくずおれた。

訪れていた報道陣はさっと機材を手にしたが、遅かった。だれも近づけるなとデルがコーディにどなった。

「必要なら催涙スプレー《メース》を吹きかけろ」と全員に聞こえるように大声で付け加える。コーディがメースの缶を持っていないことに、ビニー・スローンを含めだれにも気づかれないうちに、デルは屋敷の玄関に着いていた。

報道陣は遅れてまえに出たが、そのまえにカレンがコーディの横に走り出て、彼らと向き合った。彼女はよく通る横柄な声で言った。

「その場から動かないでください。何も見るべきものはありません。ミセス・チャタレーは年配のご婦人で、健康面に問題があります。みなさんもか弱い病気のご婦人のプライバシーを侵害したと読者に思われたくはないはずです。記事にすべきことがあれば、ジェンキンズ保安官とわたしが声明を用意して、みなさんに真っ先にお知らせします」

カレンが宣言しているあいだに、デルはハーマイオニのぐったりした体を屋敷のなかに引きずりこみ、ドアを閉めることができた。

オリヴィアはカレンのすばやい行動に感心した。彼女なら立派な下院議員になれるかもしれない。しかもそうなればもうチャタレーハイツの町長ではなくなるのだから、こちらとしてもありがたい。

ワシントンDCとボルティモアの新聞社のスタッフは、いらいらした様子で腕時計を見たり電話で指示をあおいだりしはじめた。小さな町の週刊新聞の記者たちは互いにしゃべっている。彼らのほうはこの場にとどまりたがっているようだった。ハーマイオニ・チャタレーは彼らにとって地元の名士なので、彼女が人前で気を失ったことはニュースになりうるのだ。チャタレーハイツの記者ビニー・スローンでさえ、こっそり近づくのではなく、屋敷から目を離さずにいることで満足しているようだった。ビニーの姪で写真家のネドラがジャーナリズムの勉強のためにまだボルティモアにいるのはありがたかった。スローン家の人間がふたりもいたら群衆と同じだ。

オリヴィアのポケットのなかで携帯電話が振動し、開くとデルからのメールが来ていた。〝屋敷のなかに来てほしい。裏口を使ってくれ。だれにも見られないように〟。いつも首をつっこむなと警告しているくせに、わたしが必要だって言うの？　オリヴィアは、屋敷の鍵を持ってきているので裏口からはいれるとメールを返した。そろそろとグループから離れると、携帯電話に出たコーディがこちらを見て一度うなずくのがわかった。彼はひょろ長い体で木の切り株の上に立ち、記者たちに気絶したハーマイオニの回復を告げた。

コーディがみんなの注意を惹きつけているあいだに、オリヴィアは店に戻るようなふりをして、さりげなく南に移動した。みんなから見えないところまで来ると、ブロックをまわりこんで屋敷の裏口に向かった。ビニーに待ち伏せされているのではないかと半ば覚悟していたが、鍵を錠に差しこんだとき、小路にはだれもいなかった。オリヴィアがなかにはいってドアをロックすると、デルがキッチンにはいってきた。「何があったの?」彼女はきいた。

「落ちついて聞いてくれ」デルは言った。「ハーマイオニは意識があるが、ヒステリー状態で支離滅裂になっている。それできみに来てもらったんだ。ハーマイオニはきみを信頼しているから。できれば彼女を落ちつかせて、何があったのかきき出してほしい」

「何があったか……?」

オリヴィアの目はとっさにキッチンの惨状を見て取った。もともとは博物館の展示エリアにあった戸棚から、アンティークの鍋類と調理器具がすべて取り出され、床に投げ出されていた。デルのあとについて屋敷のフォーマルなダイニングルームにはいると、そこも同じ運命をたどったようだった。ローズウッドがはめこまれたウォルナット材のテーブルには真新しい傷がつき、その上で銀器が山になっている。作り付けのキャビネットの鉛枠のガラスがはまった扉はすべて開けっ放しで、なかの棚は空だった。十九世紀の貴重な食器類が、あるものは壊れ、あるものは欠けた状態で、ダイニングルームのラグの上で無造作に重なっているのを見て、オリヴィアは胸を痛めた。そのラグも一八〇〇年代に手作りされたもので、クッキーカッターの形を思わせる緑の葉や青い花が描かれている。今や二百年まえの繊細な生地には陶器のかけらが刺さっていた。

「だれがこんなことを？」オリヴィアはペインの心の状態についてハーマイオニと話したことを思い出した。「ペインが神経衰弱でも起こしたの？」

「その可能性はあるが、もう彼から話を聞くことはできない。ペインは死んだ」デルは暗い顔つきで言った。「気をつけて」手を伸ばして、割れた皿を踏みそうになったオリヴィアを支えた。

「デル、ペインは自殺したのかもしれないって言ってるの？」

「今はまだわからない。鑑識チームに電話した。彼らの作業がすめばもっと何かわかるだろう。検死解剖も役立つはずだ。事故死かもしれないが、この家の状態からするとそれも疑わしい」

「つまり……殺人ってこと？」

デルは肩をすくめた。「事故かもしれないし自殺かもしれない。ぼくにはわからないよ。浴槽で溺《おぼ》れたようなんだ」彼はオリヴィアの手を取って、銀器の山を迂回させた。「階上《うえ》に行こう。このことはだれにも言わないでくれと、念を押すべきかな？」

「もう念を押してるじゃない」オリヴィアは手を引き抜いた。

デルは彼女をちらっと見たが、それ以上の反応はしなかった。

「ハーマイオニは彼女の寝室に閉じこめてある。もう現場を見ているだろうから、これ以上動揺させたくないんだ。彼女から何か有益なことをきき出してくれたら恩に着るよ」

オリヴィアは彼を許すことにした。ふたりはこのところ、犯罪事件を解明してきた彼女の役割について何度も話し合っていた。デルはやたらとオリヴィアを保護したがるのを抑えようとしており、彼女は本気で殺人現場には近づくまいとしていた。もしこれがほんとうに殺人現場なら、オリヴィアが今ここにいるのは、デルにたのまれたからにすぎない。それは彼もわかっていた。オリヴィアは一瞬自己満足に浸った。

床の上のあちこちにできている山を避けながら、デルのあとから家のなかを歩いた。博物館のなかを進んでいくのはこういう感じだろうか。ハーマイオニは夫婦の身の回りのものが届いたときのためにしまう場所を作ろうと、戸棚やクロゼットの中身を出しただけなのかもしれない。それならこの散らかりようの説明にはなる。だが割れた皿や傷のついた家具となるとまた別の問題だ。家財のほとんどはもともとチャタレー家のものだし、なかには十九世紀中ごろにまでさかのぼるものもある。ハーマイオニは代々伝わるアンティークにあまり興味がないのだろうか？　英国人なのだから、百五十年以上まえの皿に興味を持ったり、大切に扱わなければと思ったりしそうなものだが。

デルが急に立ち止まったので、オリヴィアは彼にぶつかりそうになった。彼は唇のまえに指を立てて、閉じたドアを指し示した。通りすぎたほかのドアはすべて開け放たれていた。部屋のなかからはかすかな音が聞こえた。デルは手をあげて、ここにいろとオリヴィアに伝えた。彼女はうなずいて同意した。デルはリボルバーを引き抜き、そっとドアノブをまわした。

ゆっくりとドアを開けて室内を見たデルのあごがこわばる。ドアを開けたまま、銃をかまえて部屋のなかに飛びこんだ。オリヴィアは壁に貼り付いた。それから数秒間、部屋のなかから聞こえてくるのはうなり声と足を引きずる音だけだった。デルが侵入者を制圧したのだろうと思ったが、確信はなかった。壁に貼り付いたまま戸口まで移動し、思い切って部屋のなかをすばやくのぞいてみた。それがまちがいだった。オリヴィアが現れたせいでデルの注意がほんの一瞬それ、侵入者を逃がしてしまったのだ。純粋な衝動から、オリヴィアはバタンとドアを閉めた。ドア枠で足をふんばり、力強い腕で反対側にドアを引っぱられるのに備えて全力でドアノブを押さえた。だが、何も起こらなかった。

部屋のなかからデルが呼びかけた。

「大丈夫だ、リヴィー。彼女はつかまえた」

彼女？　オリヴィアがドアを押し開けて部屋のなかを見ると、こちらに背中を向けた侵入者がデルに手錠をかけられていた。四角張った赤と黒とベージュの姿。ビニー・スローンだった。

手錠で四柱式寝台につながれたビニーを残して階上の寝室をあとにすると、デルは説明した。ビニーを見つけた奥の応接間からは、敷地の北西の角の庭に出られるようになっている。

ビニーは鍵を使ってしのびこみ、写真を撮ろうとしたのだ。

「どうしてみんなチャタレー邸の鍵を持っているのか、説明してくれないか?」デルの口ぶりは楽しくなさそうだった。

「わたしを責めないでよ」オリヴィアは言った。「カレンの考えだったの。祝賀イベントの実行委員全員が屋敷の修復に目を配れるようにするためよ。まるでわたしたちがみんな仕事を持っていないかのようにね。カレンは作業員たちを信用していなかったの」

「でもビニー・スローンのことは信用していたのか?」

「妙な話よね」オリヴィアは言った。

ハーマイオニの寝室に着くと、デルはドアノブの下にかませてあった椅子を取りのぞいた。

「長い年月のあいだに屋敷の部屋の鍵はなくなってしまったようだ。こうするしかなかった」

「役には立ったみたいね」デルのあとから部屋にはいりながらオリヴィアがささやいた。

ハーマイオニ・チャタレーは窓のそばにある、緑色のベルベットの肘掛け椅子に座っていた。ピンクの寝巻きからいつものだぼっとしたホームドレスに着替えている。今日のドレスは白地に赤の水玉模様だ。カメラのまえで劇的に失神したのに、顔色は少しも悪くないように見える。茶色の目には金色の点が浮かんでいた。死んだ夫のために泣いたせいで目が赤くなり、対比でそう見えるのだろう。ハーマイオニはオリヴィアを見ると、力のない手を差し伸べた。

「ああ、来てくれてほんとによかったわ。知り合ってからそれほどたっていないのはわかってるけど、すごく心細くて。それにあなたはわたしに親切だったから」

オリヴィアは同情の笑みを浮かべて、ハーマイオニの乱れたベッドの端に腰かけた。

「ご主人のことはお気の毒でした。ひどいショックだったでしょう」

「ええ、ほんとにね。たしかにあの人は調子がよくなかったから、意外なことではないけど……」ハーマイオニはこれ以上話すのは耐えられないかのように、二本の指を唇に押し当てた。芝居のト書きどおりの動作だ。ハーマイオニの荒れた頬を流れ落ちる涙さえなかったら。

「リヴィーがしばらくそばにいてくれますよ、ミセス・チャタレー」デルが声にやさしさをにじませて言った。「今ぼくと話したくないのはわかります。話はもう少ししてからにしましょう」彼は一瞬オリヴィアと目を合わせた。彼女は理解した。同情的な耳なら、ハーマイオニから筋の通った話を引き出せるかもしれないというわけだ。まあ、やってみることはできるが、芝居のうまいハーマイオニのことだから、話を脚色するだろう。

デルは部屋を出てドアを閉めた。ハーマイオニは目もとをぬぐっており、つねに慎重な刑事のデルが、寝室のドアノブの下に椅子を戻したときのかすかな摩擦音に気づかなかったようだ。

「ああオリヴィア」ハーマイオニが言った。「お茶を淹れる気力があればと思うけど、わたし、とても動揺していて」

「お気持ち、お察しします」オリヴィアはハーマイオニの腕をそっとたたいて言った。「ちょっとうかがいたいんですけど……階下《した》では一族に伝わるアンティークが投げ出されていることに気づかないわけにはいきませんでした。壊れているものもありました。どうしてあんなことになったんですか？　何か聞こえたんじゃありませんか？」

ハーマイオニはぱちぱちとまばたきをして、唇を無音の〝まあ〟の形にした。

オリヴィアは黙って答えを待ちうけた。

「そうね、たぶん……つまり、わたしは家のなかをすっかり見てまわったわけじゃないの。助けを呼ぶために階段をおりて玄関に行っただけで。ペインはときどき眠りながら歩くのよ……彼の子供時代はあまり幸せじゃなかったでしょ。きっとお皿やボウルを見て、人生のつらい時期のことを思い出したのね。それで切れただけじゃないかしら。ちょっとかんしゃく持ちなところがあったから。だって、ささいなことで意見が合わなかったとき、ペインはわたしのお気に入りのクリスタルのデカンタを客間の壁にたたきつけたのよ」ハーマイオニは肉付きのいい顔をゆがめ、また泣きはじめた。

「動揺させるつもりはなかったんです」オリヴィアは言った。「こんなことをきくべきじゃなかったですね」

「悲しみで何も見えなくなっていたから、何かにつまずいたとしても、部屋の異常さにはまったく気づかなかったでしょうね。お風呂でペインを見つけたときは、ほんとうにショックだった。とてもくつろいでいるように見えたから、眠っているのかと思ったんだけど、顔がお湯に浸かっていることに気づいて、息を……息をしていないんだって……」

ハーマイオニは両手で顔をおおって泣きじゃくった。オリヴィアは彼女の指に切り傷がいくつかあることに気づいた。ハーマイオニは両手をおろし、椅子の横のテーブルにあった箱からティッシュペーパーを一枚取った。洟《はな》をかんでつづける。

「きっと心臓発作よ。でなければ単にお風呂のなかで眠りこんじゃったのか。あの人はこのところとても疲れていたの。それにもちろん、休むまえにお酒を少し飲むのが好きだったし」

「ご主人がお酒を二杯以上飲んだ可能性はありますか？　どれくらい飲んだかわからなくなって、いつも以上に飲んでしまい、眠くなって自分がお風呂にいることを忘れてしまったということは？」

「いいえ、それはないわね。ただ……」

ハーマイオニはもう一枚ティッシュを取って、洟をかむという淑女らしからぬことはせずに、鼻の先に当てた。

オリヴィアは思っていることを顔に出すまいとした。真実が知りたかったが、ハーマイオニは熱心な観客が相手だと演技をするかもしれない。

「わたしの見まちがいかもしれないけど」ハーマイオニは軽く首を振って言った。「ボトルは新しいものみたいだったわ……わたしたちはまだ町に来たばかりなのに」

「ボトル？　いったいなんのことです？」オリヴィアは言った。

ハーマイオニは手を伸ばしてオリヴィアの膝を軽くたたいた。

「ごめんなさい、わかりにくかったわね。バスルームにあったウィスキーのボトルのことよ。お風呂のなかのペインを見たとき、気づかずにはいられなかったの……ウィスキーのボトルがほとんど空だったことについ目がいっちゃって。ペインは普通、そんな短時間にそんな大量のお酒を飲んだりしなかった。でも長旅のせいで疲れていて、こぼしてしまったとしても、わたしに言いたくなかったのかもしれないわ」

ハーマイオニはベッドの横のテーブルのほうを見た。そこにはペイン・チャタレーのカラー写真があった。ほっそりしたまじめな顔とグレーになりつつある顔のせいで、オリヴィアが以前訪れたときに見つけた結婚写真の彼よりも、十歳ほど歳上に見える。傾けたあごはほのかに尊大さを表していた。

「あの人のことをほんとうに愛していたのよ」ハーマイオニは言った。「ずっと愛してきた。どんなことがあっても」

近隣の町から派遣されてきた女性の保安官助手が、ハーマイオニ・チャタレーから目を離さないようにするためにやってくると、オリヴィアとデルはチャタレー邸のポーチで足を止めた。カレン・エヴァンソン町長がデルに書かせた短い声明を発表したので、報道陣は解散していた。ペインの遺体は検死官のもとに運ばれていった。

「カレンはあなたの言ったことを信じた？　ペインは事故死だってことだけど」とオリヴィアはきいた。

「どうだかね」デルは言った。「自殺や殺人を疑っているなら、月曜日の朝までに口外しないようにと、われらが町長に言われたよ」

「彼女はほんとにこのまま祝賀イベントをつづけるつもりなの？　わたしったら何を言ってるのかしら、もちろんつづけるに決まってるわよね。ところで、ビニーはどうなったの？　きびしく尋問した？　もしそうならすっごくうれしいんだけど」

デルは得意げににやりとして言った。「もっといいことが起こったよ。不法侵入の容疑でビニーを逮捕した。彼女は祝賀イベントの実行委員に与えられている鍵を使ったと言い張ってるけどね。鍵があろうとなかろうと、個人の敷地に違法に侵入したことになるとぼくは説明した。彼女は今チャタレーハイツの留置場にいるよ。外界と連絡をとる電子機器がまったくない状態でね。これで満足してくれるかな？」

「ええ、あなたのおかげで気分がよくなったわ」

「週末のイベントで給仕女の恰好ができるほど？」

「しつこいわね」

「わかった、それならランチは？　もうランチタイムをだいぶすぎてるし、腹がぺこぺこだ」

オリヴィアの胃はかれこれ二時間ほど鳴りつづけているが、〈ジンジャーブレッドハウス〉に戻らなければならなかった。「マディーに電話するわ。店で手伝いが必要かもしれないから」携帯電話をさぐり出し、マディーの短縮ダイヤルを押した。

「リヴィー、全部話してよ、今すぐ」

「お客さんが店に殺到してるの？」オリヴィアはきいた。「そこにいて手伝えなくて申し訳ないと思ってるわ」

「心配いらないわよ。バーサに電話して来てもらったし、五分後にはあなたのお母さんも現れたから。それよりチャタレー邸でハーマイオニの世話をしてるんだって？」

「いったい母さんはどうやって……なんでもない。母さんには母さんのやり方があるのよね。わたしには絶対理解できないやり方が」オリヴィアはデルを見た。振り返って屋敷を見ている。もし鍵がなかったら、侵入者はどうやって家にはいったのだろうと考えているらしい。

「デルにランチに誘われたの」オリヴィアは言った。「でも、店に戻ったほうがいいわよね」

「いいえ、その必要はないわ」マディーは言った。「今のところ店番は多すぎるほどだから、あなたの手を借りなくても大丈夫。デルとランチに行きなさいよ。でもペイン・チャタレーの死についての情報をすっかり聞くまでは戻ってきちゃだめよ。ペインは絶対殺されたんだと思う。人気者じゃなかったし」

「一時間で戻るわ」オリヴィアは言った。

「あ、それと今夜はふたりで夜食会をしましょうよ。ゆうベサディーおばさんからおもしろい話を聞いたの。クッキーカッターとチャタレー王朝に関する話よ。ルーカスは店の人たちと遅くまで在庫整理をすることになってるし、あたしは明日の朝のお披露目に備えてジンジャーブレッドの家を確認するのに二時間ほどかかるわ。だから八時ぐらいでいい？」

「じゃあ八時にうちで。〈ピートのダイナー〉でマカロニチーズを調達しておくわ。あなたがサラダを作ってくれるなら。とりあえず店で一時間後に。もうちょっとあとかもしれないけど」オリヴィアは言った。

「急がなくていいわよ」マディーが言った。「あなたがいなくてもちゃんとやれるから」

「安心したわ」

タウンスクエアの北西の角に位置する〈チャタレーカフェ〉は、ランチタイムにはたいてい満席で、外まで人があふれている。デルとオリヴィアが着いたのは午後二時を少しすぎたころで、テーブルはふたつ空いていた。ふたりは静かに話ができる奥の隅にあるブースを選んだ。

「ぼくがおごるよ」デルが言った。

オリヴィアはメニューの上から彼を見た。「賄賂《わいろ》を使っても無駄よ。給仕女の恰好はしないわ」

デルは肩をすくめた。「あきらめが悪いほうなんでね。でもランチをおごるのは、ハーマイオニ・チャタレーを監視するのにきみの午前中を使わせたからだよ」

「監視して話を聞き出すのに、でしょ。それならグリルしたメリーランド・クラブケーキに、ボウルにたっぷりのクラムチャウダーをいただくわ。あら、見て、メニューのなかでいちばん高い料理よ」

デルの心からの笑い声に、オリヴィアは肩を抱かれたような気分になった。

「オリヴィア・グレイソン」デルは言った。「きみといると楽しいよ」

「わたしもよ」オリヴィアの声が上ずった。あまり先を急いではいけないと自分に言い聞かせる。オリヴィアの離婚はデルの離婚よりずっとましなものだった。話題を変えるときがあるとしたら、今がそうだ。「それで、もしペインの死が他殺だったとわかれば、ハーマイオニを疑うつもり?」

デルは驚いたようだったが、すぐに真顔に戻った。

「一般的に配偶者は容疑者リストのかなり上位に来る」オリヴィアにパンのバスケットをわたしながら言った。「検死の結果が出れば、捜査の方向もはっきりするだろう。ペインの死因が事故によるものなら、週末の祝賀イベントは予定どおりおこなえる。おそらく事故だと思うが」

ウェイターが注文をとりにやってくると、オリヴィアは言った。

「クラブケーキとクラムチャウダーを」

「すばらしい選択です」ウェイターが言った。

デルが咳をした。

オリヴィアは彼ににっこりと微笑みかけた。「なあに？　本気じゃないと思った？」

デルはウェイターに向かって言った。「ぼくはパンと水でいい」

「かしこまりました」ウェイターは間を置かずに言った。「パンはいつものようにミディアムレアでよろしいですね？　すぐに水を持ってまいります」

オリヴィアはすべるように別のテーブルに向かう若者を見守った。

「あの子と知り合いなのね？」

「彼はテッドだ。ポリスアカデミーにはいりたいと相談を受けてる。のみこみが早い子でね。いい警察官になるだろう」

「警察の仕事と言えば、ペインの死についてあなた自身はどう思う？　検死官の報告を待ってるのはわかるけど、ほんとに事故らしく見えた？」

ウェイターのテッドが、コーヒーふたつと新しいパンのバスケットと水の大きなグラスをひとつ持ってきた。なめらかな仕草でデルのまえにパンと水を置く。そして、ほとんど口元をゆがめもせずに、向きを変えて去っていった。オリヴィアは厨房に戻る彼の肩が、笑っているせいで揺れているのを見た。

「パンをどうぞ」デルが言った。

「いいえ、けっこう」オリヴィアは言った。「あなたを飢えさせたくないもの」彼女はコーヒーにクリームをひとたらしした。「それで、質問の答えは？　わたしがハーマイオニから何をきき出したか知りたいんでしょ。フェアな取引だわ」

デルは温かなロールパンを割ってバターを塗った。

「現場に殺人をほのめかすものは何もなかった。きみがきいているのがそういうことならね。浴槽から手の届くところに、ほとんど空っぽのウィスキーのボトルがあった。ペインが飲みすぎたのなら、そう、気を失ってうっかり溺れた可能性はある」

「ウィスキーのことはハーマイオニから聞いたわ。新しいボトルだったと言い張ってた。ペインが酔っていたなら、女性が彼を水中に沈めるのは簡単だったかもしれない」

考えこむようにうなずきながら、デルは言った。「それも考えられる。争った形跡はなかったが、片づけることはできただろう。ペインがうとうとしていたなら、たいして暴れることはできなかったかもしれない。でも、すべてはまったくの推測だ」

「推測するのが、悪いことみたいに言うのね」

「ぼくは事実のほうに興味がある」

オリヴィアはコーヒーをおいしそうに飲み干した。〈チャタレーカフェ〉はリッチで口当たりのいいイタリアンローストのコーヒーで知られている。

「わかった。じゃあ事実について質問するわ。夜のうちにだれかが屋敷に侵入して、ペインを殺したという証拠はあったの？　根拠もなくきいているわけじゃないのよ。知ってのとおり、祝賀イベントの実行委員は、わたしを含めて全員が屋敷の鍵を持っている。修復の状況を見るために、みんなときどき屋敷を訪れていたから、あの家のことはよく知っていた。火曜日の委員会のときの様子では、少なくともふたりのメンバーがペインと知り合いだった。それもあまり仲がいいとは言えない状況で」

これにはデルも興味を惹かれた。「ふたりのメンバーというのはだれだ？」ときびしい口調で尋ねる。

「クウィル・ラティマーとカレン・エヴァンソン」オリヴィアは言った。

ウェイターのテッドが重いトレーを運んできた。オリヴィアのチャウダーと、蒸したブロッコリーとくさび形のレモンを添えたクラブケーキを置く。

「あなたにはこれを、サー」テッドはデルのまえにベイクドポテトを添えた小さなステーキを置いた。

テッドが行ってしまうと、デルはオリヴィアににやりと笑いかけた。

「ミディアムレア、ぼくの好みどおりだ」

オリヴィアはあきれてぐるりと目をまわした。「オーケー、もう好きにしてちょうだい」

「そうするよ」

不意をつかれてオリヴィアは言い返すことばを思いつけなかった。

デルが不安そうな目で、オリヴィアの顔をさっと見た。オリヴィアが微笑みかけると、彼は緊張を解いて言った。

「とにかく、きみの質問に答えると、だれかが夜間に屋敷に侵入したというたしかな証拠はなかった。浴室の窓は内側から鍵がかかっていた。寝室の窓はきっちり閉まっていたが、鍵は壊れていた。あの屋敷には鍵のかかる部屋がないんだ」

「あなたが着いたとき、ハーマイオニはどんな様子だった？」

デルはナイフとフォークを置いた。「興奮状態だった。階下《した》にいてくれと言ったのに、ペインの浴室までついてきた。ドアが開かなかったんで、力ずくで開けようとしたとき、うしろにハーマイオニがいるのに気づいたんだ。ぼくの落ち度だ。もっと注意を払うべきだった」

「ハーマイオニは浴室のなかまでついてきたってこと？」

デルは砂色の髪を指で梳《す》いた。オリヴィアが知るようになった、いらいらしているときのしぐさだ。

「ぼくを押しのけるようにして浴室にはいったよ。夫が死んでいることをちゃんとたしかめる必要があるみたいに。そしてヒステリーを起こした。コーディはそばにいなかったから、現場をよく調べるまえに、彼女を落ちつかせて浴室から連れ出さなければならなかった。アカデミーに送り返されるかもしれないな」

「それはどうかしら、デル。彼女のふるまいは演技のように感じられた？　こんなことをきくのは、ときどきハーマイオニといると自分が観客になったような気分になるからなの。彼女がショーを演じているみたいな」

「ハーマイオニは本人が言っているような人物じゃないかもしれないと？」

「わからない。偏《かたよ》った見方かもしれないけど……」

オリヴィアは自分の感じたことをことばにしようと苦労しながら、無意識のうちにコーヒーカップにクリームを注いでいた。

「リヴィー、カップにコーヒーははいっていないよ。気づいてるんだろう？」デルはウェイターのテッドを呼び、彼は何も言わずにオリヴィアのカップにクリームの上からコーヒーを注いだ。「デザートはどうします」ときくテッドに、デルとオリヴィアはもうお腹がいっぱいだと告げた。

「人に対するきみの直感は信用しているよ」テッドが話の聞こえないところに行ってから、デルは言った。「だが、遺族というのはおかしな態度をとることがある。とくに愛する人がひどい死に方をしたり、突然死んだときにはね。そうは言っても、きみが感じたことは心に留めておくよ。ペインの死が殺人だったときのために。そうであってほしいと思っているわけじゃないが」

「そうじゃないといいわね」オリヴィアは言った。「ところで、いつまでビニーを勾留しておくつもり？　かわいそうだと思ってるとか、そういうわけじゃないけど」

デルはくすっと笑った。「心配しなくていいよ。おそらく今夜釈放することになると思う。鍵を使って屋敷にはいったのはたしかだから、不法侵入の罪に問うのはむずかしいだろう。それに、すぐにコーディが彼女の写真のダウンロードと、疑わしいものの確認作業を終えるはずだ。おそらく何も見つからないだろうが、どうしてビニーがあの小さな部屋であれほど執拗に写真を撮っていたのか興味があってね」

「どうして窓から写真を撮らなかったのかってこともね」オリヴィアが言った。「奥の応接間がもともと広い庭を見るために設計されたことは知ってるわ。ビニーはなかにはいる必要なんてなかった。きっと何か見たのよ。もしコーディがその写真のなかに何か興味深いものを見つけたら、あなたをまるめこんで教えてもらうことはできるかしら？」

デルは笑顔で肩をすくめたが、何も約束はしなかった。

「いいわ。どうせビニーはまちがいなく自分のブログで全部ぶちまけるから」

「コーディが写真をコピーしたあとで削除すれば、それはできない」デルは財布からクレジットカードを抜き出し、伝票の上に置いた。

「あなたを怒らせないよう、肝に銘じておかなきゃ」オリヴィアは言った。「それはそうと、ランチをごちそうさま。つぎはわたしがおごるわね」

「いいね。祝賀イベントが終わった日曜日の夜に、〈ボン・ヴィヴァン〉に連れていってくれるというのはどうだい？」

〈ボン・ヴィヴァン〉はチャタレーハイツでいちばん新しい、いちばん高級なレストランだ。デルはからかっているのだろうが、あそこに彼を連れていくぐらいの余裕はある。親友だったクラリス・チェンバレンは、気前よく財産を遺してくれたし、クッキーカッターのコレクションも遺してくれた。遺産のほとんどは店とローン返済に使ったが、緊急時や特別な機会のために多少は残してある。クッキーカッターコレクションのほうは、それらを眺めながらクラリスと多くの幸せな時間をすごしたので、これからもなかなか手放す気にはなれないだろうが。

デルと夜をすごすなら、オリヴィアにはもっといいアイディアがあった。

「わたしは貧しい商店主でしかないわ。わたしのうちでディナーというのはどう？」

「ますますいいね。でも……そのディナーはきみが作るのかな？」

オリヴィアの作るデコレーションクッキーはマディーが作るものと比べても遜色がないくらいおいしいが、それ以外の料理のレパートリーは冷凍ピザとテイクアウトで構成されていた。ときどきはサラダも作るが。型抜きクッキー以外のものに対してはなぜか熱意がわかないのだ。

「そのうち冷凍ピザ以外の、どこから見ても完璧な料理を作って、あなたを驚かせるかもしれないわよ。チャンスをくれてもいいと思うけど」

「そうだな」デルは同意した。ブースから滑り出て、オリヴィアに手を差し出す。「そのときはワインを持参するよ。大量にね」

7

デルとのランチのあと〈ジンジャーブレッドハウス〉に戻ると、マディーとバーサと母のエリーがお客の対応に追われていた。残念ながらお客の何人かは、クッキーカッターやパール状のシュガースプリンクルよりも、ゴシップを仕入れるのが目的のようだ。だが少なくとも三人の女性がサディー・ブリッグズの刺繍つきエプロンにうっとりしていたので、オリヴイアはうれしくなった。そのうちのひとりは、一枚のエプロンを買うつもりであるかのように脇に取り置いていた。

ジンジャーブレッドの家作りキットを選ぶお客の相手を終えたマディーに手を振る。

「サディーおばさんと話す機会がありしだい、もっとエプロンを分けてほしいと伝えてくれる？　週末はかなり売れると思うの。このぶんだと、祝賀イベントがはじまるまえに、また値上げしなくちゃならないかも」

「もう言っといた」とマディーは言った。「在庫品クロゼットにあと二十枚掛けてあるわ。こんなこと言いたくないけど、チャタレー邸で謎の死亡事件があっても、週末の見物客動員数に影響はないんじゃないかしら。それで、ペインが殺された可能性は？」

「痛いところをついてくるわね」

「もったいぶらないでよ。ペインの死についてデルと話したんでしょ。最新情報は？」

事件についてくわしく教えてもらう代わりに、だれにも話さないとデルに約束したことを思い出して、オリヴィアはためらった。どんな形にしろ、まさかまた犯罪に巻きこまれることになるとは思っていなかったので、安請け合いしてしまったのだ。とはいえ、デルはペインの死が殺人とは思っていないようだった。

「その質問をするのはまだ早すぎるわ」オリヴィアは言った。「検死の結果を待たなくちゃいけないし、おそらく結果はわたしの耳にはいるまえにビニーのブログに公開される。デルはもうすぐ彼女を釈放するらしいの」

「ビニーも役に立つことがあるのね」マディーが言った。「でもあなたは屋敷のなかにいたんでしょ、リヴィー。せめて何を見たのか教えてよ。たとえば、ペインは階段から落ちたか何かしたの？」

お客がならんでいる会計カウンターから母が手を振ったので、オリヴィアはほっとした。

「行かなくちゃ。母さんが呼んでる」

「今夜の夜食のときに話してもらうわよ」マディーが言った。「もし話してくれないなら、サディーおばさんが教えてくれた、チャタレー家とクッキーカッターにまつわる話はおあずけですからね。それでもだめなら、あなたをおどして話をさせるために、何かほかの方法を考えるわ」

離婚したあと、チャタレーハイツに戻ってくるのはいい考えだとオリヴィアは思っていた。小さな町の暮らしは牧歌的に思えた……傍目《はため》には。今はボルティモアのアパートがまだ空いているかどうか気にかかっている。

会計カウンターにはいっている母のところに行き、お客の列を少しずつ消化した。最後のひとりが正面のドアに向かうと、エリーは言った。

「ヨガのクラスがあと十分ではじまるわ。もしまた休んだら、どうにかなっちゃいそう」

「それはよくないわ」オリヴィアは言った。「手伝ってくれてありがとう。週末は臨時のアルバイトを雇ったから」

エリーが帰ろうとして正面のドアを開けると、カレン・エヴァンソン町長が大股ではいってきた。エリーはオリヴィアに向かって笑顔で手を振ったあと退散した。

今日という日はどこまでややこしくなるのかしら？　町長の目に有無を言わさぬ光を認めたオリヴィアは、できるかぎり心を落ちつけようとした。

「話があるの」カレンは人びとが振り向くほどの大声で言った。

「今すごく忙しくて――」

「今すぐ。ふたりだけで」カレンは会計カウンターを迂回して、厨房のドアに向かった。

マディーのほうをちらりと見ると、同情を表そうとしていたが、うまくいっていなかった。オリヴィアは深呼吸をひとつした。もうひとつして、カレンのあとから厨房にはいった。カレンはカウンターに寄りかかって、腕をきつく組んでいた。

「あなた、保安官とつきあってるのよね」

「それが？」みんな知ってるんじゃなかったの？「デルとつきあうことに何か問題でも？」

「取り引きしましょう」カレンの目が細くすがめられた。夕食を求めてうろつくオオカミのようだ。「どんな理由があっても、祝賀イベントを中止にするわけにはいかないの。酔っぱらいが自宅のお風呂で溺れたなんてことではね。どうせそんなところに決まってるわ」

「どうしてそれを――？」

「関係ないでしょ。わたしは町長なんだから、なんでも知ってるのよ。祝賀イベントは今のところわたしにとって最優先事項なのに、ジェンキンズ保安官は〝規模を小さくして〟ほしがってる。パレードも記者のインタビューもなしってことよ……チャタレー家の人間が疑わしい状況で死んだという事実に注目されたくないんですって」カレンは行ったり来たりしはじめた。ものだらけの厨房のなかでは、双方向にハイヒールで五歩ずつ歩くことを意味する。

「どういうことかしら、カレン。そんなことを言うなんてデルらしくないわ。いずれうわさが広まることは彼だって知っているはずよ。ハーマイオニ・チャタレーが気を失ったとき、報道陣がその場にいたんだから。さっきまでデルとランチをとっていたけど、ペインの死は事故だろうと言ってたわよ」

「でも今はペインが殺されたと思ってるのよ。屋敷とその近辺でおこなう週末のイベントはすべて中止にしてくれって言うの。よそから来た人がそのあたりを歩きまわって、捜査の妨げになるから。もし必要なら新聞社に電話して、故人に敬意を表して週末のイベントはすべて中止すると発表するとも言っていたわ。まったく。マスコミのことが全然わかってないんだから。どうせ彼らは事情をかぎつけるわ。だから」カレンはテイラーメイドのブレザーの袖口からさっと手首を出して、時計を見た。「保安官を説得して、考え直させてほしいの」

「どうしてわたしがそれをしなくちゃいけないの？」オリヴィアは気に入らない答えを聞かされるだろうというういやな予感がした。

ハイヒールを履いたカレンの身長は、百七十センチのオリヴィアよりほんの少し高かった。町長は背筋を伸ばし、一時的な優位性を強調して言った。

「もしあなたが保安官を説得しなかったら、彼はもう保安官ではなくなるからよ。わたしにはその力があるの。うそじゃないわ」

オリヴィアは信じた。デルがおどしに負けないこともわかっていたので、オリヴィアはむずかしい立場に立たされた。

「メッセージは伝えるわ、カレン。でも、デルのプロとしての判断をわたしがくつがえせると思っているなら、見当ちがいよ」

「早急にお願いするわね」カレンはオリヴィアの横を通りすぎながら言った。「五分後に町庁舎で会議があるの。三十分もかからないはずよ。あなたからの電話を待ってるわ」

最後の数語は、厨房のドアが閉まるときに肩越しに投げかけられた。

ジンジャーブレッドのパン屋の頭をかじり取ったとたん、オリヴィアの携帯電話が振動した。すでに派手なオレンジ色のサンドレスを着たジンジャーブレッドガールをひとつ食べたあとで、これがふたつめのクッキーだ。見ると発信者は母だったので、電話をつかんで口をいっぱいにしながらもごもごと応答した。

「リヴィー？　何を言ってるかわからないんだけど。まあいいわ、ヨガのクラスがちょうど終わったところなの。電話してくれっていうあなたからのメールを読んだわ」

「ごめん、母さん。クッキーを食べてた」

「あらそう。それで、何があったの？」

「カレンよ」

週末の祝賀イベントの予定を変更しろと言うなら、仕事を失うことになるとデルが町長におどされたことをエリーに話した。

「それはやっかいね」エリーは言った。「幸い、ヨガのおかげで精神のバランスが整ったから、わたしにはわかるわ。カレンがわざわざそんなことを言いだすってことは、そうとう追いつめられてるわね。たぶんもう面と向かってデルをおどしたのに、考えを変えさせることができなかったんでしょう。カレンはいつも強引になるのよ……」

「思いどおりにいかないと？」

「意地悪な言い方だけどそのとおりね。わたしはカレンのことが好きよ。あの人にはたしかに野心があるけど、地域のために尽くしたいという強い信念も持っている。自分の道を進むためにたくさんのことをあきらめてきたのよ」

「母さんの分別には頭が下がるわ。でも、デルの話をしてもいい？　彼と連絡がつかないのよ。コーディも警察署にいないか、少なくとも電話に出られないみたいで、署にいる警官はふたりがどこにいるか知らないって言うの。デルの携帯はすぐ留守電になっちゃうし。彼らしくないわ。勤務中なのに」

「心配そうね。でも、今まさにカレンにまっぷたつにされているなんてことはないわよ。実はヨガのおかげでひらめいたことがもうひとつあるの。デルは携帯の電源を切っているんじゃないかしら。法執行機関の別の職員と大事な話をしていて。たとえば――」

「検死官」オリヴィアが言った。「そうか。カレンのせいで動揺しすぎてて、デルがチャタレー邸の敷地を守りたがる理由を考えてなかった。きっと検死の結果が出たんだわ」

「力になれてうれしいわ、リヴィー。さあ、もうひとつクッキーを食べてくつろぎなさい。都合がつきしだい、デルはきっと話してくれるわよ」

「もし話してくれなかったら、わたしが――ちょっと待って母さん。別の電話がかかってきちゃった。またあとで電話する」カレンではなくデルからなのを確認してから、オリヴィアは電話に出た。

「リヴィー、メッセージを聞いたよ。電話をくれてよかった。ちょっときみの助けが必要なんだ。尊敬すべきわれらが町長に関わることで、ひとつ変更がある」

「言わないで、当ててみせるから」オリヴィアは言った。「あなたは検死官に会ってきたところで、ペイン・チャタレーは殺害されたと言われたんでしょ。証拠が失われるといけないから、もっとくわしく調べるまで、チャタレー邸の敷地内に人を入れたくない。それでわたしに、屋敷付近の見学ツアーはすべてキャンセルするよう、カレンを説得してほしいのね」

「うん……もうカレンと話したんだね？　じゃあ聞いてるかな？　彼女はぼくをおどして――」

「言い方はどうあれ、クビにするって？　実は彼女、命令を撤回するようあなたを説得するのがわたしの義務だと言ってきたの。でもカレンのことはもういいわ。検死官がなんて言ったか早く教えて」

「でもそれは……」

「カレンを説得するのにわたしの力を借りたいんでしょ？　それはため息？」

「気にすることもないか。どうせすぐに町じゅうに知れわたるんだから。ああ、検死官はペインが殺されたものと確信している」

くわしい説明の代わりに沈黙が流れたので、オリヴィアは尋ねた。

「どうやって殺されたの？　撃たれたの？　刺されたの？　毒殺されたの？」

「どれもちがう」

「ほかに何がある？　ドライヤーで感電させられたとか？　ねえ、もっとくわしく教えてよ」

「あとでね。コーディと落ち合うことになっているんだ。カレンと話すときは念を押してくれ。捜査が台なしになったら、彼女にとっても体裁が悪いだろうってね。警察のじゃまをするのではなく、協力するべきなんだ」

「たしかに。母さんに言っておくわ」

「エリーに？　なぜだい？」

エンジンの音が聞こえた。デルは車を出そうとしているらしい。

「カレンはわたしの言うことなんて聞かないわ。でも母さんなら彼女にもっと分別を持てと言い聞かせることができる。母さんにできないなら、だれがやっても無駄よ」

「ずるいぞ。この借りはいつか返してもらわないと」

「きっと何か思いつくわ……」

デルはくすっと笑って言った。

「それはそうだろうけど、きみはもうすぐ忙しくなるんだろう。店を開けて、やってくる大勢のお客をさばくだけでなく、ハーマイオニ・チャタレーともまたいっしょにすごすことになるんだから」

「ハーマイオニ？　でも彼女は――」けたたましいクラクションの音が聞こえた。

「パトカーで来るんだったな」デルがつぶやく。「警官が見てないと思うと、みんな乱暴な運転をするんだから。なんの話だっけ、リヴィー？　ああ、そうだ。ハーマイオニの話だったね。彼女は逮捕されていない」

「でも、明らかに容疑者でしょ？」

「そうだけど――」

「だけど、何？　凶器が見つからないから？　殺人犯かもしれない人のお守りをわたしにしろって言うの？　それならわたしにも知る権利があるわ」オリヴィアはだんだんいらいらしてきて、あえてそれを声に表した。

「わかったよ、きみの言うことにも一理ある。ペインは溺死ではなかった。だから殺されたと見てまちがいないだろう。頭が水中にもぐった状態で発見されたが、肺のなかに水はなかった。窒息死というのが検死官の見解だ。検査により、体内から高濃度のバルビツール酸が検出された。ペインはバルビツール酸系の睡眠導入剤を処方されていた。イギリスを発つまえにひとびんぶんの薬を出してもらっていたが、びんはほとんど空っぽだった。誤って薬を多く飲みすぎてしまったのかもしれないし、自殺しようとしたのかもしれない。だが、どうやって窒息したんだ？　それにどうやって浴槽まで行ったんだ？　ただ意識を失っていただけなら、肺に水がはいっていたはずだ——それにひとりでは浴槽まで行けなかったはずだ」

「ハーマイオニはかなりがっしりしてるわ。引きずっていけたんじゃない？　ペインはきゃしゃな人だったし」

「彼女が自分の健康状態について言っていることが正しければ、それはないね。事実、彼女の言うとおりらしい。自分はうっ血性心不全の持病があって、腰も痛めていると彼女は言ったんだ。コーディがジョンズ・ホプキンズ大学付属病院に連れていってくわしく検査してもらったよ。ぼくはこれからそこに行くところなんだ。少しまえにコーディから電話があって、ハーマイオニが大人の男性を持ちあげるか引きずるかして浴槽に入れるのは不可能だと言われた。浴槽は例の古いやつなんだ——深くて鉤形の足がついた」

「だれかに手伝ってもらったのかも」

「その可能性もある」デルはいらいらしているようだった。「でもこれまでにわかったことだけでは、ハーマイオニを逮捕することはできない。だから彼女を訪ねてほしいんだ。警察官がそばにいては何かをうっかりもらすことなどありえないが、きみにならしゃべるかもしれない。心配するといけないから、叫べば聞こえるところに警官がいるようにするよ。浴槽のなかで水面に顔をつけているきみを見つけたくはないからね」

「それを聞いてうれしいわ」

8

オリヴィアの家のキッチンで、マディーはテーブルの上のボウルに手を伸ばした。

「マカロニチーズは翌日になると味が落ちるのよね。ていうか、そう聞いたことがある」

「食べていいわよ。コレステロールを詰めこんでて。わたしはお皿を洗うから」オリヴィアは言った。

「わたしに理解できないってことは、コレステロールはきっとフランス語ね」

マディーはマカロニチーズを自分のほうに引き寄せ、残っていた数口ぶんを食べた。ボウルのサイドからチーズをこそげ取りながら言う。

「ちょっと整理させて。デルの話によると、ペイン・チャタレーは睡眠薬を飲まされて窒息させられた。そしてなぜか服を脱いで浴槽にはいり、大量のウィスキーを飲んで、頭が水没するまえに死んだ。ハーマイオニが彼を抱えて、もしくは引きずって浴槽に入れることは不可能だった。わけがわからないわ」

「そうね」オリヴィアは言った。「わたしもそれが引っかかってるのよ」空になったマカロニチーズのボウルを食器洗浄機に入れ、スイッチを押した。「ここはうるさくなるわ。コーヒーを淹れてデザートのクッキーを用意するから、リビングに行ってて。この子も連れてね」

オリヴィアはスパンキーの目にかかったやわらかな毛をなであげた。ここぞとばかりに彼は首をかしげてくーんと鳴いた。

「まったく詐欺師なんだから」と愛情をこめて言う。「ごはんは三十分まえに食べたでしょ」マディーに犬用おやつをふたつわたした。「これでリビングまであなたについていくわ。でもあげるのはひとつにしてね。もうひとつはわたしがソファに落ちついてからよ。でないとまたわたしのところに戻ってきて、一週間も食べてないって訴えるから」

オリヴィアは皿の上にデコレーションクッキーをならべた――ジンジャーブレッドマンとウーマンで、みんな王冠をかぶり、自然界にはない色の髪をしている。コーヒーポットとカップののったトレーにクッキーの皿を置いた。ふたりぶんのクリームと砂糖ももちろん用意してある。リビングルームに行くと、スパンキーがソファの上にじっと座って、澄んだ目をマディーに向けていた。

「来てくれて助かったわ。この子、あたしを殺そうとしてるみたい」マディーが言った。

「まさか」オリヴィアはコーヒーテーブルにトレーを置いた。「スパンキーが暴力に訴えることはまずないわ。そうよね、ぼくちゃん?」

スパンキーの耳がぴくりと動いたが、集中力はゆるがなかった。

「もうおや――t・r・e・a・tをあげていい?」とマディーが言うと、スパンキーがキャンキャン吠えて彼女の膝に跳び乗った。「ちょっと、この子いつスペルを覚えたの?」

「うちのいい子ちゃんはね」オリヴィアはかわいくてたまらない様子で言った。「ハーバードに行きたがってるんだけど、ママは州内の大学の授業料しか払えないわよって言ったの。だから奨学金を受けないとね。それはそうと、ラグの上におやつを投げたほうがいいわよ。助かるにはそれしかないわ」

マディーはおやつを思いきり投げたので、リビングルームの壁に当たって半分に割れた。スパンキーはラグを蹴って跳んでいき、両方のかけらをぽりぽり食べた。

「二秒。自己ベストだわ」オリヴィアはスミレ色の髪をしたジンジャーブレッドの女王を選び、またソファに落ちついた。「ペイン・チャタレーの死についてだけど、薬を飲まされて、泥酔させられて、引きずられて、溺死もしくは窒息死させられたという順番のなかに、デルが話してくれなかったことがあると思うの」

「たしかペインは溺死じゃなかったのよね。薬も死因ではなかったんでしょ? もしかして薬とアルコールで前後不覚になって、うっかりのどを詰まらせちゃったとか? そういう状態なら寝巻きが巻きついて死にそうになることもあると思うけど」

「でもどうやって浴槽にはいったの? デルによると、検死官は殺人だとはっきり言ったそうよ。つまり、デルがわたしたちに教える必要はないと思った何かがあるのよ。何か専門的なことが」

「うわ、それって、ペインがなかなか死ななくて、犯人がやけくそになってたってこと？」マディーはジンジャーブレッドの王様の緑色の髪をコーヒーにひたし、クッキーがとけるまえに口に入れた。「デルはすべての事実を教える必要はないと思ったのかも。彼がいつも言ってるように、わたしたちは警官じゃないから」

「それで思い出したけど」オリヴィアが言った。「今のは全部口止めされてたことなのよね」

「わかってるって。それより、ペインは最初から浴槽のなかにいて、だれかがうしろから近づいて首を絞めたのかも」

おやつを食べてしまうと、スパンキーはソファに跳び乗り、マディーとオリヴィアのあいだでぬくぬくとまるくなった。その耳をやさしくなでてやりながら、オリヴィアは言った。

「デルが電話でペインは殺害されたと言ったとき、最後にわたしにかけたことばは〝浴槽のなかで水面に顔をつけているきみを見つけたくはない〟だった。深読みしすぎかもしれないけど、わたしが思うに……」

「あなたが思ってるのは、ペインがなぜうつむいてたのかってことね？　死んだとき浴槽のなかにいたとしたら、上向きのまま沈むはずでしょ？」

「そうなのよ。デルは文字どおりの意味で言ったわけじゃないかもしれないけどね」

「リヴィー、デルが自分の仕事に関してあいまいだったことなんてある？」

「それもそうね。でもペインは窒息しそうになって、浴槽から出ようとしていたのかも。ハーマイオニの話を聞きたいわ」

「ちょうどいいじゃない」マディーが言った。「ハーマイオニのお相手をするようにデルにたのまれてるんだから。いくつか手がかりを聞き出せるかもよ」

「ことのしだいをジョンズ・ホプキンズ大学付属病院が把握しているのか確認する必要があるわ」オリヴィアは言った。「完璧な容疑者のハーマイオニには、ペインが死んだあと浴槽に運ぶ力はなかったとされているわけだから」

マディーはジンジャーブレッドの王族にまた手を伸ばした。今度のはコバルトブルーの髪をしたメンバーだ。

「彼女の動機は？　ペインが理想的な夫じゃなかったことは別にしてよ。これまでのところ、チャタレー夫妻は破産したたかり屋みたいな態度をとっていた。ハーマイオニは泥棒。ペインはお酒と薬を飲んで寝てばかり。ハーマイオニが相続する遺産があるとは思えないけど、屋敷と家財は手にはいるわね」

「それだけでもかなりのものよ。でも彼女は屋敷に関心を持っているようには見えなかった」飼い主が自分のそばを離れて、おもて側の窓の下にあるクィーンアン様式のデスクに紙とペンを取りにいくと、スパンキーは不満の声をあげた。オリヴィアはソファに戻ってメモをとりはじめた。「しばらくハーマイオニのそばにいてくれとデルにたのまれてるのよね。いったい何をきき出せばいいのやら」

マディーはポットに残ったコーヒーをふたつのカップに注ぎ入れた。

「ねえ、わたしたちはハーマイオニ・チャタレーだけに的《まと》を絞ってるけど、クウィル・ラテイマーとカレン・エヴァンソンはどうなの？　ペインとふたりがどういう知り合いなのか、どうしてふたりは彼を嫌っているようだったのか知りたいわ。あの人たちも屋敷の鍵を持ってるわけだし」

オリヴィアはふたりの名前をメモした。

「祝賀イベント実行委員のなかに、ハーマイオニが心臓と腰に問題を抱えていたことを知っている人はいるのかしら。どんな関係にしろ、過去にペインと関係があった人はいないか調べる必要があるわね」

「あーあ」マディーが言った。「ビニー・スローンが彼に恨みを持っていた、なんてことになればいいと思わない？　彼女はだれかを容疑者に仕立てるために奥の応接間の写真を撮ってたのかもよ。ビニーならやりかねないわよね？」

「ちょっと、落ちついて」

「はいはい、わかりました。でも、ビニーがミスター・ウィラードよりも容疑者らしいってことは認めるでしょ」

「ミスター・ウィラードは容疑者リストからはずして大丈夫だと思う」オリヴィアは言った。

「でも、ペインの死亡証明書が偽物だと見抜けなかったことで、面倒を起こしたのはたしかよ。ミスター・ウィラードのことは大好きだけど、彼がペインの死で得をするのかどうか考えてみなくちゃ」

「そうね」オリヴィアは気が乗らない様子で言った。「彼と話してみるわ。ずいぶん昔のことも覚えてるみたいだから。ペインと思われていた人物の死亡証明書のことで、昔にさかのぼって情報を集めようとしてるの。何かおもしろいことが見つかるかも……」

「情報源ということなら、あなたのお母さんからはじめるべきね」マディーが言った。

「母さんはチャタレーハイツのほかの人たちといっしょで、週末は予定が詰まってるわ。わたしたちだってそうよ。わたしはデルのせいでハーマイオニの相手をすることになってるけど、そうじゃないときは推理したりゴシップに耳を傾けたりしなきゃいけないんだから」

「幸い、あたしたちはそのどちらもうまい」マディーが言った。「さてと、クッキーの最後のふたつを食べるあいだ、サディーおばさんから聞いたすごくおもしろいクッキーカッターの話をしてあげる」

「今夜の締めくくりとしては最高ね」オリヴィアがマディーにクッキーの皿を差し出すと、マディーは青緑色のお下げ髪のジンジャーブレッドガール取り、赤い巻き毛のジンジャーブレッドボーイが残された。

「そっちは髪の色があたしとかぶるでしょ」マディーが言い訳した。「それで、チャタレー家のカッターの話だけど……」

「例の伝説のクッキーカッターコレクションのことなら、アメリア・チャタレーが一七六五年ごろに集めはじめ、歴代の妻たちが増やしながら引き継いでいったと伝えられる幻のコレクションで、今はもうないということに――」

「解説はいいから」マディーが言った。「有名なアメリアのコレクションのことは、当然聞いたことがあるわよね。それが伝説じゃなかったことを教えてあげる。でもだれにも言わないでよ。サディーおばさんは絶対秘密にするっていう条件で話してくれたんだから……中心人物はもう死んでるけどね」

「それってペインのこと、それともアメリアのこと？」

「サディーおばさんはペインの死に心を痛めてる。彼のことばっかり話してるわ。彼の生き方があういう死を招いたんじゃないかと思ってるみたい。子供のころの彼をとても愛していたのよ」

「昨日の夜、ペインの別の面を見たわ。エプロンの売り上げから最初の報酬を届けにサディーおばさんの家に行ったら、ペインが来てたの。彼はまるで……」

「人間みたいだった？」

「別人みたいだった」

「たぶんサディーおばさんといるときは、いつもちがっていたのよ。とにかく、このところおばさんからペインとか彼の両親とか屋敷の話ばっかり聞かされてて、それでクッキーカッターコレクションのことを知ったってわけ」マディーは脚をお尻の下に折りこみ、スパンキーを膝の上にのせた。「ペインは子供のころ、チャタレー邸であったことをなんでもサディーおばさんに話していたんですって。ある日彼はポケットをふくらませて、興奮状態でサディーおばさんの家にやってきたの。秘密を見つけたと言ってね。彼は両親が屋敷のなかに隠されているはずのお宝について話しているのを耳にした。母親のサリーはそのお宝の一部を見つけたと言って興奮していた。ペインは母親がそれを、地下室にある古い空の石炭箱のなかに隠したと父親に言っているのを聞いた。早くそれを貸金庫にしまってもらいたがっていた」

「でも、もしペインのお父さんが――」

「口をはさまないでよ、リヴィー。サディーおばさんが言うには、ハロルドはどこまでもチャタレー家の男だった、つまり外で不倫していたってことね。だからサリーが彼を家につなぎとめようとしているだけだと思ったんでしょう。とにかく、ハロルドはサリーの話を聞き流し、〝重要な会議〟から戻ったら見てみようと言った。それでペインはこっそり地下室に行って石炭箱を調べる時間ができた。そこで彼が何を見つけたと思う?」

「えーと、クッキーカッター?」

「そのとおり。でも、よくあるありふれたカッタージャないわよ。ペインはサディーおばさんに見せようと、そのうちのふたつをポケットに入れてきたの。おばさんはアンティークの目利きだけど、あんなに古くて珍しいものは見たことがなかった。どんな形だったかもまだ覚えているの。ひとつはうしろ脚で立った馬で、何かを背負っているように見える人が乗っていた。サディーおばさんは矢筒だろうと思ったけど、見たかぎりではジャガイモの袋だったかもしれない。それにはサインがはいっていたけど、ブリキがかなり摩耗《まもう》していて読むことはできなかった。ペインが見せてくれたふたつ目のカッターは、しっぽを上げた猫だった。状態はかなり悪くてサインもなし。摩耗があまりにひどくて、もう満足に型抜きできなかっただろうとおばさんは言ってたわ。ペインは子供のころとても動物が好きだったんですって」

「同じ人の話だとは信じられないわね。水曜日の朝、屋敷を訪れたとき、彼はスパンキーを見てあんまりうれしそうじゃなかったけど」自分の名前を聞いて、スパンキーがマディーの膝の上でびくっとした。オリヴィアは手を伸ばしてそっと耳をなでてやった。

「ペインの名をかたる別人だったとか？」マディーが言った。「もしそうなら、サディーおばさんをまんまとだましたってことね。で、そのカッターがチャタレー家のコレクションの一部だったとしたら、ハロルドとサリーは売却したんだと思う。ちょうど熱心なコレクターのあいだでヴィンテージやアンティークのクッキーカッターの人気が出てきたころで、ハロルドとサリーは湯水のようにお金を使うようになっていたとも言われていたしね。きっとクッキー生地《ドゥ》よりもお金《ドゥ》が必要だったのよ。言ってみれば」

オリヴィアはたとえ十歳のときからの親友が口にしたとしても、だじゃれは無視することにしていた。「ペインがサディーおばさんに持ってきたティーポットのクッキーカッターは見た？　コレクションがほんとうに売却されたなら変よね。そもそもコレクションがあったのかどうかさえ、まだ明らかになっていないのよ」

「リヴィー、あなたってほんとに疑り深くて、ほんとに……細かいのね」

「ふたりとも創意に富んだ天才ってわけにはいかないでしょ」オリヴィアは空になった皿とカップを集めながら言った。「どっちかが帳簿をつけなきゃならないんだから」

「感謝するわ」

オリヴィアはクッキーのかけらをコーヒーテーブルから皿に払い落とした。

「何に？　あなたの芸術的才能に気づいたことに？」

「大部分は帳簿をつけてくれることに」マディーはそう言って、ぐったりしたスパンキーを膝からソファに移した。「でも、まあ、才能に関してもね」腕時計を見る。「もう真夜中じゃない。明日はノンストップでてんてこ舞いする一日になるわ。そろそろ――」そのときキッチンの電話が鳴りだし、スパンキーがさっと頭を上げた。

「きっとデルだわ」オリヴィアはキッチンに向かいながら言った。「明日のハーマイオニ訪問について簡単に説明しておきたいのかも」

スパンキーがソファから飛びおり、とことことついていく。電話を取るまえに留守番機能が作動した。女性の声が話しはじめる。

「リヴィー？　いるの？　わたしよ、ヘザー・アーウィン。実は――あなたに話があるの。今おたくのすぐ外にいて、明かりがついてるのが見えたから……夜じゅうつけてるのかもしれないけど。でも、もし起きてたら、お願いだから話を聞いてくれない？　朝まで待てないのよ。どうしたらいいかわからない。マシューが殺人容疑で逮捕されたの」

オリヴィアがメルローのボトルを開け、グラスを三つ出すあいだ、ヘザー・アーウィンは泣きじゃくっていた。彼女がめったにアルコールを飲まないことは知っていたが、コーヒーではなく、気を鎮める飲み物が必要だとオリヴィアは判断した。ヘザーがリラックスしすぎるまえに、マディーとふたりで彼女から筋の通った話を聞き出せるといいのだが。オリヴィアは半分だけメルローを注いだグラスをヘザーにわたした。ヘザーはワインをのどに流しこんだ。そしてしばらく咳きこんだ。オリヴィアは水のグラスをわたして、肩をすくめるマディーと痛ましげな視線を交わした。

咳の発作のおかげで嗚咽《おえつ》は収まったが、ヘザーはまだ見るに堪えない様子だった。まっすぐな茶色の髪はもつれて束になり、大きな口は震えている。ワインのお代わりは求められなかったので、オリヴィアはグラスを空のままにしておいた。

「さあ、ヘザー、話してちょうだい。マシューが殺人容疑で逮捕されたというのはほんとうなの？　酔っぱらってたってことはない？　彼がお酒の問題を抱えてることはみんなが知ってるわ」

あからさますぎたかもしれないが、オリヴィアはできるだけ早く話を引き出したかった。ヘザーの丸顔が怒りで赤くなった。よかった、とオリヴィアは思った。また泣かれるより怒るほうがましだ。

「彼は……それはこの町のみんなが思ってるほど大きな問題じゃないわ」ヘザーは言った。

「そりゃあ、ちょっとばかり飲みすぎるときもあるけど、ほんとにすごく落ちこんでるときだけよ。彼は繊細なの。だからあんなに芸術的才能があるのよ。今はチャタレーハイツの誕生日を記念して、図書館の外壁にヴィクトリア朝様式のジンジャーブレッド装飾をつけてるのよ。それなのに……」

雲行きがあやしくなりそうだったので、オリヴィアはヘザーのグラスにまた半分ほどメルローを注いだ。グラスを見ようとしないヘザーに、オリヴィアは言った。

「まずマシューがだれを殺したと疑われているのか教えて。保安官は話してくれた、ヘザー？」

「ペイン・チャタレーよ。マシューは殺してないけどね。わたしにはわかるの」

「それを証明できるの？」

ヘザーの肉付きのいい肩が落ちた。「いいえ。彼のためにうそをつきたいところだけど、うまくいきっこないわ。木曜日の夜、わたしの馬のレイヴンが病気になったの。わたしは納屋にいるあの子につきっきりで世話をしていた。それでも悪くなるばかりだったから、午前一時ごろ獣医さんに電話して、すぐに来てもらったわ。レイヴンはほんとうに具合が悪かったの。ずっと吐いてばかりで——」

「くわしいことは話さなくていいわ」マディーがワイングラスをヘザーのほうに押しながら言った。「獣医さんが帰ったのは何時ごろ？」

「朝の五時半ごろまではいたと思う。ちょうどそのころレイヴンも峠を越えたから。わたしは図書館に出かける時間になるまで、レイヴンといっしょに納屋にいた。ああ、リヴィー、デル保安官に話してくれない？　マシューがそんな恐ろしいことをするわけがないって、わかってもらいたいの」

オリヴィアは自分のワインをすすり、マシュー・ファブリツィオとペイン・チャタレーのいさかいのうわさを思い返した。ヘザーによると、マシューは感情の起伏が激しい芸術家で、酒を飲みすぎると言われている。オリヴィアの見たところ、自己陶酔型の夢見がちな人間でもある。だがマシューが冷血な人殺しだと想像するのはむずかしかった。もしペインがバーでのけんかで殺されたのなら、マシューが容疑者になるのもわかる。だがデルが話してくれたわずかな情報からすると、ペイン殺しにはマシューよりも冷静な頭脳が必要だったはずだ。

「わかった」オリヴィアは言った。「デルに電話して――」

「ああ、ありがとう、ありがとう、リヴィー」ヘザーは勢いよく椅子から立ちあがり、オリヴィアに抱きついた。「あなたはたよりになると思ってたわ。保安官がなんて言うか知りたいから、そのあいだわたしもここにいる」彼女はまた椅子に腰を下ろし、ワインをすすった。そして「クッキーがあったりはしないわよね？」ときいた。

「ヘザー、最後まで言わせて。朝になったらデルに電話するけど、何も約束はできないわ。自分にできることをさがそうとは思ってるけど」

「だめよ、いま電話してくれなくちゃ。マシューがひと晩留置場ですごせるわけないわ。あの人はすごく――」

「繊細なのよね」マディーは言った。「ええ、それはわかってるわ。でも今は午前一時で、かわいそうなデルはまちがいなくベッドのなかよ。休ませてあげて。あの人は大勢の人たちがやってくる週末のあいだ、休みなしで町を警備しなくちゃならないの。チャタレーハイツの留置場は収監者を鎖でつないだりしないわ。マシューだってひと晩ぐらい大丈夫よ。お酒を抜いていやな二日酔いを乗り越えるいい機会だわ」

「でも、あなたたちはわかっていないのよ――」

「わかっていますとも」ヘザーの肉付きのいい肩に腕をまわしてマディーが言った。「もしルーカスが留置場にいたら、あなたと同じくらい気が動転すると思う。そしてやっぱり、助けを求めてリヴィーの家のドアをたたいていたわ。でもリヴィーはわたしがあなたに言ったのとまったく同じことを言うでしょうね。デルをひと晩ゆっくり眠らせてあげて、と。機嫌が悪い保安官は協力してくれないわ。リヴィーに彼女なりの冷静な方法でこの事件に対処してもらいなさい。そのほうがうまくいくから」マディーはヘザーをアパートのドアのほうに押した。「わたしももう帰る。トラックまで送るわ」

「トラックはタイヤがパンクしてるの」ヘザーは言った。「タイヤ交換に時間を使いたくなかったから、レイヴンに乗って町まで来たのよ。具合はよくなったし、運動させる必要があるから」

「それなら馬のところまで送っていく」マディーはそう言うと、オリヴィアのほうを向いてぐるりと目をまわした。「かんべんしてよ」

少なくともオリヴィアにはそう聞こえたような気がした。

9

　空がようやく明け初《そ》めたころ、オリヴィアはスパンキーを抱いて階段をおり、〈ジンジャーブレッドハウス〉に向かった。店を一般開放するまえに、小さなヨークシャーテリアはまた階上に追い払われてしまうのだが、今なら売り場を走りまわらせておける。スパンキーにはいまだに喧噪《けんそう》に身を置いていた日々の後遺症があり、今日はそれに悩まされる日になりそうだった。いつかは彼も落ちつくだろうが、今はまだだめだ。チャタレーハイツ高校のマーチングバンドが〈星条旗よ永遠なれ〉らしき曲を奏でながら店のまえを通りかかれば、スパンキーは遠くの山に向かって駆けだすだろう。比較的静かで安全な階上の住まいにいても、子犬保護施設のほうがましだと思うかもしれない。いや、それはないか、とオリヴィアは、店内を駆けまわり、自分の領地を侵すものをさがして隅々までかぎまわるスパンキーを眺めながら思った。

　明かりを落とした店内を歩いていると、かすかなショウガの香りがして、温かい幸せな気分になった。クッキーカッターがそこかしこのフックやワイヤーから下がっている。通りすぎながら手を伸ばしてそっとモビールに触れた。金属製の花形カッターが揺れ、月明かりのなか風にそよぐように光った。

オリヴィアはスパンキーのお気に入りの椅子に腰をおろした。まっすぐな背もたれに彫り模様が施され、ニードルポイントの座面にクッションがはいったアンティークの椅子だ。驚くほど座り心地がよく、そこに座るとタウンスクエアが見わたせた。タウンスクエアの周囲には温かな光の輪を投げかける昔風の街灯が点在し、早朝の風にたなびくカラフルなたれ幕を照らし出していた。

点検を終えたスパンキーが、売り場の床に爪音を響かせながらオリヴィアのところにやってきた。飼い主の膝に跳び乗り、すぐにも夜明けが訪れると告げている窓の外を眺める。

「ねえ、スパンキー、たいへんな週末になるわよ」オリヴィアは犬の耳をマッサージしてやりながら言った。「でもこれが終われば平和になるからね」

オリヴィアの声の響きにヨークシャーテリアの耳がぴんと立ち、そのあと少し落ちついた。だがすぐにまた小さな体に力がはいったので、オリヴィアは彼の視線の先をたどった。早朝の光のなかに、レインコート姿でパークストリートを北に向かっている人影が見えた。こんな時間ではあったが、意外なことではなかった。商店主たちは週末の祝賀イベントがはじまるまえに、店の準備をしたいだろうから。

人影が近づいてきて、女性だとわかった。この特別な日の朝に見回りをしそうな女性と言えば、もちろんカレン・エヴァンソンだ。しかも彼女はまっすぐ〈ジンジャーブレッドハウス〉に向かっていた。

「われらが強引な町長をお迎えすることになりそうね」オリヴィアはスパンキーに言った。「お行儀よくしてよ」彼が命令に従わなかったときのために、スパンキーの胴を抱えた。

数分後、案の定おもてのベルがいらだっているような性急さで鳴った。スパンキーが激しく吠え、オリヴィアの拘束から逃れようともがいた。

「静かにして、スパンキー。もし彼女が失礼な態度をとったら、追い出していいから。わかった？」犬はうなり声をあげて不満そうに従った。オリヴィアはご褒美にすばやく耳をかいてやった。

〈ジンジャーブレッドハウス〉のドアを解錠し、外側のドアの安全錠をはずしていると、ベルがまた鳴った……そして鳴りつづけた。オリヴィアは罪のないベルのボタンを力いっぱい押すカレンを思い浮かべた。もがく犬を抱えたまま、もどかしげに鍵を開けたとき、オリヴィアは上機嫌とは言えなかった。

「そんなにしつこく押さなくても……」

口を開いたとたん、オリヴィアの文句は怒りとともに消えた。ドア口にいる女性は注文の多いカレン・エヴァンソンではなかった。いつもはのんびりしたチャタレーハイツ・コミュニティセンターの館長、ローズマリー・ヨークだった。赤く腫《は》れた目の縁が、困惑したハシバミ色の目のなかの緑色を際立たせている。

「リヴィー、ほんとうにごめんなさい、うるさくするつもりはなかったんだけど、あなたに話があるの。ほかにどこに行けばいいのかわからなくて」

開店前に〈ジンジャーブレッドハウス〉の品出しや飾り付けをするあいだ、ローズマリーは心臓が飛び出すのを防ぐようにコーヒーのマグを胸に抱えて、オリヴィアのあとをついて歩いた。

「マシューは四歳のときからわたしが育てたの。妹の子なのよ。アンマリーは結婚していたけど、マシューが生まれるまえに夫と別れたの。正式に離婚し、子供が生まれても父親に会わせなかった。お金をもらおうともしなかったのよ。正しい判断だったと思うわ」

オリヴィアは正面のウィンドウに張りめぐらしたワイヤーにマクラメ編みのたれ幕をかけ、うしろに下がってまっすぐになっていることをたしかめた。母が紫色と銀色のメタリックな毛糸で作ったたれ幕だ。フレデリック・P・チャタレーがのちにチャタレーハイツとなる場所に初めてやってきた年が、銀色のビーズで編みこまれている。疑わしいながらもしつこく繰り返される伝説によれば、フレデリック・Pはいちばん新しい愛人の住まいから帰る途中で道に迷った。その愛人はのちに捨てられたが、彼はまだ持ち主のいなかったその土地一帯を自分とのちの王朝のものとして手に入れたのだ。

「妹さんが父親からの経済的援助なしに子供を育てるのが、どうして正しい判断だと思ったんですか?」オリヴィアはきいた。

「いやな男だったの」ローズマリーは言った。「妊娠したと伝えたアンマリーを殴ったのよ。子供を堕ろせとしつこかったから、アンマリーはまた殴られて流産させられるのを恐れた。離婚したときも、彼は争うこともせずに、あっさり親権を手放したの。アンマリーはわたしたちの両親のところに行くことはできなかった。とても信心深い人たちだから、子供の父親と離婚したことをしつこくなじったはずよ。たとえ彼がどんなに暴力的だったとしてもね。それで妹は助けを求めてわたしのところにやってきた。わたしは当時三十三歳で、結婚していた」

「あなたが結婚していたなんて知らなかったわ」オリヴィアは会計カウンターに飾る小さめの紫色とラベンダー色のマクラメ編みを選びながら言った。「でもマシューは四歳のときからあなたに育てられたのよね。妹さんはどこにいたの?」

「わたしたちといっしょに住んでたわ」ローズマリーは言った。「もちろん両親は何があったのかに気づいて、わたしたち姉妹とは口もきいてくれなくなったけど、少なくともアンマリーと赤ちゃんには子供の父親がいなくても住む場所があった。夫とわたしはフルタイムで働いていたから、みんなとても快適に暮らすことができた。やがて夫が病気になった。マシューが三歳のころで、まだ小さいからアンマリーは働きに出られないし、わたしは夫の世話をするために仕事をやめた。しばらくはみんな希望を持っていたけど、ガンの進行が早くて、夫は一年もたたずに亡くなった」

ローズマリーが茶色のショートヘアを指で梳くと、グレーになった根元がオリヴィアの注意を惹いた。マシューが二十五歳ということはわかっている。妹が妊娠したときローズマリーは三十三歳だったとすると、いま五十八歳ぐらいということになる。再婚はしていないので、マシューをひとりで育てたということだ。

「状況はわかるわ」オリヴィアはそう言って、ローズマリーの肩に軽く触れた。「十代のころ、父を膵臓《すいぞう》ガンで亡くしたの。進行がとても早かった」

ローズマリーはコーヒーをごくりと飲んだ。「状況はますます悪くなった。夫を失った悲しみでがっくりきていたけど、アンマリーとマシューがいたから、生活費を稼がなくちゃならなかった。わたしは仕事に戻ったわ。マシューが保育園にはいると、アンマリーもパートで仕事をするようになった。わたしたちはなんとかやっていた」ローズマリーの声が小さくなって消えた。これで終わりではないだろうと思ったオリヴィアは、パーティ関連のクッキーカッターのディスプレーを配置しなおしながら待った。「ある朝、アンマリーは保育園にマシューを預けてから仕事に向かった。でも仕事場にはたどり着けなかった。無謀運転の若者たちの車が、アンマリーの車の運転席側に激突したの。警察が到着したときには、妹はもう死んでいた」

オリヴィアはのどにつかえたかたまりをのみこもうとした。「まさかそんなことが……」

ローズマリーは会計カウンターにカップを置き、深く息をついた。

「ずっと昔のことよ。当然マシューはわたしが育てることになった。自分の息子だったとしてもこれ以上は愛せなかったと思うわ。ちょっと甘やかしてしまったかもしれないけど……たしかにあの子は興奮しやすいし気分屋よ。そのへんは父親の遺伝が大きいと思う。でも父親の卑劣さを受け継いではいない。それはたしかよ。妹は善人だった。だからマシューもいい子よ。あの子がペイン・チャタレーを殺していないことには絶対の自信があるわ。証明することはできないけど」

胸から胃にかけて、いやな感じが広がるのがわかった。つぎに何が来るか、オリヴィアにはわかっていた。

「それであなたのところに来たのよ、リヴィー」

「ローズマリー、無理よ――」

「最後まで聞いて」ローズマリーは、本来の有能な中年管理者然とした命令口調で言った。「あなたはとても頭がいいわ、リヴィー。それにこういうことをまえにもやっている――まったく身に覚えのない罪に問われた無実の人を助けたでしょ」

「でも――」

「お願い、リヴィー。あなたの力が必要なの。保安官はわたしには何も教えてくれないし、彼とあなたは……その、とにかくあなたならいろいろ教えてもらえるでしょ。リヴィー、わたし、ほんとに困ってるの。マシューを助けたいのよ。あの子はむっつりと口をつぐんで、状況を悪化させるに決まってる」ローズマリーの頰を涙が伝い、レインコートの襟に落ちた。「デルと話をすることならできると思う」オリヴィアは言った。「でも、約束はできないわ――」

「ああ、ありがとう、ありがとう、リヴィー。わたし、もう行かなきゃ。やっかいなこの週末の準備で、まだやることがたくさんあるのよ」ローズマリーは目をすがめてヘンゼルとグレーテルの時計を見あげた。オリヴィアの母から開店祝いに贈られたこの時計は、かわいらしいのだがとても見にくくて、エリーでさえ正確に時間を読むことはできない。

「七時から七時十五分のあいだってところね」オリヴィアは言った。そしてローズマリーの目に無言の訴えを見て取り、こうつづけた。「情報を流してくれとデルに強要することはできないけど、とにかく彼と話してみるわ」

ローズマリーが出ていったあと、オリヴィアはスパンキーにトイレ休憩を取らせるため、建物の横手にある庭に連れていった。珍しく彼はおとなしく従った。腕時計で確認したところ、開店時間まであと三十九分だ。タウンスクエアには多くの人が集まっており、その多くは知らない人たちだった。彼らが訪れたのはお祭りを楽しむためであって、チャタレーハイツのセンセーショナルな殺人事件と容疑者逮捕についてゴシップを交換するためでないといいのだが。

オリヴィアとスパンキーが前庭に戻ると、階段を迂回して〈ジンジャーブレッドハウス〉のポーチに行けるように最近設置したスロープを、特徴的な車椅子でのぼっている人物の後ろ姿に気づいた。下半分は最新式のモーターつき自動車、上半分はアンティークのロッキングチェアからなるその車椅子と、背もたれの上に見えるブロンドの髪は、いずれも〈チャタレーハイツ・マネージメント・アンド・レンタル・カンパニー〉、略して〈M&Rカンパニー〉のオーナーであるコンスタンス・オーヴァートンのものだ。オリヴィアとコンスタンスは、高校時代のボーイフレンドをめぐる確執にもかかわらず、親睦を深めつつあった。スパンキーがコンスタンスを歓迎して愛想よく吠えた。コンスタンスは車椅子を止めて振り向いた。

「あら、きみだったの、スパンキー。エクササイズが必要なリヴィーを外に連れ出していたのね。悪気はないのよ、リヴィー」

「うそばっかり」オリヴィアは正面入口のドアを解錠し、広く開け放った。「スロープは合格かしら?」

「完璧よ」コンスタンスは車椅子を店内に入れながら言った。「感謝するわ」

「タウンスクエアの商店主たちの何人かはまだ渋ってるの。ヴィクトリア朝様式にすれば、みんなの不安もやわらぐんじゃないかと思って」

コンスタンスは細い肩をすくめた。

「〈レディ・チャタレー・ブティック〉はこの週末に間に合うようにスロープをつけてくれたから、クッキーと服は手にはいるようになったわ。わたしの最優先事項のふたつよ」彼女の青緑色のカシミアセーターと、膝の上の同じ色合いのブランケットは、明らかに〈レディ・チャタレー・ブティック〉の特注品だ。「どちらのスロープのヴィクトリア朝様式のジンジャーブレッド装飾でも、マシューがいい仕事をしてくれたわ。実は、彼のことで来たの」

オリヴィアは料理本コーナーに用意した大きなポットからカップにコーヒーを注いだ。料理本コーナーの二脚の安楽椅子とテーブルのそばには、クリームと砂糖、それにデコレーションクッキーが積みあげられた大きなトレーが置かれている。

「町じゅうの人がマシューの逮捕を知っていて、そろってわたしからくわしいことをきき出そうとしてるわけ?」オリヴィアはコンスタンスにコーヒーカップをわたした。

「うわさは広まってるわ」コンスタンスは言った。「うちの建物の補修工事でいつもなら午前六時半に来るマシューが現れなかったから、ほんとうなのかもしれないと思ったの。今朝あなたの店から出てくるローズマリー・ヨークを見るまで確信はなかったけどね。彼女がこんな重要な日の朝早くにここにいる理由はひとつしかない。保安官に拘束されたマシューを助けてほしいとあなたにたのみにきたんでしょ」

「どうしてみんな、わたしがマシューの殺人容疑をくつがえせると思うの？」

「落ちつきなさいよ。別にあなたに奇跡が起こせるとみんなが思ってるわけじゃないわ。少なくともわたしは思ってない。これは最近わたしたちのあいだに芽生えた姉妹のような愛情から言ってるのよ。とは言っても、わたしだってだれにも負けないくらいマシューの釈放を願ってる。最近、うちの建物の隣半分にはいってる歯科医院を買い取ったのよ。〈M&Rカンパニー〉を広げられるようにね。マシューはいま建物前面の改修作業をしている最中なの。利己主義とでもなんとでも言って。たしかにマシューは自己陶酔型で激しやすいわ。おそらくローズマリーが甘やかしたせいね。でもすばらしく才能がある。それに、マシューがハーマイオニや近所に住む人たちを起こすことなくペイン・チャタレーを殺せるほど、自分をコントロールできるとは思えない。さて、クッキーをいただこうかしら」コンスタンスは車椅子を操作して料理本コーナーに向かった。

オリヴィアはあとにつづき、詰め物入りの椅子のひとつにどさりと腰を下ろした。開店まであと二十分だが、最後の準備はバーサが来るのを待ってからでいいだろう。

「コンスタンス、質問があるの。ハーマイオニがマシューを操って、ペイン殺しを手伝わせたんだと思う？」

コンスタンスは風になびく旗のような形のクッキーをかじった。えび茶色のアイシングをかけた上にピンクで〝わたしを食べて！〟と書いてあるクッキーだ。

「それはわたしも考えた。ハーマイオニがマシューに夫を殺させたんだとしたら、彼のキャリアのためになるようなことを約束したんでしょうね。屋敷の修復をつづけさせるとか、まあ、わからないけど。とにかく、そういう約束があるのに、ハーマイオニがマシューを留置場に入れたままにしておいたら、彼は小鳥みたいに歌うわよ」

「でもコンスタンス、そんなことをしてマシューになんの得があるの？　どうせ共犯者として罪に問われるわけでしょ。それにハーマイオニが共謀したという証拠が必要になる」

「そうね、証拠は何もないけど、興味深い情報ならあるわ」コンスタンスは元チアリーダーの完璧な歯を見せて、にっこり微笑みながら言った。「昨日の終業まぎわにハーマイオニ・チャタレーの訪問を受けたの。彼女はチャタレー邸を売りに出したいと言ったわ。ペインが死んで二十四時間もたたないうちに、その妻は町を出ようとしてるってわけ」

「それって、国を出るってことよね。でもデルは彼女を容疑者と見ているからパスポートを押収しているはずよ。少なくとも昨日、週末のあいだときどきハーマイオニの相手をしてほしいとわたしにたのんできたときは、彼女を容疑者と見ていたわ。考えが変わったとは言ってなかった」

「もうひとつクッキーを取って」コンスタンスがきれいにマニキュアの施された手を差し出した。「カロリーが必要なの」

「憎たらしい人」オリヴィアはそう言って、薄紫色と白のストライプの風船形クッキーをわたした。野外音楽堂に張るたれ幕に合わせて、カレン・エヴァンソンが特別に注文したクッキーだ。

「そりゃ憎たらしいでしょうね」コンスタンスはしとやかにクッキーをかじってからつづけた。「デルがハーマイオニを信じることにしたとは思えないわ。彼は職務に忠実な人だもの。つまりつねに疑ってかかるってこと。ハーマイオニがチャタレーハイツをすぐにも出たがってるってこと、彼に言ったほうがいいわよ」

「わたしが？」

「だって、わたしが言うわけにはいかないでしょ。プロとしての倫理の問題よ。わたしは彼女をクライアントとして扱った。少なくともそういうふりはしたわ。この町の住民でない買い手をひそかにさがすと約束したの。彼女ができるだけ早くここから出る手つづきをしたがってるのは明らかよ。疑われるのを避けようというわけね。とにかく、これで義務は果たしたわ。お互い、仕事に戻りましょ」コンスタンスはなめらかに車椅子を方向転換させ、クッキーをもうひとつかすめ取りながら、正面のドアに向かった。「マシューが早く建物の改築の仕事に戻ってくれれば、わたしもうれしいわ」

コンスタンスは肩越しに言った。そして、彼女のためにドアを開けようとオリヴィアが追いかけてくると、こう付け加えた。

「ところで、わたしはプロとしての倫理に反する危険を冒してまでこの情報を明かしたの。町のためと、祝賀イベントの成功を願ってのことよ。もちろん、捜査を取り仕切っているデルによかれと思ってのことでもある。危険を冒してまでこんな無私のおこないをしたんだから、クッキーの数ダースくらいは、そうね、半額にしてもらえるわよね？」

「コンスタンス、あなたがこんなことをするのはマシューに建物の補修作業をつづけてもらうためでしょ？」

「それもあるけど、ほとんどはクッキーのためよ」

「もう、けちな人ね。お金《ドウ》のこととなるとほんとにがめついんだから」

「そうなの、でもクッキーの生地《ドウ》のほうじゃないわよ。細々と商売してるだけじゃお金はたまらないもの」

10

チャタレーハイツの二百五十回目の誕生日を祝うイベントの初日、〈ジンジャーブレッドハウス〉は開店数分で満員になったが、すべてのお客がクッキーカッターを買いたくて来たわけではなかった。地元のお客たちは、店の正面ウィンドウからタウンスクエアの全景がよく見えることを知っていた。〈ジンジャーブレッドハウス〉がはいっているクィーンアン様式の家は、小さな丘陵——実際は土手と言ったほうがいいかもしれないが——の上に建っているので、店内にいれば外の人ごみの頭の上から朝のパレードを見ることができるのだ。正面のポーチや階段に座ることにした見物人も何人かいた。だが、窓の外に立ってなかの人たちの視界をさえぎるようなことをすれば、這々《ほうほう》の体《てい》で町から逃げ出さなければならない危険を冒すことになる。すでに数人のよそ者が、町の住民からの警告のまなざしを受けてポーチをあとにしていた。

　オリヴィアが店内にいられてうれしい理由は単純に、板ガラスのせいでチャタレーハイツ高校マーチングバンドの音が小さくなるからだった。お客のなかにはバンドに参加している生徒たちの親がたくさんいるので、大っぴらに認めたりはしないが。もちろん、その親たちの多くも、今は〈ジンジャーブレッドハウス〉のなかにいて、パレードのあいだじゅう居座るつもりのようだ。家での子供たちの練習を耐え抜いたのだから、もう義務は果たしたというわけだ。

パレードに敬意を表して商売は一時休止し、オリヴィアは窓際のスタッフやお客たちに合流した。身長百五十センチの母は、最前列を確保していた。オリヴィアと同様に身長で有利なバーサは、その近くで見物人たちのうしろに立っている。

「かわいらしいわねえ」三人のバトンガールが見えてくると、バーサは言った。「それにあの細さ」

バーサは六十代の今も活動的だが、運動選手体型とは言いがたかった。やもめのミスター・ウィラードとつきあうようになってからは、少しずつ体重を減らして適度な太り具合になってきてはいたが。その一方でオリヴィアの母は、汗をかくこともなくあのバトンガールたちについていけるかもしれない。

三人の若いトランペッター――そのうちのひとりはステップをそろえようとあたふたしていた――が通りすぎるのを見ながら、オリヴィアは尋ねた。

「ミスター・ウィラードはいっしょにパレードを見られないの？」

「ええ、かわいそうに、あの人は事務所で仕事をしています。ペイン・チャタレーが死んだと判断したことで、自分の誤りを悔いているんですよ」バーサは唇に指を当てた。「冷たい言い方をするつもりはありませんけど――これでようやくほんとに死んでくれたわけですね」

「バーサ、氷のなかに閉じこめられたって、あなたは冷たくなんてなれないわ。言いたいことはわかるわよ。ミスター・ウィラードはペイン・チャタレーの死亡証明書について、何か新しい情報をつかんだの？　数年まえに届いたやつのほうだけど」

「今度はピッコロですよ」バーサが言った。「あたし、ピッコロが大好きなんです。ほかの楽器より音が高くて、とても勇ましい感じがして。でも……あのメロディは正しいんでしょうか？」

「音はひとつも合ってないわ」

オリヴィアは分厚い板ガラスに感謝した。町でいちばん音楽を聴き分けられるというわけではなかったが、ピッコロのパートがかなりでたらめなのはわかった。幸い、ピッコロ担当の少女は見えなくなり、変わって比較的やわらかなフルートの番になった。

「ウィラードは自分が何も気づかなかったことをひどく気にしています」行進していくクラリネット奏者を目で追いながら、バーサは言った。「でも実際のところ、どうすれば気づくことができたって言うんです？　イギリスから送られてきた書類で、切手から書名入りの手紙まで、すべて正式のものに見えたっていうのに」

「それじゃ彼が気づかなかったのも無理はないわ」オリヴィアは言った。

「少し調べてさえいれば、偽造であるのはこれ以上ないほど明確だったとあの人は言い張ってます。でも、当時は疑うべき理由がまったく見えていなかった。もちろん、何十年もまえのことで、彼もまだ至らないところがあった。それはあたしもはっきりと言いました。それに、ちょうど奥さんの病気が悪化したころのことだった」

ひとりきりのチューバ奏者が、苦労しながらマーチングバンドのしんがりを務めていた。つぎに進んできたのはパレードのたれ幕だった——色はあの運命を決することになった実行委員会の最後の会合で、カレン・エヴァンソンが主張したとおり薄紫色だ。頭を高く上げ、硬い笑みを浮かべた町長本人がそれにつづく。オリヴィアはパレードに興味を失った。窓際のグループから離れると、バーサもついてきた。

料理本コーナーでさらにコーヒーを用意し、皿にクッキーを補充しながら尋ねた。

「ミスター・ウィラードは、死亡証明書が偽造だと気づくべきだった理由について、何か言ってた？」

「ええ、それはもう悔しがっていましたよ。そんな彼に町長はひどくつらく当たってました。保安官はこれ以上ないほど感じよく接してくれましたけど。でもウィラードは、ファイルのなかにペインが署名している書類がいくつかあったのだから、自分の落ち度だと言ってます」

オリヴィアはクッキーの皿を落としそうになった。「ペイン・チャタレーは自分の死亡証明書に署名したって言うの？」

「いえ、そういうわけではないんです」バーサはコーヒーポットのふたを閉めて言った。「イギリスから送られてきたほかの書類のなかに署名があったんだと思います。とにかく、おかしいと思いませんか？」

「たしかにそうね」


エリーとバーサと臨時アルバイト――ふたりの女子高校生――に売り場をまかせ、オリヴィアは急いでデルに電話をするために厨房に引っこんだ。

「やあ、リヴィー、ちょうどよかった」デルは言った。「ちょっと待ってくれ、今……」デルの携帯からの声がしばらく途絶えた。「よし、ここのほうが静かだ。もう頭がおかしくなりそうだよ。カレンはぼくとコーディが一度にあらゆる場所にいることを望んでいるんだから」

「あなたには解決しなきゃならない殺人事件があるっていうのにね」

「そのとおり。なあ、リヴィー、今日の午後、一時間ほど抜け出して、ハーマイオニ・チャタレーの様子を見にいってくれないか？　結局彼女から引き出せたのは、うつろなまなざしと、意味をなさないつぶやきだけなんだ」

「やってみるわ」オリヴィアは言った。「何を聞き出せばいいの？」

「マシュー・ファブリツィオについてなら、どんなにつまらないことでもいい。やったのは彼にまちがいないとハーマイオニがいくら言ったところで、これ以上彼を拘束しておくことはできないんだ。マシューがペイン・チャタレーを殺してやると言ったことを証明できる人はいないんだからね。だからと言って彼が無実ということにはならない。血筋の信憑性《しんぴょう》についてペインと口論したわけだから、まだ第一容疑者だ。だが先に進むにはもっと判断材料が必要なんだよ」

オリヴィアは片手で自分用にコーヒーを少し注ぎ、冷蔵庫からクリームを取ってきた。

「デル、ハーマイオニ・チャタレーができるだけ早く屋敷を売りたがっているって知ってた？　コンスタンスのところに来て、売りに出したいと言ったそうよ。コンスタンスは自分が情報源だってことを知られるとまずいみたい。プロとしての倫理だかなんかのせいで。もっと早くあなたに電話したかったんだけど、なかなか時間が取れなくて。こっちはもうしっちゃかめっちゃかなのよ」

それを証明するかのように、厨房のドアが勢いよく開いて、週末だけ雇っている女子高校生のひとりが現れた。

「グレイソンさん、あたし、どうしていいかわかんなくて。売り場にあのすてきなエプロンを五枚出しておいたら、なんか五分ぐらいで売れちゃって、もっと買いたいっていうおばさんたちがいっぱいいるんです」

オリヴィアは指を一本立てて携帯電話に向けた。

「デル、わたし——」今度は裏口で執拗なノックの音がして、先をつづけられなくなった。ドアを開けると、またノックをしようとこぶしをかまえたローズマリー・ヨークがいた。

「ええと、あとでまた電話してもいい、デル？　こっちはますますこんがらがってきてるの」

「どこもそんな調子だよ」デルはそう言って小さく笑った。「コンスタンスの話は確認してみるよ。そういううわさが広まってるとだけ言うようにする。小さな町のゴシップとか、そういう感じでね。ハーマイオニと話すことができたら電話してくれ」

オリヴィアが電話を切ると、ローズマリーが厨房にはいってきて作業台のまえに座った。髪はブラシをかける必要があり、レインコートはボタンが取れていて、どこから見ても五十八歳そのものに見えた。

若いアルバイトがけげんそうにローズマリーを見てから言った。「ほかの人たちはみんなすごく忙しくて……」

オリヴィアはカウンターの上の鍵束をつかんだ。

「はい、これが倉庫室の鍵。どこにあるかわかる？　よかった。はいってすぐの壁にフックがあるの。そこにあと十枚エプロンが掛かってる。値札はもうつけてあるわ。それを全部コートラックに掛けてちょうだい。さあ、行って」

若いアルバイトは鍵をひったくると足早に消えた。

オリヴィアはきれいなカップに手早くコーヒーを注ぎ、ローズマリーのほうにすべらせた。

「何か大事な話があるみたいですね」

デルがこれ以上マシューを留置場に入れておけないと思っていることは言わなかった。ローズマリーが明かそうとしている重要な情報を聞いてからのほうがいい。

ローズマリーはコーヒーをひと口飲んだ。

「だれにも話していないことなの」彼女はどこか体の具合でも悪いかのように椅子の上でもじもじした。ふだんのオリヴィアなら、ムードを明るくするためにクッキーを出すところだが、今回はふさわしくない気がした。

「話していれば」ローズマリーは言った。「話していればよかった。正しいことじゃないもの、彼がしたことは」

「彼って?」

ローズマリーのハシバミ色の目がオリヴィアの目をとらえた。

「ペイン・チャタレーよ」そう言うと、彼女はコーヒーカップを持ちあげ、また下ろした。

「三十年以上まえの話よ。正確には四十年近くまえね。わたしは二十歳でまだ独身だった。大学で高校教師になる勉強をしていたの。でもあんなことがあったから……」

またしてもオリヴィアは口をはさみたくなるのをこらえた。頭のなかではさまざまな考えが駆けめぐっていた。ローズマリーはペインと関係を持っていたの？　そのとき彼は十七歳ぐらいだったはずよね。ペインは当時、あるいは今回町に戻ってきてから、彼女をおどそうとしたの？　頭を冷やすのよ、リヴィー。とにかく聞くの。

ローズマリーは心を決めた様子で背筋を伸ばした。

「今これを明かすのは隠れた動機があるからだと告白するわ。マシューを助けるためならなんでもするつもりだし、これはその助けになるかもしれない。だからわたしの話を保安官に伝えると約束してほしいの。自分ではどうしてもできそうにないから。すごくうしろめたくて……約束して、リヴィー」

オリヴィアはうなずいた。「約束するわ」

「秋の新学期だった。わたしはチャタレーハイツ高校で教育実習をしていた。ペインは最上級生になったところだった。クウィル・ラティマーもね」

それでペインとクウィルは知り合いだったのね。こんなに忙しくなかったら、簡単に思いついていただろう。コンピューターを操るマディーの魔法の指があればよかったのに。オリヴィアは思いきってきいてみた。「ペインとクウィルは友だちだったの？　それとも敵同士？」

「どちらもイエスよ。わたしが教育実習をはじめたころは、ふたりは親友のようだった。わたしは歴史と社会科の教師の下で実習をしていたの。ペインとクウィルはどちらの学科も取っていたから、わたしはふたりとも知っていた。ふたりはいつもつるんでいたわ。クウィル・ラティマーはオールAの優等生で、ちょっとうぬぼれたところがあったけど、とてもまじめだった。ペインは……そうね、よくわからない子だったわ。頭がいいのはたしかなんだけど、成績にはむらがあった。すごく魅力的にもなれるけど、急に機嫌が悪くなったり、意地悪になることもあって。いま思えば、心の問題を抱えていたのかしらね。そういうこと、最近学校でよく聞くでしょ」

オリヴィアはこっそり厨房の時計を見た。もうすぐお昼の混雑がはじまる。そのあとでチャタレー邸にハーマイオニを訪ねるつもりだった。

「〝あんなことがあったから〟教師になることに疑問を覚えたみたいなことを言ってましたね。それはペインとクウィルに関係することなんですか？　それがどうしてマシューを助けることになるんです？」

「ペインの成績が劇的に上がりはじめたの。最初はクウィルといっしょに勉強しているからだろうと思った。それでペインもがんばったのかもしれないと。やがてあるパターンに気づいたの。ふたりはいつも隣同士の席に座るんだけど、ならんだ席が見つからないときもあった。そういうときのペインのテストはひどい出来なのよ。それでわたしは疑いを持ちはじめた。もしかしたら――」

背後で厨房のドアが開く音がしたが、オリヴィアは振り向かなかった。だれもが無言のまま、ドアがまた閉まった。

「もしかしたらペインはカンニングをしているのかもしれない、クウィルの答案を写しているのかもしれないと」ローズマリーは言った。「担当の教師に話したけど、彼はまともにとりあってくれなかった。学校はペインに甘かったのよ。彼の家族との関係のせいで。クウィルの家は労働者階級だった」

「まだ先がありそうですね」

「ええ」ローズマリーはそう言って、楽しくなさそうに笑った。「わたしはさらに追求してミキサーに指をつっこまずにはいられなかった。おかげで指を切り落とされそうになったわ。あのころはわたしもやる気に燃えていたのよ。最高の教師になりたかった。だからペインがほんとうにカンニングをしているなら、見すごすわけにはいかなかった。それでわたしなりの実験をしてみたの。テスト問題をタイプしてコピーするのはわたしの役目だった。わたしは問題用紙を二種類用意した。同じ選択問題だけど、選択肢の順番がちがうものをね。テストの日、ペインとクウィルは隣同士に座り、わたしはそれぞれにちがう種類の問題を配るようにした」

オリヴィアは心拍数が上がるのを感じた。

「それでペインはクウィルの答案を写したんですか？」

ローズマリーは深いため息をついた。「そんなに簡単だったらよかったんだけどね。そう、最初わたしのトリックはうまくいったように見えた。でもペインとクウィルの解答は、まったく同じではなかったの。ペインは知恵が働くからそんなことはしないのよ。ほとんどはクウィルの解答を写したけど、全部は写さなかったんだと思う。採点をすれば、ペインがクウィルの解答を写したことはわかった。ペインは選択問題の多くで――aかbかeかdのなかから選びなさいってやつね――クウィルと同じ文字を選んでまちがっていたからよ。ペインの問題では選択肢が別のならび方になっていたから、クウィルの解答はペインのテストでは正解にならない。クウィルの答案はほぼ正解だったわ」

「かなりたしかな証拠のように思えますけど」オリヴィアは言った。

「わたしもまちがいないと思ったけど、わかったことを教師に伝えたら、彼は……妙な態度をとったの。最初は混乱しているようだったけど、やがてわたしが自分の許可もなく〝悪ふざけをした〟と言って――彼はわたしのしたことをそう呼んだのよ――怒りだした。結局、答案用紙を持ってこさせて、これは自分が預かると言った。わたしは言われたとおりにした」

「それで、何事も起こらなかったとか？」

「いいえ、それが起こったのよ。クウィル・ラティマーがテストでカンニングをしたと責められたの。どういうわけか答案用紙の名前が入れ替わっていたのよ。少なくとも、わたしはそう思った。その答案用紙を目にすることは二度となかったけどね。そしてペインは、クウイルがずっと自分の答案を写していたと言い張ったの。クウィルの隣に座れなくて悪い点をとったときのことは棚に上げてね。でもいちばんびっくりしたのは、クウィルが反論しなかったことよ。そのときもう教師にはなりたくないと思ったの」

「無理もないわ」オリヴィアは言った。「裏にまだ何かありそうですね。その教師も共犯だったとか」

「教育実習が終わってから聞いたんだけど、その教師は夫のいる女性教師と不倫していたらしいの。ふたりとも突然辞職したわ。きっとペインはその関係を知っていて、ばらすとおどしたのよ。でもペインがどうやってクウィルを言いなりにさせたのかはどうしてもわからなかった。クウィルは大きな犠牲を払うことになったわ。高校の成績にも影響して、とてもいい大学に行けたはずなのに、コミュニティカレッジに行くことになったの。そのあとも、一流の大学院にはいるチャンスはつかめなかった」

「クウィルはペインを恨んでいたでしょうね」

「まちがいないわ」ローズマリーはいとまを告げようと立ちあがった。「お願いだから、わたしが話したことを全部保安官に伝えてね」

「どうして自分で話さないんです？　デルならちゃんと聞いてくれますよ」

ローズマリーはレインコートのポケットに両手をつっこんだ。

「取り乱してヒステリー状態になるわ。保安官はわたしがマシューを守るために作り話をしていると思うかもしれない」彼女は視線を落とした。「クウィルには悪いと思っているの。

大昔に彼を裏切っておきながら、また殺人の容疑者にしようとしているんだもの。留置場に入れられたマシューのためでなかったら、ひと言だって言うつもりはなかったわ。マシューのこととなると、どんなひどいことでもできちゃうのよ。それも平気でね」

11

　ようやく〈ジンジャーブレッドハウス〉から昼休みのお客がいなくなり、携帯電話を見ると、チャタレー邸に向かうまえに電話してくれというデルからのメールが来ていた。デルに電話しても出ないので、ペイン・チャタレー殺害事件にもうひとり容疑者がいるかもしれないという短いメッセージを残す。そして〝今からハーマイオニに会いにいきます〟と付け加えた。〈ジンジャーブレッドハウス〉の小さな袋にデコレーションクッキーを詰めていると、携帯電話が鳴った。
「つかまってよかった」オリヴィアが応答するとデルが言った。「容疑者というのはどういうことかな？」オリヴィアはローズマリー・ヨークの話の要点を手短に伝えた。「考えてみる価値はあるな。でも四十年近くも恨みつづけるなんて、ずいぶんと気が長い」
「そうね。でもその事件はクウィルの後の人生に影響をおよぼした。それも悪い方向にね。カンニングをしたと責められたらどう対処すればいいのか、わたしにはわからないけど」
「きみなら汚名をそそぐために断固として戦うだろうね。ローズマリーの話だと、クウィルはあっさり運命を受け入れた。疑り深い警官と呼ばれるだろうが、それは有罪だと叫んでいるように思えるな」

「罪の意識についてはあなたのほうが経験豊富だものね。ペイン殺害にはある程度計画が必要だったはずよ。少なくとも露見しないように手を打つとか。そう考えると、マシュー・ファブリツィオよりもクウィル・ラティマーのほうが当てはまるような気がする」

「ほとんどだれでも当てはまるよ。聞いてくれ、リヴィー、きみに電話したのは、ビニー・スローンが撮った、奥の応接間の写真のことなんだ。これからそれと事件の現場写真の一枚をEメールで送る。それを見て何か思い当たることはないか教えてほしい。ぱっと見た感じでいいんだ、じっくり見なくていい。きみの専門知識が何か役立つものに気づいてくれることを期待しているよ。パソコンで確認してくれれば、くわしいことはわかると思う。たのんだよ」

「わたしのパソコンは二階にあるのよ」

「急がなくていいよ。もう切らないと——検死官と会う約束なんだ」

「ひとつきいていい、デル？　ペインが本物のペインだっていう確信はある？　バーサから聞いたんだけど、ミスター・ウィラードはペインが死んだとされていたのは偽装だと思ってるみたいなの。ハーマイオニと話すとき、何をきいたらいい？」

「ニュースは広まるのが速いな。検死官は被害者の身元を特定するためにDNA鑑定の指示を出したよ。急ぎでやってもらうにしても、殺されたペイン・チャタレーがほんとうのペイン・チャタレーかどうかたしかめるには少し時間がかかる。何人かが彼だと認識したわけだから、本物だろうという気はするけどね。彼がかつて自分の死をどうやって、なぜ偽装したのかはわからないかもしれない。どちらにしても彼はもう死んでいるわけだし、これは殺人事件だ。ハーマイオニが何か役立つことを言ったり自分の罪を認めたりするとは思えないが、注意して聞いていてくれ。それとリヴィー、無茶はしないでくれよ、いいね？　観察して耳を傾けるだけだ。つっこんだ質問はするな」

「わかったわ」そのつもりだった、原則としては。

オリヴィアが住まいのドアを開けたとたん、スパンキーがすっとんで来た。

「わたしも愛してるわ、スパンキー」興奮状態のヨークシャーテリアが飛び出して階段をおりていかないようにつかまえる。「ハーマイオニに会いにいきましょう——覚えてる？　お肉をくれたおばさんよ。もちろん覚えてるわよね。途中でマディーを拾っていくけど、デルにはないしょよ」スパンキーはもがいてオリヴィアの手から逃れ、キッチンに駆けこんだ。

「わかったわよ。黙っていてほしければ、おやつをよこせって言うんでしょ」ノートパソコンはキッチンカウンターの上にあった。デルがメールで送ったという写真を見てみよう。

Eメールをチェックするまえに、スパンキーを忙しくさせておこうと、犬用おやつをふたつ与えた。前夜メールソフトを閉じ忘れていたので、パソコンを開けたとたん、メール画面になった。一連のメールが受信される。デルからのものを開いて、最初の写真ファイルをクリックした。年季の入ったノートパソコンの画面に現れた、ビニーが携帯電話で撮った写真は、小さくてぼやけていた。写真を大きくすると、チャタレー邸の奥の応接間だとかろうじて確認できた。ビニーがデルとやり合うまえにこの写真を撮ったことはわかっているが、部屋はけんかのあとのバーのようなありさまだった。ブロケード張りの肘掛け椅子が横向きに倒れ、繊細な彫り模様が施されたサイドテーブルはふたつに割れ、ラグの上にランプの一部のように見えるものがあるのがわかった。床には壊れたテーブルから落ちたものがいくつかあり、そのなかには半分に割れた皿もあった。皿のそばに、青と緑と黄色の謎のかたまりが見える。

ふたつ目の写真ファイルをクリックした。デルが事件現場の写真だと言っていたものだ。意外にも浴室ではなく寝室の写真だった。鑑識のプロが撮った写真には、背の高い四柱式寝台が写っていた。オーバーシーツと毛布が脇に跳ねのけられている。眠っていたペインが起きあがって……お風呂に向かったということだろうか？

ペインのベッドサイドテーブルの上は散らかっていた。写真の画質はさっきのものよりははるかにいいが、薬びんとグラスのように見えるものの形がぼんやり認められるだけだった。グラスの隣の色あざやかな点に目が惹きつけられた。それはまるで……オリヴィアは小さな画面いっぱいまで写真を拡大した。画質は粗くなったが、小さな皿の上にあるデコレーションクッキーの残りを確認することができた。形はわからないが、アイシングは赤とピンクだ。

「ふーん。デルがわたしに見せたかったのはこれね。興味深いわ」

スパンキーが哀れな声で鳴きながら、カウンターの上に跳び乗ろうとするまで、声に出して言っていたことに気づかなかった。

「あきらめなさい、スパンキー」オリヴィアはそう言って、スパンキーを抱えあげた。「認めなくちゃ、あなたは猫じゃないのよ」

彼の耳をひとなでし、マディーのもっと新しくて高性能のノートパソコンにデルのメールを転送してから、ノートパソコンを閉じた。充電をすませた携帯電話を充電器からはずし、キッチンのフックから散歩ひもを取る。首輪にひもがつながれると、スパンキーは興奮してそわそわしながら吠えた。

「マディーの意見を聞きにいきましょ」

オリヴィアはそう言って外に出ると、戸締まりをした。

何も問題はないか確認するために〈ジンジャーブレッドハウス〉をのぞくこともしなかった。チャタレーハイツ・コミュニティセンターにいるマディーの短縮番号を親指で押す。二度の呼び出し音のあと、留守番メッセージを残した。

「ヘイ、マディー、わたしよ。コミュニティセンターに向かってるところ。そっちにノートパソコンを持っていってるといいんだけど。わたしが着くまでにこれを聞いたらEメールをチェックしてみて」

オリヴィアとスパンキーは、準備のさまざまな段階にある、日曜日の午後のお祭り用ブースやステージを迂回しながら、タウンスクエアを横切った。バケツとモップをたくみに使って、チャタレーハイツの住民たちが、めったに使われない野外音楽堂の汚れを落としていた。夕方ここでチャタレーハイツ高校合唱団が開拓時代のアメリカの歌を歌うコンサートがおこなわれるのだ。ありがたいことに、聖アルバン監督教会のすばらしいコーラス隊が手を貸すことになっていた。馬に乗ろうとしているフレデリック・P・チャタレーの像付近で、オリヴィアの携帯電話が鳴った。像はぴかぴかに磨かれていた。

「あたしよ」マディーからだった。「いま写真を見てるとこ。なかなかそそられるわね。何があったのか聞くのが待ち遠しいわ。冒険するつもりなら、あたしも行くわよ。だって正直、ジンジャーブレッドの家はもう出来あがって展示されたから暇なんだもの。そりゃ、〝おお〟とか〝ああ〟とかって感心されるのは気分がいいけど、そこそこ自尊心は満たされたから。今どこ?」

「フレッドとトリガーをすぎたとこ」オリヴィアは子供のころ、フレデリック・Pと彼の愛馬をそう呼んでいた。

「直接ローズマリーのオフィスに来て」マディーは言った。「ノートパソコンは持ってきてないけど、コミュニティセンターの大きくてすてきなデスクトップ・コンピューターを使えるから」

「そのコンピューターにはローズマリーしかログインできないんだと思ったけど」

「もう、リヴィーったら。あたしはあなたのコンピューターにだって侵入できるのよ、パスワードがフランス語でも」

「あなたまさか――」オリヴィアはキッシングブース（お金を出してほかの人とキスできるブース。お祭りなどの出店）を設置しているグループに近づいていたので、その先は自重した。

「リヴィー、純真な友よ、いつも言ってるでしょ、パスワードには数字と記号を入れなさいって。でもあなたは聞かない。だからあたしはあなたがよく使うフランス語のフレーズを調べるだけでいいわけ――インターネットがあれば簡単よ。そしてひとつひとつ試していって、ん……これかな？」

「悲しいけど、あなたの言うとおりだわ」オリヴィアは言った。

「こんなことをするのもあなたのためなのよ。なんとしてでももっと安全なパスワードにしてもらいたいから」

「わかったわ」

「楽しんでもいるけどね。とにかく、ローズマリーのオフィスならだれにもじゃまされないわ。あたしが鍵を預かってるから。彼女、マシューが逮捕されたとかで、今ひどく取り乱してるの。でも彼は釈放されるかもしれないってうわさで聞いたわ。それ、ほんと？」

「たぶんね。あとで説明する。今はやることがあるの。あと五分で着くわ」

オリヴィアはスパンキーをしっかりと抱いて、かなりの数の人のあいだを縫いながら、コミュニティセンターの大集会室のなかを進んだ。マディーとそのチームが作りあげたジンジャーブレッドの家々は、小さな村を形成しながら部屋の三分の一を占めていた。ボランティアのひとりが入口から見物人をならばせて誘導している。オリヴィアは立ち止まって、ジンジャーブレッドの家々のほうに切なげな目を向けた。見物人の列の隙間から、ピーチ色とバーガンディ色がちらりと見えた。サディーおばさんがオリヴィアのエプロンにチャタレー邸を刺繍するのに使った色だ。今日の衣装としてあのエプロンをつけずにいてよかったと思った。

マディーが屋敷の窓辺にいる少年の正体を明かしてしまっているのではないかと心配で、オリヴィアは展示のほうに近づき、近くでよく見てみた。ピーチ色とバーガンディ色のジンジャーブレッドの家は、ヴィクトリア朝様式の小さなコテージで、〈ジンジャーブレッドハウス〉に似ていなくもなかったが、窓辺に少年の姿はない。オリヴィアは立ちならぶジンジャーブレッドの家々を見おろし、チャタレー邸が展示の中央に鎮座しているのに気づいた。ジンジャーブレッドの屋敷は、ペンキを塗り替えたばかりの現在のチャタレー邸と同じ色だった。マディーが作った窓のなかの光景が見えるほど近づくことはできなかったが、たしかエプロンの刺繡の少年は黒っぽい髪で、十九世紀風の服装をしていたはずだ。

スパンキーが腕のなかでもがきはじめたので、オリヴィアは列から離れ、ローズマリー・ヨークのオフィスに向かった。通りすぎざまに厨房をのぞくと、数人の女性たちが長期にわたったお菓子製作のあと片づけをしていた。どうりでマディーが早々と帰りたがるわけだ。あと片づけは退屈だし、マディーは機嫌のいいときでさえ退屈には耐えられないのだ。

「どうも、おふたりさん」オリヴィアがオフィスのドア口に現れるとマディーが言った。「音でわかったわ」スパンキーがキャンキャン鳴いて、両腕を差し伸べるマディーのほうにまえ肢を伸ばした。「おいで、あたしのちびトラちゃん」

オリヴィアはスパンキーをマディーに預けた。

「この子、わたしのありがたみをわかってくれないんだから。母親はつらいわ」

「ドアを閉めて。話し合うことがたくさんあるんだから」

マディーはスパンキーを膝に乗せ、ローズマリーの回転椅子をすべらせて、大画面テレビサイズの何も表示されていないコンピュータースクリーンに向き合った。キーをひとつたたいて、ペイン・チャタレーの四柱式寝台の写真を呼び出す。

「デルはペインのベッドの横にあるこのクッキーみたいなものをあたしたちに見てもらいたいんでしょ」マディーは拡大されているのにまだかなり鮮明な写真を指し示した。

「なんの形なのかはわからなかった」オリヴィアは言った。「でも、水曜日の朝に訪ねたとき、わたしはクッキーをひと袋持っていったのよ。たいていの人はすぐに全部食べちゃうでしょ。ハーマイオニは少しずつ食べるタイプかもしれないけど……」スパンキーが屋敷のごみ缶から盗んだステーキを思い出して、オリヴィアは首を振った。

「ハーマイオニは節約タイプじゃないわ」マディーが言った。「そして盗みもする。あたしは今も彼女が夫を殺したんじゃないかと思ってる。もしうちのクッキーのひとつに毒を仕込んで殺したなら、あたし……ちょっと待って」マディーはコンピューター画面に目を凝らした。指がすごい速さでキーボードの上を行き交い、クッキーの皿がもっと大きくなった。さらにキーをたたくと画像が鮮明になった。「ふむ」マディーがスパンキーの耳をなでながら言った。「うちのクッキーじゃないわね。よく見てたしかめて」彼女はスパンキーを抱いて、オリヴィアと席を替わった。

「ほんとだ」オリヴィアは言った。「アイシングがゆるいわね。それと、わたしのパソコンの二十インチの画面じゃわからなかったけど、これはシュガークッキーだわ。水曜日にわたしが持っていったのは全部ジンジャーブレッドクッキーよ。シュガークッキーの生地はフリーザーにたくさんあるけど、少なくともこの二週間はまったく使ってない」

「あたしもよ。それにアイシングがゆるすぎるクッキーなんて、あたしが作るわけないし。あなたもね」

「思い出してくれてありがと」オリヴィアはゆったりしたオフィスの椅子に背中を預けた。

「ねえ、ちょっと思い出したんだけど……あれはいつだった？　木曜日？　ついこのあいだのことなのにはっきりしないのよね」

「お母さんみたいなしゃべり方になってきてるわよ」マディーが言った。「何を思い出したの？」

オリヴィアは笑った。「皮肉なことに、母さんが言ったことなの。ためらいがちなくせにやけにきっぱりしたいつもの言い方でね。あなたの製作チームのために急遽必要になった製菓材料を店に取りにきたのよ。あんなにたくさんあった材料はどこにいったのとわたしが騒ぎたてると、母さんはコミュニティセンターの厨房から材料が消えているという話をしたの。あなたは気づいてた？」

「いいえ、でもあたしなら気づかなくて当然かも。創造の天才モードにはいってたから。絵の具とキャンバスさえあれば、そこはもうあたしのアトリエなの。でもそういうことなら、あなたのお母さんを信用するわ。彼女は材料によく注意して、すべてがスムーズに進むように気をつけていてくれたから。ねえ、ひょっとしてあなたが考えてることって……」マディーは金属製の椅子の脚に足を引っかけて、オリヴィアの隣に引いてきた。「ハーマイオニ・チャタレーがタウンスクエアの店舗のいくつかから品物を盗んだってことは、製菓材料も盗んだのかもしれないわね。あたしたちが一心不乱に製作しているとき、少なくとも一回は様子を見にきたもの。だれも彼女にはそれほど注意していなかったし」

マディーのかまい方がおざなりになったので、スパンキーはオリヴィアの膝に移ってまるくなった。

「つまり、ハーマイオニがそのクッキーを焼いたのかも。キッチンがあんなに散らかっていたのは、ハーマイオニが製菓道具はないかと展示品のなかをさがしたからだわ。ダイニングルームが散らかっていた説明にはならないけど」オリヴィアは寝息をたてているスパンキーの体越しに、キーボードに手を伸ばした。デルのふたつ目の写真ファイルを開いて、チャタレー邸の奥の応接間の写真を表示する。「これについてはどう思う？ デルは時間がなくて、この写真のなかに何をさがしているのか話してくれなかったの。第一印象だけ教えてほしいって」

「あたしの第一印象は、アンティークに敬意を払わない人のしわざってことかな」彼女はひっくり返った椅子を指さした。「あれは本物のヴィクトリア朝時代の応接間用椅子よ。背もたれと座面が張り替えてあるせいで価値は下がってるけどね。一脚は脚が折れちゃってる。あの哀れな応接間用テーブル——あれもヴィクトリア朝時代のもので、チャタレー家のご婦人のだれかがヨーロッパから取り寄せたものよ。だれだったか覚えてないけど」マディーはいたわるようにスクリーンの画像をなでた。「もうチャタレー邸を訪問することはできないんだわ」

「それは残念ね」オリヴィアが言った。「わたしはこれからそこに行くのよ。あなたもついてきてくれると思ったんだけど」

「もちろん行くわよ。悲しみに浸るなんてごめんだわ」

「勇ましいこと」オリヴィアはつぶやいた。「わたしがこの写真を見たときの第一印象は、怒り——もしくは怒っているように見せかけているってことね」

「だれかが押し入ったってこと？　ペインにものすごく腹を立ててる人が？　それっていかにもマシュー・ファブリツィオっぽいわね。それか、マシューが怒りを爆発させたみたいに見えるように、だれかがわざとやったとか。もしそうなら、犯人はマシューがチャタレー一族に取り入ろうとしていたことを知ってる人の可能性があるわ。マシューは大げさに吹聴するのが好きだから、チャタレーハイツの住民ならだれでも当てはまるけど」

オリヴィアはしばらくのあいだスクリーンの画像を見つめて、頭のなかに浮かんだ考えを整理しようとした。

「別の説明もできるけど、かなり無理があるかもしれない。屋敷の部屋のいくつかはひどい状態だったの。関係ない理由でかもしれないけど。でもだれかが何かをさがして部屋のなかを引っかきまわしたんだとしたら？　たったいま思いついたんだけど、もしかしたらペイン・チャタレーは、だれかに仕返しをするため、恨みを晴らすために町に戻ってきたのかもよ。相手の不利になるような証拠を持っていて、その相手をおどしていたんだとしたら……」

マディーがあまりにすばやく椅子から立ちあがったので、スパンキーがオリヴィアの膝の上でぴょんと立ちあがった。オリヴィアはふらつく彼の胴を抱えて落ちつかせた。

「火曜日の夜、ペインとハーマイオニが店に来たときのことを覚えてる？　ペインはカレン・エヴァンソンとクウィル・ラティマーのふたりを知っているとあえてほのめかした」マディーはローズマリーのデスクにひょいと座って言った。

「ええ。そのペインとクウィルの関係の裏に何があったのかわかったの。ローズマリーから聞いた話なんだけど」オリヴィアはペインがテストでカンニングをしていたという、ローズマリーの話をマディーに伝えた。

マディーは手入れをしていない髪に指をすべらそうとしたが、もつれのせいで指はあまり先まで通らなかった。「ってことは、クウィルにはペインを憎む理由があるわけね、ローズマリーがすべてを話しているとするなら。クウィルもカンニングしてたけど、ローズマリーはしっぽをつかめなかったのかもしれない。ふたりは共謀していて、クウィルだけが叱責を受けるようペインが画策したってことも考えられる」マディーの肩が落ちた。「いや、それだと筋が通らないわね。ペインだけが得をしたとローズマリーが確信しているなら」

「クウィルにはうしろ暗い秘密があって、ペインはそれを知っていたとか」オリヴィアが言った。「そうじゃなかったら、どうしてクウィルは叱責されて抗議しないの？」

「ねえ」マディーが言った。「これはハーマイオニが盗みをしている理由に関係があるんじやないかしら。彼女とペインが破産したせいでここに戻ってきたんだとしたら、ペインは家計を助けるために恐喝をするようになったのかも。恐喝者ってたいてい殺されるものじゃない？　そう考えると、ペインはカレンに対しても、何かお金になるネタを持っていたに決まってるわ」

「これは全部推測なのよ」オリヴィアが言った。

「ノリが悪いんだから」マディーはデスクからすべりおり、ローズマリーのコンピューターをシャットダウンさせる作業にはいった。「さあ、そろそろ奥方さまのハーマイオニ・チャタレーを訪問しましょうよ。ジョンズ・ホプキンズ大学付属病院のお医者さんの言うことが正しければ――だって、あの人たちがまちがってるほうに賭ける人がいる？――屋敷をめちゃくちゃにしたのはおそらくハーマイオニじゃない。サディーおばさんにもうっ血性の心臓疾患があるけど、家具をあちこちに放り投げたりしたらひっくり返るわ。でもハーマイオニは絶対に事件に関係していると思う。少なくとも明かしてきたよりも多くのことを知っているはず」

写真とメールソフトがスクリーンから消えるのを見ながら、オリヴィアは言った。

「チャタレー邸の状態のことでは考えられる説がもうひとつあるの。確率は低いけど、考えてみる価値はあると思う」

「話してみて」頭上からの光を受けて輝くエメラルドの指輪と同じ色のマディーの目がきら

めいた。

「もしだれかが、あるいは複数の人が、チャタレー家のクッキーカッターコレクションはほんとうにあると思っていたら？　コレクション全体は見つかってないけど、サディーおばさんの話によると、ペインの両親はそうとう価値のあるものをたくさん見つけていたかもしれないんでしょ。ペインもそれを見たわけだし」

「ペインが死ぬまえに屋敷のなかをさがしてたってこと？　そうか、もしかしたら彼には、両親がすべてのカッターを見つけて売ってしまったわけではないと信じる理由があったのかもしれない。それでハーマイオニも手伝わざるをえなかった。たいして役に立たなかっただろうけど。でもペインを殺したのは、おそらくハーマイオニじゃない」

「少なくともひとりでは無理ね」オリヴィアが言った。「残念だけど、名高いチャタレー家のクッキーカッターコレクションが動機にからんでいるとすると、容疑者リストは長くなるわよ」

「たしかにそうね。名前がひとつ思い浮かんだわ。ローズマリー・ヨーク。彼女、クッキーカッターの熱狂的愛好者よ」

オリヴィアはスパンキーを抱えて立ちあがり、廊下を確認した。

「だれもいない」と言って、うしろ手にドアを閉める。「どうしてわたしはローズマリーがカッターに興味を持っていることを知らなかったのかしら？　興味があるならもっとしょっちゅう〈ジンジャーブレッドハウス〉に来るはずでしょ?」

「それは彼女が本物のアンティークのカッターにしか興味がなくて、うちで売ってるのはたいていただ古いだけのヴィンテージものだからよ。ヴィンテージ・カッターを軽視するつもりはないけどね。あたしはヴィンテージものを心から愛してるから」

「わたしも。どうしてあなたはローズマリーの偏愛について知ってるの?」

「理由はふたつよ。あなたがクラリスのクッキーカッターコレクションを相続してすぐ、かなり古いものを売るつもりはあるのかとローズマリーにきかれたの。無神経だと思われそうだから、あなたにはききたくなかったんでしょ。あのコレクションは今後も手放すつもりはなさそうだと話しといた。お墓まで持っていくつもりだとほのめかしたかも。思い出に——」

「長話はやめて。早いとこチャタレー邸に行かなきゃならないんだから」

「ふたつ目の理由は……」マディーはローズマリーのデスクのいちばん下の引き出しを開けた。「ちょっとこれを見て。見覚えがあるでしょ」

引き出しには雑誌やカタログやインターネットから印刷した記事が詰まっていた。すべてクッキーカッター関連のものだ。オリヴィアは雑誌〈アーリー・アメリカン・ライフ〉の、クッキーカッターの歴史が特集された一冊を手にした。「これはわたしも持ってるわ。すてきよね。クッキーカッター・コレクターズ・クラブから送られてくるカタログもたくさん。

あ、わたしこれ大好き」オリヴィアはページの折られたリンダ・キャンベルの『台所の蒐集品、三百年の歴史』を取りあげた。

「引き出し全部が、クッキーカッターについての資料でいっぱいなの」マディーが言った。

「ローズマリーがこれほどアンティークのクッキーカッターに興味を持ってるなんて、思ってもみなかったわ。だって、祝賀イベントでもお菓子作りを手伝ってくれなかったし。必要になったときに材料を調達することをのぞけばね。でもひとつわからないことがあるの。彼女はほんとうにチャタレー家のコレクションに興味を持っていたのかしら？　マシュー・ファブリツィオは彼女の妹の子供で、フレデリック・P・チャタレーの末裔なわけでしょ。てことは、ローズマリーもそうだってことになるわよね？」

オリヴィアは雑誌を資料の上に戻し、引き出しを閉めた。

「これだけの資料を集めたってことは、ローズマリーはしばらくまえからアンティークのクッキーカッターについて調べていたのね。彼女の興味はチャタレー家のカッターとは無関係かもしれない」オリヴィアは眠っているスパンキーの頭をぼんやりとなでた。「チャタレー家のコレクションは作り話なんじゃないかという気がしてきたわ。それか、見つかったけど、ずっとまえに売られちゃったか。クラリスがよく言ってた。屋敷を改装したあとは、どこかに隠し場所があったとしてもわからなくなるって」

携帯電話が振動し、オリヴィアは電話を開いた。「デル、電話してくれてよかった。これから屋敷に向かうところなの」

「リヴィー、知らせておいたほうがいいと思うんだが、マシュー・ファブリツィオを釈放した。ローズマリー・ヨークからの情報のおかげだよ。彼女に質問してから、何人かの学校関係者と話したんだ。彼女の話は確認が取れた。今はクウィル・ラティマーの事情聴取を終えたところだ。彼はカンニングの罪に問われたことを認めたが、実際にやったのはペインだと言い張っていた」

「クウィルに木曜日の夜のアリバイはあるの？」オリヴィアは唇のまえに指を一本立て、興奮して声をあげるなとマディーに警告した。

「真夜中まではね」デルが言った。

「学校のある日の夜なのに？」

「金曜日には彼の授業はないんだ。それで友人ふたりとボトル何本かのワインを飲みながら自宅で〝知的ディスカッション〟をしていたらしい。真夜中にお開きになったとき、彼が酔っぱらっていたことを友人たちが裏付けた。完璧なアリバイとは言えないが、なんにもないマシューよりはましだ。ふたりとも動機があり、屋敷の鍵を持っていて、酔っぱらっていた」

「じゃあ逮捕できないの？」

「今のところはね」

「殺人犯が通りをうろついてるってわけね。うれしいこと。ハーマイオニのお守りをしに、これから屋敷に向かうわ。ハーマイオニが自白するか、ほかのだれかの犯行だと告白したら、すぐにクロゼットに隠れて電話する」

「あのご婦人はどこか普通じゃない」デルは言った。「もし彼女が自白したら、急いで逃げてくれ」

12

五回目のベルのあと、ハーマイオニ・チャタレーが息を整えようと苦労しながら、重たい玄関扉を開けた。
「あらまあ……あらまあ、うれしいこと」玄関口にいるオリヴィアとマディーを見て、ハーマイオニは言った。「〝おつぎは犬の番だ！〟」
ハーマイオニが口にした〈オズの魔法使い〉のセリフに、マディーがくすくす笑った。オリヴィアは悪い魔女のハーマイオニ・チャタレーを想像しようとした。思い浮かべることができたいちばんぴったりな姿は、グリム童話に出てくるお菓子の家の魔女のぽっちゃり版だった。
「さあはいって」ハーマイオニはそう言うと、広く開けたドアを押さえた。「あら、クッキーを持ってきてくれたのね、なんてすてきなの。お友だちも来てくれてうれしいわ。マディーだったわよね？　わたしの記憶力は昔と同じというわけにはいかないけど、〈ジンジャーブレッドハウス〉で会ったことは覚えてるのよ。亡くなったペインはあなたのクッキーがとても気に入っていたわ」ハーマイオニは無駄話をつづけながら廊下を進み、おもて側の応接間にお客を案内した。

「ちょうど紅茶を淹れようとしてたの」ハーマイオニは言った。「おちびちゃん用のおやつがあるかどうか見てみましょうね」と、スパンキーの頭に手を置く。〝おやつ〟ということばを聞いて、スパンキーの耳が立った。

「ぜひお手伝いさせてください」立ち止まって何度か深呼吸しているハーマイオニに、オリヴィアが言った。

「いいえ、あなたたちはここでくつろいでいてちょうだい。このクッキーをお皿にならべてくるわね。そうすれば正式なお茶になるわ」ハーマイオニは肩を上下させながら、ゆっくりとキッチンに向かった。オリヴィアは最初の訪問のとき、ハーマイオニの足取りがきびきびとして弾むようだったことを思い出した。悲しみのせいで弱ってしまったのでないとすると……。「ずいぶん呼吸が苦しそうだけど、ほんとにそうなのかしら」オリヴィアはつぶやいた。

マディーがさっと立ちあがって、廊下のほうをうかがった。

「何をするつもり？」オリヴィアは言った。意図したより声が大きくなってしまった。

「大丈夫、ハーマイオニには聞こえないわ」マディーは低い声で言った。「部屋のなかを調べるつもりじゃなかったの？　さあ、はじめましょう」

「言っとくけど、あなたはどこにも行かせないわ」スパンキーがキャンキャン鳴いて、ベルベットのソファに跳び乗った。「あなたもね」オリヴィアはスパンキーを抱きあげ、頭をなでて落ちつかせた。「座って、マディー。わたしに考えがないとでも思うの?」

「その考えはひとまずおいといて。すぐに戻るから」マディーは廊下に消えた。

オリヴィアはヨークシャーテリアの毛のなかに顔を埋めた。「計画もこれまでだわ」顔を上げて、心の平和を乱されたときに母がやるように、集中力を高める呼吸をした。ほどなくして、ハーマイオニが早めに戻ってきたときのための、もっともらしい言い訳が浮かんだ。お手洗いに行ったと言えば、それ以上は何もきかれないだろう。

幸い、マディーは数分後に戻ってきた。「奥の応接間を見てみたかったのよ。ビニーが写真に撮って、デルが送ってくれた」

「でもあそこの近くには――」

「そうよ、リヴィー、キッチンの近くだってことはわかってる。だからハーマイオニがお茶の準備をしてる音が聞こえるでしょ。彼女、はあはあと苦しそうだったわ。つまり演技じゃないってことね。とにかく、奥の応接間はドアが閉まってて、片側に現場保存用のテープがたれ下がってた。警察はあの部屋を調べおえたみたいね。じゃなかったらハーマイオニをひとりで屋敷にいさせたりしないでしょうから。ドアを開けてそっとなかにはいってみたわ。まだビニーの写真のとおりだった。少なくともわたしに言えるのはそれくらいね。ハーマイオニはあのすてきなヴィクトリア朝様式の応接間用テーブルを起こすこともしていなかった。心臓発作でも起こしてないかぎり、それぐらいできたはずなのに」

「調子づかせるつもりはないけど」オリヴィアが言った。「ダイニングルームはよく見た?」

「ええ、あそこもまだ散らかってた。割れたお皿やカップのかけらが床じゅうに散らばってたわ。ハーマイオニはあそこを歩いてキッチンに行くわけよね。気味が悪いわ……部屋のなかがしっちゃかめっちゃかなのに気にしてないみたい」

陶器類がカチャカチャ鳴る音がして、会話はとぎれた。オリヴィアはマディーの耳元に顔を近づけてささやいた。

「実は計画があるの、一応ね。わたしに調子を合わせて」彼女はスパンキーをマディーの膝にのせ、散歩ひもをわたした。

ハーマイオニがトレーを持って応接間にはいってきた。紅茶の大きなポットとカップが三つ、クリーム、砂糖、取り皿、ナプキンのほかに、小さなサンドイッチと、市販のジンジャークッキーと、薄く切ったターキーがのったトレーが手の上でぐらぐらしている。

「お待ちどおさま」ハーマイオニは言った。「四人ですてきなお茶にしましょう」

オリヴィアは急いで立ちあがり、トレーに手を伸ばした。

「貸してください。こんな重いものを運ぶのは無理ですよ」予想どおり、トレーはひどく重かった。ハーマイオニはよくここまで運んでこられたものだ。しかも、つまずくことなく、あの散らかったダイニングルームを通って。

「あら、そんなことないわよ」ハーマイオニは言った。「お茶のトレーぐらいちゃんと運べますとも。呼吸が楽になる薬を一錠飲んだから、すっかりよくなったわ。さあ、わたしにおもてなし役をさせて」

ハーマイオニがお茶の準備をし、取り皿をまわしているあいだ、オリヴィアは言った。

「気分がよくなって何よりです。でも、愛する人を失うのはつらいでしょうね。よろこんで力になりますよ、わたしたちにできる方法で。警察は屋敷のなかを散らかったままにしていったんですね……イギリスから荷物が届いたときのために、部屋のなかを片づけるか、全部どこかにしまいましょうか?」

「なんて親切なの」ハーマイオニはティーカップに向かってつぶやいた。「でもあなたたちはあのすてきなお店を切り盛りしてるんだから、忙しいでしょう。わたしならなんとかやれるわ」

ハーマイオニがカチャッと音をたてて、ティーカップをソーサーに置いた。

「あら、わたしとしたことが」

そう言って、スパンキーに微笑みかける。

「あなたのおやつがまだだったわね、おちびちゃん」薄く切ったターキーの皿を足元のラグの上に置くと、スパンキーが突進した。「でも、あなたたちにしてもらいたいことがひとつあるの」ハーマイオニは言った。「わたしを未亡人にしたのはあのひどい男だと警察が断定したのかどうか、教えてもらえるかしら？　わたし、あの若者——マシューだったかしら——彼のことはとても気に入っていたのよ。ご先祖のフレデリックのショッキングな行状を話題にしたりして、ひどくペインを悩ませていたけれど」

「警察は、断定はしていないと思います。ほかの容疑者にも目を向けているはずです」

「あら、そんなのおかしいんじゃない？　あの若者に決まってるわよ。ひどいかんしゃく持ちだもの。とても怖かったわ。それに、わたしたちはまだここにきて数日しかたっていないのよ。そんなにたくさんの容疑者が、どこからともなく出てくるとは思えないわ」

「だからこそ状況は……複雑なんです」オリヴィアは長い時間をかけて紅茶を飲み、沈黙が長引くにまかせた。カップを置いて言う。「ほかに容疑者がいない場合、警察は家族に注意を向けるんです」

「ほら、ごらんなさい」ハーマイオニは言った。「あの子はチャタレー家の一員だと主張したのよ。非摘出子は、そのことについて口を閉ざすものなのに」

「リヴィー、フレデリック・Pの末裔だとわかった人は、ほかにも町にいたんじゃなかった？　その人たちはどうなの？」マディーがきいた。

「全員にアリバイがあると思う」それがほんとうかどうか、オリヴィアは知らなかった。

「マシュー・ファブリツィオは証拠不十分で釈放されたといううわさです」

ハーマイオニの膝から皿が滑り落ち、スパンキーがそれに突進した。マディーが立ちあがって、犬の胴をつかんだ。膝に乗せられても彼は抵抗しなかった——皿が空だと確認する時間は充分あったからだ。ハーマイオニはこの騒ぎを無視した。

「なんて無能な警察なの、イギリスでは考えられないわ」まるで貴族であるかのような言い方だ。

「なんて恐ろしい！」

マディーはすばやくオリヴィアと目を合わせて言った。

「ペインはチャタレーハイツ育ちよね。若いころ、彼に恨みを抱いていた人がいたとか？」

「ええ、いたわ」オリヴィアは言った。「ミセス・チャタレー、火曜日の夜うちの店で昔の知り合いふたりに気づいて、ご主人はとても落ちこんだと言いましたよね？　彼はクウィル・ラティマーと町長のカレン・エヴァンソンのことを覚えていたようですが」

ハーマイオニのふくよかな顔がこわばった。

「ペインとあの教授は同じ学校に通っていたのよ。ペインは不愉快な思い出をいつまでも引きずる人じゃなかったけど、あの人のことは彼から聞いたことがあるわ——クウィルといったかしら、変な名前をつける親もいたものよね。とにかく、ペインが昔言ってたの。クウィルは彼の答案を写したって。覚えているのはそれだけよ。でもあの女性は……」ハーマイオニは空のティーカップを集めはじめた。

「あ、わたしがやります」マディーが言った。「あなたは体のことを考えなくちゃ。小さな町がどんなものか、おわかりでしょ」申し訳なさそうに付け加える。「あなたがジョンズ・ホプキンズ大学付属病院に行かれたことは、今ではみんなが知っています」

「とても思いやりがあるのね」ハーマイオニは言った。「わたしもイギリスの小さな町で育ったから、もちろんあなたたちに健康状態を知られていても驚いたりしないわ。うんざりさせられるけど、仕方ないものね。なるべく気にしないようにしてる」

マディーがお茶の道具を片づけてトレーをキッチンに運んだが、ハーマイオニはそれを何も言わずに見送った。

「ご主人はカレン・エヴァンソンについて何か言っていましたか?」オリヴィアは尋ねた。

ハーマイオニは淑女らしからぬ鼻息で言った。

「何も言う必要はなかったわ。あの女の正体なら最初から知っていた。もちろん、わたしはあなたたちの町長をとやかく言う立場じゃないわ。どうやら彼女は人生の方向を変えたようだけど、わたしが見たかぎりでは、相も変わらず自己陶酔型の人間のようね」

「カレンのことをよくご存じのようですね」オリヴィアは言った。「もし彼女の過去について、わたしたちが知っておくべきことがあるとお思いなら……」

「そうね、チャタレーハイツのためだものね……そもそもこの町はペインの家族にちなんで名付けられたわけだし」ハーマイオニはふわふわした白髪を整え、肘掛け椅子に背中を預けた。

オリヴィアはマディーが戻ってきて、いっしょにハーマイオニの話を聞いてくれればいいのにと思った。もうひと組の目と耳があったほうが役に立つだろう。とくにその目と耳がマディー・ブリッグズのものであるなら。おそらくマディーはキッチンとその近くの部屋をすばやく見てまわっているにちがいない。

「わたしはゴシップ好きじゃないの」ハーマイオニは言った。「好きだったこともないわ。でも、ミス・カレン・エヴァンソンという人は、彼女が町に信じさせたがっているような、立派な人というわけじゃなかった。二十五年ほどまえ、いやもっとまえだったかしら――カレンが、そうね、十九歳か二十歳のころのことよ――ペインとわたしは運悪く彼女に偶然出会ってしまったの。わたしは彼女と何歳もちがわなかったけれど、当時すでにペインと結婚して何年かたっていたから、わたしのほうがはるかに大人だったわ」

オリヴィアはハーマイオニの〝何歳もちがわない〟を少なくとも十歳と見積もった。廊下でがさごそと音がして、スパンキーが眠たげに頭を上げた。マディーが応接間のドア口に現れ、何か言おうとしていた。オリヴィアはかすかに首を振って、口をはさまないほうがいいと知らせた。マディーは無言で椅子に座った。

ハーマイオニはマディーが戻ってきたことに気づかないかのようにつづけた。

「一九八〇年代のことで、当然モラルはとても乱れていたわ。カレンはアートを勉強していた。たしかフランスのどこかで。わたしはアートのような軽薄なものにはあまり興味がないの——もちろん、昔の巨匠なんかは別ですけどね。カレンは春のはじめにロンドンにやってきて、数カ月滞在した。アートに飽きて、火遊びでもするつもりだったんじゃないかしら。そして、わたしの知り合いである裕福な——既婚の、と言っておいたほうがいいわね——紳士との、世にも不幸な道ならぬ関係に巻きこまれたの。彼の奥さんのアリアーナはわたしの親しい友人だった。彼女はひどく心を痛めたわ。わたしはなぐさめようとしたけれど……」

ハーマイオニの話はあまりにも興味をそそられるものだったので、オリヴィアは自分が引き出すべき情報をすっかり失念していた。幸い、マディーのほうが理解は速かった。

「カレンはそのご夫婦の仲を引き裂いたんですか？」とマディーは尋ねた。

「いいえ、もっとひどいことよ。かわいそうなアリアーナは自殺を図ったの。そりゃあもう大騒ぎになったわ。レディ・アリアーナの夫、サー・ローレンスが瀕死の彼女を発見したのよ。しばらくはかなり危険な状態だった。そして静養のために田舎にやられたの。彼女をやっかい払いしたサー・ローレンスとあの自分勝手なブロンド娘は、これまでの関係がつづけられると思った。そんなこと、させてなるものかと思ったわ。わたしはタブロイド紙に電話した」ハーマイオニは満足げにうなずいた。

オリヴィアはあっけにとられた。アメリカではタブロイド紙は人気こそあれ、それほど力があるわけではない。だがイギリスのタブロイド紙は、何十年ものあいだ独自の道を歩んできたことを思い出した。最近までとくに非難を受けることもなく、金持ちや権力者たちの生活を巧みに詮索してきたのだ。

「すごいわ」オリヴィアは言った。「お友だちをひどく傷つけた人たちを罰するには、賢いやり方でしたね」

ハーマイオニは口に羽根をくわえた野生の猫のようににやっとした。

「しかもうまくいった。サー・ローレンスは屈辱を受けたわ。彼はカレンとの関係を終わりにして、回復するまで妻に付き添うために田舎に引っ越した。もちろんカレンは激怒した。彼女はアメリカ人だから、どうしてサー・ローレンスがタブロイド紙をそんなに重要視するのか理解できなかったのよ」ハーマイオニは膝の上できちんと手を組んだまま、オリヴィアとマディーのほうに身を乗り出した。「カレンはね、サー・ローレンスが妻と離婚して、自分と結婚してくれると思ってたのよ。タブロイド紙にちょっと記事が載ったぐらいで、どうして裕福な貴族の妻になるという自分の夢がつぶされるのか理解できなかったのね。そしてもちろん、わたしにもとても腹を立ててたわ。わたしがアリアーナの復讐をしたと知っていたから」ハーマイオニは椅子に背を預けて微笑んだ。

ふと思いついて、オリヴィアは尋ねた。

「カレンがあなたに復讐しようとしたということはありませんか？　こんなことをきくのは、彼女は簡単に負けを認めるような人じゃないと知っているからなんです。おそらく……子供じみたことをしたのではないかと」

もう少しで〝やられっぱなしではなかったのでは〟と言いそうになったが、カレンを褒めているとハーマイオニに思われるかもしれないので控えた。

ハーマイオニは手を振ってその考えを一蹴《いっしゅう》した。

「彼女にできることはたいしてなかったわ。記者たちにつきまとわれていたから。彼らは彼女のフラットのまえに車を停め、彼女が建物から出てくるたびに写真を撮った……お店に行けば、ビスケットやワインを買うところを写真に撮られた。だれかと話をすれば、それが男性だったりすると、翌日その人のインタビュー記事を読むことになった。二週間もしないうちに彼女はロンドンを去ったわ」

オリヴィアは毎日追いかけられるのがどんな気分かを想像して身震いした。ビニー・スローンの腹の立つブログに自分の姿を見ることが、オリヴィアにとって世間のさらし者にされる気分にいちばん近いもので、それはとうてい心地よいものではなかった。カレンが自分を苦しめた相手を攻撃することなしにこそこそ逃げるとは、どうしても信じられない。ハーマイオニの話はこれで終わりではないはずだ。オリヴィアはそう確信した。クラリスから相続したヴィンテージのホールマーク製クッキーカッターコレクションを賭けてもいいが、ハーマイオニの話の残りは彼女の夫に関係することだ。カレンはロンドンでペインと偶然会ったのだろうか？　もしそうなら、彼の死亡証明書が偽造だということを、彼女は知っていたはずだ。それなのに、チャタレー邸が町の所有物になるとき、異議を申し立てなかった。もしペインがカレンの不倫相手だったとしたら？　それならハーマイオニのカレンに対する怒りが個人的なのもうなずける。あたかも旧知の間柄のようにペインがカレンにあいさつした理由が、それ以外にあるだろうか？

13

マディーは真っ赤なアイシングを詰めた絞り袋を操って、走るジンジャーブレッドマンの顔に、にやりと笑う口を描いた。

「セ・マニフィコ！　腕にますます磨きがかかってるわ」

「よくできました」オリヴィアはジンジャーブレッドガールのデコレーションから顔を上げた。「二カ国語の文章になってたわよ」

「もうっ。どうしてもフランス語のこつがのみこめないのよね。今回はどこがまちがってた？」

「どこもまちがってないわ。〝セ〟はフランス語で、〝マニフィコ〟はイタリア語ってだけで。これであなたもマルチリンガルね」オリヴィアはアイシングをふたしずく絞り出して、ジンジャーブレッドガールの淡いブルーの目を描いた。「それに、わたしのパスワードをさぐりだそうというあなたの執念には感心するし、恐怖を感じるわ。別のフランス語のフレーズに変えなくちゃ。絶対使わないけど一発で思い出せるやつに」出来あがったクッキーを乾燥用のラックに置き、別のクッキーを選ぶ。「デコレーションするクッキーはあと何ダースあるの？」オリヴィアは厨房の時計を見あげながらきいた。「もう午後八時よ。ルーカスとダンスをしに公園に行くんじゃないの？」

「クッキーは少なくともあと五ダースね。それと、ルーカスには逃げられたわ」マディーは言った。「疲れたから帰って寝るって。ほんとうの理由は、自分にはダンスができないと思ってるからだろうけど。わたしが教えてきたのに」

「それで疲れちゃったのかもよ」オリヴィアはジンジャーブレッドマンの髪と頬ひげにアクアマリンを使うことにした。現実との境界を越えるのは、何もマディーだけに許された特権ではない。

「まさか」マディーは言った。「ルーカスはダンスリアリティ番組の〈アメリカン・ダンシングスター〉にだって出られそうなくらいなんだから。シャイなだけなのよ。でも、別にかまわないわ。あなたとあたしにはやることがあるしね。クッキーのデコレーションのほかにも」

「よかった」オリヴィアは言った。「ダンスに行くあなたを引き止めたくはなかったんだけど、ネットサーフィンを自分でやるのも気が進まなかったのよね」

「そう思って自分のノートパソコンを持ってきたわ。立ちあげてるあいだにあなたの計画を話してよ。もう考えてあるのはわかってるんだから」マディーはジンジャーブレッドマンに黒い目と赤い牙を描いてデコレーションを終えた。あごにアイシングの血を何滴かたらし、どんどん増えていく完成したクッキーのコレクションに加える。

「計画と言っても、疑問のリストみたいなものよ」

オリヴィアは不安になってこれからデコレーションするクッキーを数えた。これは日曜日の午後のお祭りで出す〈ジンジャーブレッドハウス〉のブース用なので、技と想像力を駆使したデザインでなければならない。クッキーのデコレーションにかけては、オリヴィアもかなりの腕前だったが、マディーは超一流だった。彼女はインターネット検索でも超一流だ。オリヴィアなど勝負にもならない。

オリヴィアは体を起こして肩の力を抜いたあと、あらたなジンジャーブレッドボーイに手を伸ばした。

「まず、ハーマイオニから聞いたカレン・エヴァンソンの話が事実なのかどうか、どうしても知りたいわ。一九八〇年代のことだと言ってたわよね。インターネットではそんな昔のことまでわかるの？」

「やってみるだけならできるわ」マディーは言った。「イギリスの貴族はいろんな方法で検索できるの。とくにスキャンダルに巻きこまれた場合はね。名前はなんだっけ？」

「サー・ローレンスとレディ・アリアーナ」オリヴィアは絞り袋を強くにぎりすぎ、ジンジャーブレッドボーイの口から赤いアイシングをはみ出させてしまった。そこにさらにアイシングを足して、ピエロの口にした。「ラストネームがわかればいいのに。ロンドンに住んで て、スキャンダルのあと田舎に引っ越したという話だったわよね。人目につかない病院か療 養所のある場所かもしれないわ」

数分間ひっきりなしにクリックの音をさせていたマディーが、椅子に寄りかかってうめい た。

「収穫なし？」オリヴィアがきく。

「まだね。でも心配いらないわ。アリアーナは〝n〟がひとつの人もふたつの人もたくさん ヒットした。ローレンスもいろんなスペルがあったけど、ふたつの名前がいっしょに出てく ることはないわね。ただ……ひょっとすると……」またキーボードをしばらくたたいたあと、 マディーは言った。「関係がなさそうだから却下したサイトがあるの。サー・ローレンスと 妻のアリアーナは、一九八六年にロンドンで上演されてコケた〈悪意とお茶菓子〉という芝 居の役名として載ってる。三週間ほど上演されてたみたい。脚本家の名前は聞いたことない けど、それにはもっともな理由がありそうね」

オリヴィアはマディーの隣に椅子を引っぱっていって、自分でそのサイトを見たかったが、 裸のジンジャーブレッドピープルの無言の叫びによって働きつづけた。

「役者の名前も出てる？　見覚えのある名前はない？」

「いいところに目をつけたわね」マディーはいくつかのウィンドウを開いた。「あった。でも知ってる名前はひとつもないわ。ハーマイオニの名前があるんじゃないかと思ったのに。ハーマイオニっていかにも挫折した女優みたいだもの。ハーマイオニを思わせる登場人物もいるわよ――ドリスっていう三十代の捨てられた人妻。出演者の写真がないか見てみるわ」

ジンジャーブレッドマンの王冠を描きはじめたオリヴィアは、いつものようにクッキーが食べたくなって、淡緑色のセーラー服を着た小さなジンジャーブレッドボーイに手を伸ばした。そして心のなかでその手をぴしゃりとたたき、引っこめた。

「出演者の写真があった」マディーが言った。「役名と演じる人の名前が書いてある。このえらそうな劇評によると、とにかく恥ずかしい芝居だったみたいね」マディーはスクリーンを指さしたまま、作業台のほうに頭をひねった。「リヴィー、ちょっとこれ見て。この裏切られた妻のドリスを演じた女優だけど。どう思う?」

オリヴィアは絞り袋にキャップをして、厨房のゆったりした椅子に座ったまま、ガラガラと音をたててマディーの横に移動した。

「ハーマイオニ・チャタレーにしては背が高すぎるわ」オリヴィアは言った。「この女優はほかの女性出演者たちと同じくらいだから、少なくとも百六十七センチはあるわよ。三十代半ばに見えるし」

「それは舞台化粧のせいよ」マディーはにやりとして言った。「ここを見て、この女優の名前はカリン・イーヴンソングよ」

「うそ」

「ほんとだって」マディーはスクリーンの出演者のリストを指で示した。「われらが町長はニューエイジ活動をしてたのね。これはいい情報を仕入れたわ」

「あなたまさか――」

「限界まではがまんするわよ」マディーは言った。「とにかく、この女優はカレン・エヴァンソンかもしれない。一九八〇年代にロンドンにいたってことだから、ハーマイオニが言ってたことと合致するわ。カレンは当時せいぜい十九歳か二十歳だったはずよ」

「もしこれがカレンなら、ハーマイオニは彼女となんらかのつながりがあったのかもしれないわね。少なくともこの芝居を通して。ハーマイオニはカレンが不倫していたという話のなかで、この芝居の主要登場人物の名前を使った。でも、どうしてそんな作り話をしたのかしら」オリヴィアはいつ終わるかわからないクッキーのデコレーション作業にしぶしぶ戻った。

「ほかに見覚えのある出演者はいる?」

「いないわね」マディーは言った。「男性出演者のなかにペイン・チャタレーぐらい背の低い人はいない。でも、ハーマイオニが裏方として働いていた可能性はあるわ。肉体労働をするペインは想像できないけどね。とくにボランティアでは」指がキーボードの上で弾む。

「ほかのサイトも調べてみる」

デコレーションのスピードを上げるため、オリヴィアはジンジャーブレッドマンを三枚ならべて置いた。ひとり目は髪を、ふたり目はシャツを、三人目は靴を黄色にする。

「ねえ、おもしろいものがある」マディーが言った。「五年まえのイギリスのタブロイド紙の記事よ。記事に出てくる人が死んだから、だれかが最近載せたみたい。名前はちがうけど、内容はハーマイオニが話してくれたのとまったく同じなの。パリの美術学校をやめてロンドンにやってきた若いアメリカ人女性が、かなり歳上の貴族と不倫関係になって、男の妻が発作を起こした、とかね。ここには若い女性の写真だけ出てるけど、カレンじゃない」

「つまりハーマイオニはタブロイド紙の暴露記事から話をいただいたのね」オリヴィアが言った。「そして名前をカレンが出演していた芝居の登場人物のものに変えたってわけ？ハーマイオニはまえもってあの話を準備していたってことになるわ」

「もしかしたらカレンとハーマイオニは知り合いだったのかも。そしてそれは友好的な関係ではなかった」マディーは言った。「ねえ、ひょっとしてカレンの不倫相手って――」

「ペイン・チャタレー！」オリヴィアは絞り袋をにぎりしめ、うっかりマゼンタ色のアイシングのリボンを空中に噴出させた。それはテーブルの、ならんでいるデコレーションクッキーから三センチも離れていないところに落ちた。「危ない」

「絞り袋を置いたら、リヴィー。ジンジャーブレッドピープルは傷つかないわよ。あなたの誕生日に銃は買わないように覚えておかなくちゃ」

「そうしてちょうだい」オリヴィアは椅子をパソコンのほうに引きずっていった。「休憩にしましょ。ペインとハーマイオニについて調べて」

「そうこなくちゃ」マディーはふたりの名前を打ちこんでリターンキーを押した。「うーん、たいして出てこないわね。ふたりがチャタレーハイツに着いたときと、ペインの永遠の旅立ちについての最近の記事以外は」数ページにわたる検索結果に目を走らせる。「ここにはイギリスのサイトがひとつもないわ」マディーはどこにいるだれでもさがしますというサイトを開いた。ふたりの名前のあとに〝ロンドン〟と入れ、住所を検索する。ヒットはなかった。ペインは死亡が報告されているので、ハーマイオニの名前だけでもう一度やってみた。「出ないわ。変ね。ふたりとも偽名を使ってたのかしら。パスポートは持ってたのよね？」

「デルが押収したわ」オリヴィアが言った。「もし別の名前が使われてたら、彼が教えてくれたはずよ。こういうサイトはどれくらい信じられるの？」

「クラリスのクッキーカッターコレクションを賭けようとは思わないわね。少し時間をかけてハッキングすれば、役所のサイトをつきとめられるかもしれない。そっちのほうが正確よ。でも、ペインとハーマイオニの名前がチャタレーハイツ以外どこにも出てこないっていうのはおかしいわ。偽名を使ってたんじゃないかぎり。でも、サディーおばさんはペインにまちがいないって言ってたし」

赤褐色の巻き毛の房が目に落ちかかり、オリヴィアはその髪を耳のうしろになでつけた。

「あなたにききたかったことがあるの。サディーおばさんの家に行ったとき、ペインだかペインのふりをしてるやつだかが来てたんだけど、おばさんは手の震えについてこぼしてたわ。こんなこと考えたくもないけど、神経の病気が進行してるなんてことはある？」

「それはないわ」マディーはきっぱりと言った。「手の震えは刺繍のしすぎのせいよ。お医者さんはそう言ってた。少し休んだほうがいいんだけど、サディーおばさんはあのとおりの人でしょ。刺繍をしてると震えは治まるからって、今はますます刺繍ばかりしてる。あたし言ったのよ、そのうちたいへんな手術が必要になって、エプロンを全部売らなきゃならなくなるわよって。でも言うことを聞いてくれたと思う？」

「聞かなかったのね」

「そういうこと」マディーはパソコンの画面に目を凝らした。「またおもしろいものがあったわ」〝伝説のチャタレー家のクッキーカッターコレクション〟ではじまるエントリーを指さす。マディーがリンクをクリックすると、オリヴィアの知っているコレクターの記事が現れた。たしかその女性は二、三カ月まえに亡くなっているはずだった。

「その記事が最初に出たのはいつ？」オリヴィアはきいた。

「二〇〇七年」

「デコレーションに戻らなきゃ」オリヴィアは言った。「でも気になるわ。その記事を声に出して読んでくれない？」

「よろしい、朗読してさしあげましょう」マディーは言った。「いい？　行くわよ。〝伝説のチャタレー家のクッキーカッターコレクションは、あながち伝説ではないかもしれない。チャタレー一族は何年もまえに死に絶え、メリーランド州のチャタレーハイツという趣のある町に十九世紀に建てられた屋敷は、今では歴史的建造物となっている。小さな屋敷は内部も外部も見る影もなく、わざわざ訪れる見物人はあまりいない。もちろん、クッキーカッターの熱心なコレクターなら、一度はチャタレー邸を訪れたことがあるだろう。だが、傷だらけのビスケットカッターのひとつさえ見つけた者はおらず、名高いチャタレー家コレクションとされるほど価値のあるものは何ひとつ見つかっていない。しかし伝説は根強く、何代もまえのチャタレー家の妻や母たちがヨーロッパからカッターを持ちこみ、巡回ブリキ用品売りからさらに買い求め、羽振りのいい時代には、変わったデザインのクッキーカッターをブリキ職人に作らせていたのだと、いまだに信じているコレクターもいる。わたしはもっと情報を得ようと、クッキーカッター蒐集業界にくわしいふたりの専門家に話を聞いた〟リヴィー、ちょっと聞いて。彼女が話を聞いた専門家って、アニタ・ランバートとクラリス・チェンバレンよ。チャタレー家コレクションはまったくの神話で、実際には存在しない、というのがクラリスの意見」

「クラリスがそんなことを?」

オリヴィアはジンジャーブレッドマンに赤いあごひげを描こうと、絞り袋をかまえていた。ところが、真っ赤なアイシングを数滴首にたらしてしまった。そこでジンジャーブレッドウーマンに変更して、ネックレスと短いスカートを描き加えることにした。

「その記事はわたしがチャタレーハイツに戻ってくるまえに出たものよね」オリヴィアは言った。「クラリスとはクッキーカッターについてさんざん話したけど、彼女がチャタレー家コレクションの存在を否定したことなんて、聞いた覚えがないわ。ずっと昔になくなってしまったんだろうという考えだった。世代が変わるにつれて、ひとつまたひとつと捨てられていったのかもしれないと。主婦の多くは感傷的というより現実的だから」

「群れをなして押しかける熱心なコレクターから、町を守ろうとしてたのかもよ」マディーが言った。「アニタ・ランバートもちょっとはぐらかしてる。地元のアンティークのことならだれよりも知ってるアニタがね。チャタレー家が裕福だった時期に珍しいクッキーカッターを手に入れた可能性はあるけど、いずれ価値があがるとは思っていなかっただろう、とじか言ってないわ。曲がったり壊れたりしたら、チャタレー家の妻たちは捨てるか使用人にあげるかしたはずだって」

「アニタは抜け目のないアンティークディーラーよ」オリヴィアは言った。「つねに先のことを考えてるわ。もしだれかがコレクションを見つけたら、こっそりすばやく買い取るつもりなのよ。期待を持たせないほうが得策ってわけ。アニタに電話してきいてみることもできるけど、わたしが何か知ってると思われるかも――」

銃が発砲する音に似た爆発音がたてつづけに聞こえ、オリヴィアは口をつぐんだ。

「なに今の？　ああ、花火ね」大きなとどろきのあと、売り場のほうから不気味な遠吠えが聞こえてきた。「いけない、スパンキーを店に置いたままだった」オリヴィアは急いで厨房のドアに向かった。「あの子、雷は大丈夫なんだけど、花火は怖がるのよ。独立記念日にわかったの」ドアを開けると、まだら色の稲妻が厨房に飛びこんできた。そして、震える小さなボールになって、バスルームのなかに落ちついた。オリヴィアがバスルームの床のスパンキーのそばに座ると、小さな犬はそろそろと膝の上にのった。「かわいそうに。こうしましょう、あなたはここにいなさい。保健衛生局にはわかりゃしないから」

マディーがバスルームに頭をつっこんできた。

「哀れなものね。でもなんだかかわいい。デコレーションしなくちゃならないジンジャーブレッドピープルはあと約三ダースよ。けっこういい調子だから、あたしは売り場に行ってショーの残りを見物するわ」

爆竹がはじける音がひとしきりつづくと、スパンキーが吠えたてながらオリヴィアの膝から飛びおり、便器の陰に隠れた。

「わたしはそこまで行けないわ。好きなだけそこにいなさい。安全になったら教えてあげるから」

オリヴィアは立ちあがり、ジーンズのほこりを払って、マディーがいる店の正面ウィンドウまえに急いだ。夜空を彩る光ときらめきがよく見えるように、明かりは落としてあった。

大きな〝二百五十周年おめでとう〟の花火——当然ながら薄紫色——が暗闇のなかに広がると、マディーが言った。

「すてきね。祝賀イベント実行委員会もなかなか独創的な花火を考えたじゃないの」

「お金もかかったわ。チャタレーハイツがこのお祭りで作った負債を清算するにはあと二百五十年かかるかも。カレンは下院議員になるまでこのことを秘密にしておきたいでしょうね」

「うまくいけばいいけどね。ペイン・チャタレーと不倫関係にあったかもしれないなんて扇情的な情報は、ネットに流出したら隠しておくのは至難の業だから。カレンを知ってる人ならだれでも、あの出演者の写真を見つければ、彼女とペインがロンドンにいたことを結びつけるでしょう。もちろんわれらがビニー・スローンだってね。彼女は事実だろうとなかろうと、気にしないわ。きわどい話ならなんでもいいんだから。なんだかカレンが気の毒になってきた」

「マディー、パークストリートを見て。うちの店のまえに停まってる車って、パトカーみたいじゃない？」

花火の最後の集中砲火が空を色とりどりの白昼に変えるなか、オリヴィアはデルが運転席から降りてこちらに走ってくるのを見た。細くて長身のコーディ・ファーロウが、折り曲げていた体を伸ばしながらパトカーの助手席側から出てきた。コーディが後部座席のドアを開けると、彼の愛犬である黒のラブラドールが飛び出してきて、彼を押し倒しかけた。コーディはしっかりひもをにぎってバディの動きを封じ、いっしょにタウンスクエアの公園のほうに向かった。

デルは〈ジンジャーブレッドハウス〉の芝生を横切って店の裏の小路にはいっていく。オリヴィアは彼の注意を惹くために売り場の明かりをつけた。デルの姿が見えなくなったと思ったら、正面のウィンドウのまえに現れて手を振った。小路のほうを指し示している。暗い表情を見ると、友人としての訪問ではないらしい。

「何かあったんだわ」

オリヴィアは売り場の明かりを消し、マディーとともに厨房に戻った。スパンキーがなぐさめてもらおうとくんくん鳴きながら走り寄ってきた。マディーが彼を抱き、オリヴィアがデルのために裏口のドアの鍵を開けた。

「何があったの?」オリヴィアは彼を迎えたあと、ドアをロックして差し錠をかけた。

「どうしてそれを……いや、なんでもない。犯人捜査がはじまったから、ドアに鍵をかけておくように、きみたちふたりに言っておこうと思ってね。終わったら連絡するよ」デルはオリヴィアの頬に軽くキスをすると、背を向けて帰ろうとした。

「ちょっと待って、デル・ジェンキンズ。どういうことなのか話してよ。とりあえず今は短いバージョンでいいけど、だれをさがしてるのか知っておきたいの。その彼だか彼女だかが

〈ジンジャーブレッドハウス〉のドアを押し破ろうとしたときのために」オリヴィアは裏口のドアのまえに立ちはだかった。「いらだたしげに男らしくため息をつくのもだめ。さあ、話して」

デルは両腕を広げて負けたことを示した。

「いいだろう。またそのうちハーマイオニ・チャタレーのことで手を貸してもらうかもしれないし。さがしているのはマシュー・ファブリツィオだ。武装している可能性がある。少なくともハーマイオニはそう言っている。銃でおどされたそうだ」

「ハーマイオニはどんな銃だか話した？」

「彼女が気を失うまえに言ったのは、マシューが銃を振って、彼女を撃つとおどしたことだけだ」いつもは温かなデルの目の縁が不安そうに引きつった。「いったいなんて週末なんだ。しかもまだ半分しか終わっていないのに」

「今夜はハーマイオニのそばにいたほうがいい？　もっと事情をきき出せるかもしれないわ。マシューをつかまえるまで、彼女を保護するよう手配してるんでしょ？」

デルはかすかに首を振って言った。

「そんなに簡単ならいいんだが。電話で応援を要請したよ。州警察からふたりの警官がハーマイオニを守るために病院に向かっている」

「病院？」スパンキーを抱きしめるマディーの腕に力がはいり、スパンキーがキャンと鳴いた。

「チャタレーハイツ病院だ。すぐに処置する必要があったから、町の外に運ぶ危険は冒せなかった。重い心臓発作を起こしたらしい。マシュー・ファブリツィオの行動が引き起こしたんじゃないとしたら、何が原因かわからないよ」

14

マディーとふたりで百万個ものジンジャーブレッドクッキーをデコレーションしたような気がしていたが、それでもまだ残っていた。厨房の電話が鳴って、オリヴィアは時計を見あげた。午後十一時だ。

「きっとデルだわ」と言って受話器を取った。「マシューが見つかったのかも」

だがデルではなかった。ひどくあわてている女性の声だったので、ヘザー・アーウィンだと気づくまでに少し時間がかかった。

「落ちついて、ヘザー。深呼吸をひとつしてから、もう一度最初から話してちょうだい。マシューに関係があることよね？」

オリヴィアはマディーの問いかけるような視線を受けて肩をすくめながら、ヘザーが少し落ちついた声で用件を伝えるのを聞いた。

ヘザーの話が途切れると、オリヴィアは言った。

「ちょっと整理させて。銃が見つかったわけでもないのに、マシューはまた逮捕されたわけね？　いいえ、マシューが銃を隠してると思ってるわけじゃないわ。ただ……わかった。ハーマイオニは彼に銃で殺すとおどされたと言ったけど、銃は見つからなかったのね。そしてデルは、銃声を聞いた通行人がいるからマシューの釈放を拒否している。ええ、もちろん、花火を銃声と聞きまちがえたのかもしれないわね。でもヘザー、マシューはその……しらふだったの？　ちがったんだ。オーケー、落ちついて。きかなきゃならなかったの。デルを説得するなんて無理よ。きっとちゃんとした理由があって……」オリヴィアは思わずマディーに向かってぐるりと目をまわし、マディーはしのび笑いをした。「ヘザー、わたしがあいだにはいることはできないの。彼は保安官なのよ。彼の仕事に口を出すわけにはいかないわ」すべてはハーマイオニの作り話かもしれないというヘザーの意見に同意すると、オリヴィアはようやく解放された。

「少なくとも、マシューを留置場から出すようデルを説得するとは約束しなかったわ」オリヴィアはマディーに言った。「おそらくマシューは酔ってからんだんでしょうね。それだけでもしばらく留置場に入れられる理由にはなると思うけど。さてと、緑色のアイシングの袋を取ってくれる？　ううん、もっと暗い色の――」

そのとき、厨房の電話がまた鳴った。「出ることないわ」と言って、オリヴィアはジンジャーブレッドマンの胸にフォレストグリーンのアイシングを絞り出そうとした。数回の呼び出し音のあと、彼女は折れ、「もしもし」と迷惑そうな声で電話に出た。

「リヴィー？　起こしちゃったかしら？」ローズマリー・ヨークの声だった。「ほんとに申し訳ないんだけど、マシューのことでどうしても話したいことがあるの」

「留置場に入れられたことなら知ってます」オリヴィアは言った。「酔っていたみたいですね。保安官は銃を見つけていないけれど、あるはずだと思っているようです」

「ヘザーが電話したのね？　ええ、まったくそのとおりよ。酔っていたことも含めてね。わたしはあの子をとても愛してるの。おそらくあの子の両親の代わりになろうとがんばりすぎたのね……今となってはもうどうしようもないけど。たしかに酔っているときのマシューの話は信用できないわ。でも、わたしはあの子を信じてる。それをだれかに言っておきたいの」

「そしてわたしからデルに話してほしいと」

「それはあなたしだいよ、リヴィー。早くベッドに戻りたいでしょうから手短に言うわね。マシューの話では、ハーマイオニは玄関のドアを開けたとき、小さな口径の銃をかまえていたらしいの。事情はわからないけど、とにかくハーマイオニはあの子に銃を向けて、敷地から出ていけと言ったんですって。あの子がぐずぐずしていたら、彼女は二回発砲した。マシューに向けてじゃなくて、空に向かってね。撃ったあとは、自分でも驚いて動揺していたみたい。マシューはぎょっとして一目散に逃げたわ。しばらく走ってから立ち止まり、木の下に座ってうずくまっていた。そのまま走って逃げるべきだったのに、警察に通報されるとは思わなかったらしいの。頭がちゃんと働いていなかったのね」

「言い換えれば、かなり飲んでたってことですね」オリヴィアは言った。

「何があったかわからなかったり、覚えていないほど飲んでたわけじゃないわ。あなたの言わんとしているのがそういうことなら」一瞬押し黙ったあと、ローズマリーはもっとおだやかに切りだした。「リヴィー、わたしに言えるのはマシューを信じてるってことだけなの。デルがあの屋敷で銃をさがしたとは思えない。少なくともちゃんとさがしてはいないと思う。ハーマイオニが隠してるのよ」

「よくわからないんですけど」オリヴィアは言った。「ハーマイオニはいつ心臓発作を起こしたんですか？　マシューといるときに倒れたのかと思ってたわ」思い返してみると、デルはそのあたりのことをぼかしてたような気がする。

ローズマリーはうめき声をあげて言った。「ほんとにひどいことだわ。目撃者がいないもんだから、ハーマイオニはマシューとちがうことを言ったのよ。マシューはデルが来るまえに屋敷を出たと言ってるの。デルが話してくれたのは、ハーマイオニが屋敷のなかから自分で救急車を呼んだってことだけよ。心臓発作を起こしたのかどうかさえあやしいわ。玄関のドアを閉めてから起こったことなんだから。マシューはたしかに彼女が銃を持ってなかにはいったと言ってる。銃はなかったとデルは言ったけど、ちゃんとさがしたとは思えない」

「ローズマリー、疲れているみたいですね」オリヴィアは言った。「デルと話してみます。

もう屋敷のなかは徹底的に捜索ずみかもしれませんけど」

「それはないわ。あなたに電話するまえに彼と話したの。彼はマシューを信用していないのよ。とにかく、聞いてくれてありがとう、リヴィー。どうするかはあなたにまかせるわ」彼女は返事を待たずに電話を切った。

「それで？」マディーの目は好奇心で輝いていた。「デルに電話して銃のことをきくつもり？それともわたしたちでさがす？」彼女はジンジャーブレッドウーマンのハイヒールにスミレ色のアイシングで仕上げをすると、絞り袋にキャップをした。

「冗談はやめてよ」オリヴィアはそう言って、これからデコレーションするジンジャーブレッドクッキーのラックのほうを手で示した。

「三十分もあれば全部終わるって」マディーが言う。

「無理よ。それに、あの屋敷を〝非公式に〟訪れたビニー・スローンがどうなったか忘れたの？」オリヴィアはスミレ色のアイシングを操って、ジンジャーブレッドマンに毒々しい口ひげを描いた。

「もう、リヴィーったら、ほんとに頭が固いんだから」

マディーは完成したストライプの半ズボン姿のジンジャーブレッドボーイをつかみ、頭をかじり取った。クッキーを食べつづけながら、テーブルに散ったアイシングをじっと見つめている。黙っているということは考えているということで、オリヴィアは不安になった。

手からクッキーくずを払ってマディーは言った。「クッキーを食べたら元気になって力が湧いてきたわ。きっとショウガのせいね」

「砂糖のせいじゃないの」オリヴィアが言った。

「リヴィー、チャタレー家のクッキーカッターコレクションのこと、どう思う？」

いきなり話題が変わったので、これはあやしいとオリヴィアは思った。

「何がききたいの？」

マディーはつぎのジンジャーブレッドマンに何色のアイシングを使おうかと、絞り袋を吟味した。オレンジ色のアイシングを入れた絞り袋に手を伸ばしながら言う。

「コレクションはほんとに存在したの？　コレクターたちによって少しずつ持ち去られたの？」

「知らないわ」

マディーは口をとがらせた。「あなたってときどきほんとに興ざめなことを言うんだから。ねえリヴィー、あたしがサディーおばさんから聞いてきた話を思い出してよ。昔、幼いペインが持ってきて見せてくれたっていうふたつのクッキーカッターがあったでしょ。彼のお母さんが石炭箱に隠してたってやつ。サディーおばさんはあれを本物のアンティークだと思ったのよ」

「信じるわ」オリヴィアは言った。「サディーおばさんはアンティークの目利きだもの。とくにクッキーカッターと陶器にかけては。あれがもっと大量のコレクションの一部だったかって？　それはわからないわ。でも、ペインが立ち聞きしたことによると、彼のお父さんはコレクションが屋敷のいろんなところに隠されていると信じてたんでしょ。その一部さえいまだに見つかっていないなんておかしいわ」

「しかも修復してるのに」マディーが言った。「ルーカスは屋敷の修復にこまかく目を配っていたわ。しょっちゅう予告なしに現れて、作業がまちがいなく進んでるかどうかたしかめてた。もしクッキーカッターが出てきたら気づいたはずよ。疑り深いあなたの心があたしの恋人に向かうまえに言っておくと、ルーカスは屋敷の修復をお宝さがしの隠れ蓑《みの》にしようなんて、絶対考えたりしないわ。あの人は誠実だし、無邪気の権化だし、ひねくれた骨なんて一本だってあのいかした――」

「わかったわよ」オリヴィアは笑いながら言った。「ルーカスは燃えている建物から子猫を助け出すような人だものね」

「すばらしく整った顔にやけどするのも気にせずにね」マディーはジンジャーブレッドマンのデコレーションをオレンジ色のアイシングで仕上げると、それを脇にのけて、つぎのクッキーに取りかかった。「マゼンタとスミレ色を取ってくれる？」手早くなめらかな手つきで、ジンジャーブレッドガールにスミレ色の巻き毛とマゼンタのほっぺたを描いていく。「どう思う、リヴィー？　目はバラ色にするべきかしら？　それだと病気みたいに見える？　リヴイーったら！」

「ん？」いつしかオリヴィアは、チャタレー家の人びとがいないチャタレー邸をさまよう、楽しい白昼夢を見ていた。どの部屋にも秘密の隠し場所や隠し扉があり、そのすべてにアンティークのクッキーカッターがざくざくと眠っていた。

「その夢見るような顔には見覚えがあるわ」マディーが言った。「どんな巧妙な計画を思いついたの？」

「計画なんてないわよ。一週間まえ、ペインとハーマイオニが現れるまえに、わたしたちだけで屋敷を探索しようと思いついていたらなあって思っただけ。クッキーカッターがひとつかふたつまだ屋敷のどこかに隠されていないか、調べるチャンスはもうないかもしれないわ。今じゃ犯行現場になってるわけだし」

「元気出して。ハーマイオニが殺人容疑で逮捕されるかもしれないじゃない。そうなったら屋敷はまたチャタレーハイツの町のものになるわ。そんなことを考えるあたしっていけない人？」

作業台の上のラックが色とりどりのクッキーで埋まると、オリヴィアは立ちあがって伸びをし、厨房の時計を見た。真夜中だ。マディーはキャップをしたままの絞り袋を手にしていたが、考えごとに没頭しているらしく、クッキーに向けてはいなかった。「妄想してる場合じゃないでしょ」オリヴィアは言った。「早く仕上げないと」

「あたしは妄想しながらクッキーのデコレーションができるのよ」マディーは教会の形の、まだデコレーションしていないクッキーに手を伸ばしながら言った。「どっちみち、もうすぐ終わるわ」

「デコレーションするクッキーはまだあと一ダースはあるわよ」オリヴィアが言った。

「楽勝よ。十分もあれば仕上がるわ。そのあとで、チャタレー邸にしのびこむ方法を考えましょう」

「冗談でしょ？」

マディーは首を振った。バンダナの縁から赤い巻き毛がはみ出す。「かなり役に立つかもしれないことを思い出したの。屋敷の修復に取りかかることを決めたとき、ルーカスはまず屋敷全体の図面を描いたのよ。内側も外側もね。ルーカスが建築の勉強をしてたのは知ってるでしょ」

「知らないけど――」

「リヴィー、聞いて。まさに一石二鳥……ごめん、無神経な比喩だったわ。あたしが言いたいのは、クッキーカッター欲を満たすと同時に、ローズマリーとヘザーの――そしてたぶんマシューの――力になれるってことよ。ルーカスの図面があれば、どこをさがせばいいかわかるから」

「でも、ルーカスの図面がないわ――」

「気にしなさんな」

「でも――」

マディーはデコレーションまえのジンジャーブレッドクッキーをつかんで、オリヴィアの口に押しこんだ。「もう口をはさまれるのはたくさん。ルーカスは屋敷のすごく精密な図面を作って、あたしに見せてくれたの。あたしだけによ。そのあとそれは金物店の金庫にしまっちゃった。あたしはあんまり興味がなかったけど、一応フィアンセ的な立場上、できるだけ注意を払うようにしてたの。そうしておいてよかったわ。勉強になるかもしれないから記憶しておこうと思っただけなんだけど。でもルーカスの図面に何が書かれていたかは覚えてる。とにかく、大事な部分はね」

オリヴィアは口のなかの歯ごたえのあるジンジャー味のクッキーを飲みこんだ。おなじみの高揚感が広がる。

「じゃあ、ルーカスの図面を盗むために、金物店に押し入ってルーカスの金庫を壊す必要はないってことね？　どうしてまだ安心できないのかしら？」

「ばかなこと言わないでよ、リヴィー。あたしは店の鍵を持ってるし、金庫のダイヤル番号だって知ってるのよ。でもそれを使う必要はないわ。ルーカスは屋敷のなかにいくつかあったふさがれている箇所にしるしをつけていたの。その部分は修復する必要がないと言っていた。時間とお金を無駄にしたくなかったのよ。屋敷にだれかが住むことはないと思っていたし。屋敷のその部分には何年も、それこそ何十年もだれもはいったことがなかったから、安全じゃないかもしれないと思ったみたい」

オリヴィアはいきなり口に押しこまれたクッキーを食べおえたが、もう口をはさもうとは思わなかった。話に惹きつけられていた。

「屋根裏もそのひとつよ。なかを見たけど空っぽで、床板が一部腐っていたんですって。ふたつの小さい隠し扉も発見した。そしてこれからがおもしろいところなの――ルーカスはそれまでそういったものに気づいていなかったのよ。建築に興味があったから、あの屋敷には何度も行っていたのに。何年もまえからあそこを修復したかったんですって」

オリヴィアは思わずきいた。「ルーカスはその扉の先で何か見つけたの？　早く教えてよ」

「調査は彼の得意分野じゃないの」マディーは愛しそうに言った。「隠し扉のひとつは正面階段の下の物入れの奥にあった。もうひとつは根菜貯蔵室の壁に。クモやなんかがいるからだれもそこまでおりていったりしないけど、あたしの勇敢なルーカスは平気なの。虫だって蛇だって――」

「想像がつくわ」オリヴィアが言った。「頭から離れなくなりそう」

「ルーカスは根菜貯蔵室で、古い空っぽの自家製びん詰め用のびんがいっぱいはいった戸棚を動かそうとしていたとき、壁にその扉を見つけたの。戸棚からびんが落ちてきたせいでね。中身がどうなったかは言わないわ。散らばったものを片づけていると、壁に扉があるのに気づいた。開けてみようとしたけど、固く閉じたままだったからあきらめたの。奴隷の逃亡に手を貸すためのトンネルか何かかもしれないと思ったらしいわ」

「うーん、それはどうかしら。チャタレー家は奴隷を所有していたことで知られていたのよ、逃亡に手を貸すことじゃなくて。古い隠し場所とか倉庫か何かのほうがありうると思うけど。ねえ……チャタレー家がそこを貴重品の保管場所として使っていたんじゃないかと思ってるの？」

「ええ、それも考えられるでしょ」マディーは言った。「根菜貯蔵室はクッキーカッターの隠し場所として理にかなってるわ。だって、なんと言ってもクッキーは食べ物だし、だれが根菜貯蔵室でお宝さがしをしようと思う？」

「わたしなら絶対思わない」オリヴィアは言った。

マディーは最後のお祭り用クッキーを入れたケーキ型にふたをした。

「まだ午前零時半よ。わたしが何を考えてるかわかる？」

「厨房の片づけをして少し眠ること？」

「アンティークのクッキーカッターは？　チャタレー邸は？　ねえ、リヴィー、こんな機会は二度とないわ。もちろん、ハーマイオニが心臓発作で病院にいるのはほんとに気の毒だと思うし、元気になってほしいと思ってるけどね」

「でも彼女が早く回復すれば」オリヴィアは言った。「それだけ早く屋敷に戻ってくる。そして機会は失われる、ってことね?」

「まあ、少なくとも彼女が屋敷を売るまではね。それがいつになるかなんてわからないでしょ?」

オリヴィアは食器洗浄機にボウルを押しこみ、洗剤を入れてボタンを押した。

「言うのを忘れてたけど、コンスタンスがわたしの携帯に電話してきて、メッセージを残してたの。屋敷を売ると言ったのは忘れてくれとハーマイオニに言われたんですって。心変わりの理由は話してくれなかったそうよ。コンスタンスは理由を知りたがってる。わたしもよ」

「そういうことなら」マディーは言った。「ハーマイオニが退院したら、チャンスはもうないわよ。あそこを訪問したとき、じっくり見てまわったけど、あの荒れ具合はハーマイオニがチャタレー家のクッキーカッターをさがしまわったせいだと思う。きっとペインからコレクションのことを聞いたのよ。すごい価値があるかもしれないって。それで彼を始末して、利益を山分けしなくてもいいようにしたのかも」

「でもマディー、ハーマイオニがひとりでさがしまわれたと思う? 彼女はマシューにおどされて心臓発作を起こしたのよ。重い家具を動かしたりしたら死んでたかもしれないわ」

オリヴィアはデスクの下の毛布からぐったりした犬を抱きあげた。花火のトラウマのおかげで、スパンキーは厨房で眠ることを許されたのだ。

「もうベッドに行く時間よ、ちびちゃん」スパンキーは目を閉じたままくーんと鳴いた。

「リヴィー、ハーマイオニが心臓発作を起こしたのは、重いものを持ったせいだとしたら？　マシューが彼女をおどしたところはだれも見ていないんでしょ？」

「わたしの知るかぎりはね」オリヴィアはスパンキーを肩にだらりとかけたまま、作業台に散らばった食用色素の小びんを集め、全部のふたを締めた。大人の良識と、むくむくと頭をもたげるクッキーカッターハンター魂がせめぎ合う。チャタレー家のカッターコレクションのほんの一部でも見つかれば、ものすごく興奮するだろう。ただ、女主人が心臓発作で入院しているあいだに、ひそかにチャタレー邸を捜索するのは非情な気がする……でも、そそられる。

オリヴィアがそそられているのはチャタレー家のカッターコレクションだけではなかった。ペインとハーマイオニが町に来て以来、何かを見落としているような気がしていた。ペインがときどき別人のような態度をとることがあったのも奇妙だが、どうにも理解できないのはハーマイオニだ。ハーマイオニとチャタレーハイツの町長、カレン・エヴァンソンの関係を、なんとしてでも知りたかった。どちらの女性もまだほんとうのことを話してくれていないような気がしていた。ハーマイオニの持ち物を調べれば、何か手がかりが見つかるかもしれない。

「もしつかまったら、デルが怒りくるうわ」

「つかまらないわよ」マディーが言った。「あたしたちは病院のハーマイオニに届ける着替えを取りにいくだけなんだから。小さな町ではよくあることよ」

「ああ、なるほどね。それならデルにたのまれたってことにもできるし。真夜中に許可もなく、ではないにしろ」

「そこが問題なのよね」マディーは認めた。「でもあたしはよろこんで賭けに出るわ。リヴィー、行きたくなければ行かなくていいわよ。わたしひとりでなんとかなるから。結局何も見つからないかもしれないけど、少なくともないってことはわかるし」

「ひとりで行かせるわけにはいかないわ」うとうとしている犬を胸に抱きながら、オリヴィアは厨房のドアを開け、明かりを消した。「まず二時間ほど仮眠を取りましょ。午前三時になれば、通りに人影はまったくなくなるわ。うちのゲストルームを使っていいわよ」

「あたしはソファでいいわ。眠れないと思うから、お客さま用ベッドを使わせてもらうのはもったいないもの。二時四十五分には濃いめのコーヒーを淹れておくわ。三時までに降りてこなかったら置いていくわよ」

15

アラームが鳴って、オリヴィアはおどろおどろしい夢から覚めた。リコリスの斧を振りまわす、正気を失ったジンジャーブレッドマンに追いかけられる夢だ。パール加工されたシュガースプリンクルの階段を駆けあがろうとしたが、パールがころころして足を掛けられなかった。悪夢を見ることはあまりないのだが、罪悪感が見せたのだろう。だが、チャタレー邸の捜索を断念するつもりはなかった。たとえやめても、どうせマディーがひとりで実行するだろうし。

淹れたてのコーヒーの香りのおかげでベッドから出て、身支度をすることができた。スパンキーが頭を上げずに目だけ開けた。まだ起きる時間ではないと判断したらしい。オリヴィアはトイレに行くふりをして静かに部屋を出た。

「よかった」オリヴィアが厨房にはいっていくと、マディーが言った。「あなたをベッドから引きずり出さずにすんで。スパンキーが番犬モードになっちゃうかもしれないでしょ」

「あやしいもんだわ」オリヴィアはコーヒーを飲み干した。「スパンキーに気づかれるまえに出かけましょ。そのまえに必要なものを準備しなくちゃ」

厨房の引き出しをかき回してどっしりしたドライバーを見つけ、ジャケットのポケットに入れる。懐中電灯も二個取り出し、ひとつをマディーにわたした。階上の玄関横の小さなテーブルの上に置いてあった携帯電話は、電源を切ってもうひとつのポケットに入れてきていた。

すぐにふたりは〈ジンジャーブレッドハウス〉の玄関ポーチに出た。タウンスクエアを見まわしたところ、動きはまったくない。チャタレーハイツの住民にとって盛りだくさんな一日だったので、みんなぐっすり眠っていることを願った。マシュー・ファブリツィオは、留置場にいようといまいと、アルコールのおかげで眠りこけているだろう。オリヴィアはヘザーがちょっと気の毒になった。

迂回路を選んだふたりは、マディーを先にして静かに小路を進み、チャタレー邸の裏口を目指した。明かりがいくつかついていたのでオリヴィアはほっとした。町の外から多くの人が来ているので、留守宅と思わせないためだろう。キッチンと裏口の上の明かりはついていなかったが、こちらにとっては好都合だった。これでだれにも見られずに建物のなかにはいることができる。

マディーはキッチンの床に懐中電灯を向けた。

「そこらじゅうに物が転がってるのを忘れないでよ」ささやき声で言う。「明かりがついててもつまずくわ」

ふたりは慎重にダイニングルームを通り抜け、廊下を歩いて正面の階段に向かった。その階段の下に物入れの扉があるのだ。

「ルーカスにぬかりはないわ」物入れの扉が音もなく開くと、マディーは言った。「家じゅうの蝶番《ちょうつがい》に油を注《さ》したのよ。それなのにペインは屋敷がひどい状態だって文句を言ったんだから。あんなやつ、あたしが殺してやりたかったわ」

「わたしならそういうことは言わないようにするけど」

「別に意味はないわよ」マディーは物入れのなかに頭をつっこんで、生地の破れた房飾りつきのランプの傘を引っぱり出した。「あたしたちがはいれるようにしなきゃね。この物入れの奥に、ルーカスは彼の腰あたりまでしかない扉を見つけたのよ。幸い、あたしたちにとってはもう少し高くなるけど」

彼女はほかにもいくつか、十九世紀の美しい家具調度品だったものの残骸をオリヴィアにわたした。

「あれだわ」マディーは小さな扉に懐中電灯の光を当てた。扉は物入れの内部の壁と同じ淡い黄色に塗られている。木製のノブを引いても開かなかったが、もう一度やってみると開いた。マディーが身をかがめて戸口をくぐり、闇のなかに消えた。

「はいってきて」姿の見えないマディーの声がした。「なんかナンシー・ドルーみたい。こんなにわくわくするのは十二歳のとき以来だわ。あなたとあの町はずれの不気味な古い農家にしのびこんだのを覚えてる？　幽霊がいると思ってたのよね」マディーはオリヴィアに見えるように、戸口付近を懐中電灯で照らした。

「たしかにいたわ」オリヴィアは小さな戸口をくぐりながら言った。「ハトの群れが。腐った床板を踏み抜いて落ちそうになったのも覚えてる」

「ほんと、あれは楽しかったわ」マディーはせまい物入れ内の壁に、懐中電灯の光をめぐらせた。「古い書類や本みたいね。役に立つものじゃないかもしれないけど、ちょっと見てみましょうよ」床の上に座って足を組み、ほこりを舞いあがらせる。

オリヴィアは二回くしゃみをし、座るのは断念した。

「ネズミがいないといいけど」と言って膝をつき、小さな本を手にした。しみのついた布張りの表紙には何も書かれていない。適当にページを開いてみると、色あせた読みにくい手書きの文字が見えた。「日誌か何かかしら」

「ほんと？　ちょっと読んで聞かせて。こっちは退屈な古いレシートやら家計の記録だったわ。歴史家にとってはこういうのも垂涎《すいぜん》の的《まと》なんだろうけど」マディーは書類を放り出し、もっと期待できそうなものをさがしはじめた。

オリヴィアは小さな本のページに懐中電灯の光を当てた。

「すごく古風な手書き文字ね。何が書いてあるのかわからないわ」

「ちょっと貸して。サディーおばさんが古い筆記体について教えてくれたの。ワシントンDCの国立古文書博物館で独立宣言書を見たときにね」マディーの懐中電灯の光が、眉間にしわを寄せて集中する顔に影を落とした。何ページか調べたあと、顔を上げてにやりとする。「なんなのかわかると思う。数字の2みたいに見える大文字があるでしょ？　これは古い筆記体の〝Q〟よ。つまり〝2uart〟は〝クォート〟。ねえ、これレシピ帳よ！　今のレシピの書き方とちがって、項目別に説明がついた、追いこみ形式で書かれてる」マディーはさらにいくつかページをめくった。「うわ、このレシピ」と言ってページを指でたたく。「ジンジャーブレッドクッキーのみたい」彼女はオリヴィアに本をわたした。

「わたしにはわからないわ――」

「解読するのはむずかしいけど、あたしはこつを知ってる。〝fs〟がはいってる単語があるでしょ。〝fs〟は〝ss〟だから、その単語は〝モラセス《molasses》〟よ。羽根ペンを使うときの書き方なの。羽根ペンは浮かせると紙にインクのしみがついちゃうから、ペンが紙から浮かないようにして書くのよ」オリヴィアから本を取り返し、ぱらぱらとめくっていく。「名前は書いてないわね。日付も。初期のチャタレー家のコックが書いて、屋敷が建てられたときに持ってきたんでしょうね」

「当時のコックは読み書きができたの？」オリヴィアがきいた。

マディーは肩をすくめた。「さあね。イギリスの教養のある家柄の人で、ひとりで植民地に来たのかもしれないでしょ。あるいは夫が死んで、生きるために仕事をしなくちゃならなかったとか」マディーはバックパックのジッパーを開いた。「これは持って帰るわ。チャタレーハイツの住民の義務としてね。ハーマイオニ・チャタレーはこの屋敷の歴史的遺産にそれほど興味がないみたいだったから。彼女にまかせておいたら、あたしたちが知らないあいだに売り払うか、捨てちゃうわよ」

「どれもがらくただと思うでしょうからね」

「そのとおり」

「わたしたち、もう二十分はここにいるわよ」オリヴィアが言った。「たしかにこのレシピ帳には興味を惹かれるけど、クッキーカッターはどこにもないわ。先に進みましょう」

マディーは膝立ちになった。「根菜貯蔵室の虫さんたちと戦うのね」

「地下に行くまえに」オリヴィアが言った。「ハーマイオニの部屋を見てみたいわ」

「さがしたいものでもあるの？」

「わからない」オリヴィアは膝をついたまま後退して、外側の物入れまで戻り、懐中電灯を消して廊下に出た。「ハーマイオニにはどこかうそくさいところがあるのよね。話を作るのがうますぎるし。カレンの話にしてもね。ほかにもうそをついているかどうか知りたいの」

屋敷の明かりは消したまま、オリヴィアとマディーは急いで階段をのぼり、ハーマイオニの寝室に向かった。部屋のカーテンは閉じられていた。部屋の明かりをつけるとカーテンの隙間から見えてしまうので、懐中電灯をつけた。

「少なくともこの部屋は荒らされてないわね」オリヴィアは言った。「ペインが死んだあと、警察がここを調べたのはわかってるの。あやしいものは何も見つからなかったようね。でなかったらハーマイオニは逮捕されているでしょうから」

「じゃあ何が見つかるって言うの?」マディーがきいた。「あやしいものって何よ?」

「個人的なものをさがすのよ。写真とか、新聞の切り抜きとか、書類とか」オリヴィアはハーマイオニのベッドに懐中電灯を向けてマットレスの下を調べ、枕を調べた。「大事なものなら注意深く隠してあるはずよ。警察は凶器になるものや、ペインに飲ませた可能性のある薬物をさがしたはず。でもわたしが知りたいのはハーマイオニの過去、彼女の秘密よ。警察は夫の死に関わるものじゃないかぎり、個人的なものは無視したかもしれない」

マディーはウォルナットの鏡台に取りかかった。大理石がはめこまれた、保存状態のいいアンティークの品だ。

「わあ、リヴィー、ちょっとこれ見て」マディーは使いかけの口紅と半分残っている安いフェイスクリームのびんを押しのけて、引き出しから出したものを置く場所をあけた。「この引き出しは未使用の新しい化粧品でいっぱいよ。警察はこれをどう思ったのかしら」

「男性ならたぶん何も思わなかったでしょうね。ハーマイオニに万引きされた店は警察に通報しなかったのかもしれないし」オリヴィアは言った。「わたしもしないと思うわ」

「チャタレーハイツの住民らしくないわね」

「少なくとも祝賀イベントが終わるまではね」

オリヴィアはハーマイオニのクロゼットに移動していた。ヒールの部分だけが新しい、履き古されたウォーキングシューズを手に取る。ふと思いついて、ヒール部分をひねってみた。少し力を要したが、やがてヒールがずれて開いた。ヒールは空洞になっていて、なかは空だった。ヒールを元に戻し、もう片方のシューズを取って、同じことをしてみた。こちらも空だった。これで少なくともハーマイオニがときどき隠したいものを入れておく場所はわかった。

つぎにクロゼットに掛かっている十着ほどの服を調べた。どれもハーマイオニお気に入りの〝おばあさんのワンピース〟スタイルの服ばかりだ。いちばん奥にはキャンバス地のコートが掛かっていた。よく見るためにハンガーをはずした。かなりくたびれたベージュのコートで、前身ごろにコーヒーのしみのようなものがついている。海外から持ってくるほどのものには思えなかった。ベッドの上に置いてポケットを調べたが、どれも空っぽだった。コートを広げてみた。ライナーは新しそうで、奇妙だと思った。なぜこんな古いよれよれのコートのライナーを新しくしたのか。オリヴィアはコートからライナーをはずしてみた。

「ビンゴ」

「何？」マディーが調べるのをやめてオリヴィアのそばに来た。「ライナーが二枚。内側にもう一枚あったのね。これは秘密のポケットよ。いよいよおもしろくなってきたわ」

オリヴィアはコートを裏返しにして、隠されていた下のライナーを出した。たしかにポケットが四つある。そのうちふたつは空だった。

マディーは残りのふたつのポケットに手を入れて、イギリスのパスポートを二冊取り出した。片方を開いて言う。

「写真はハーマイオニだけど、名前はポーシャ・カースウェルになってる。それでハーマイオニとペイン・チャタレーだとインターネットでヒットしなかったのね。どうしてふたりが偽名を使っていたのか知りたいものだわ。もしかしたら、国際的な宝石泥棒だったのかも」

「宝石泥棒だとしたら、あまり腕がよくなかったのね。ハーマイオニはこのへんの商店から品物を盗んでいたわけだから、泥棒にはちがいないけど」オリヴィアがもう片方のパスポートを開くと、ペインの写真とハワード・カースウェルという名前があった。ふたりはイニシャルを交換したのだ。「ハーマイオニとペインは正体を隠していたんだわ。あるいは違法なことに関わっていたか。その両方かも」パスポートをふたつとも隠し場所に戻し、コートをもとのところに掛けた。「残念ながら、このことはデルに話さなくちゃならないわ」

「でも今すぐじゃなくていいでしょ」マディーが言った。「まだ確認してない隠し場所がもうひとつあるのよ。ハーマイオニは入院してるんだから、どこにも行けないわ。少しぐらい報告が遅れても大丈夫よ。そうでしょ、リヴィー？　デルは怒るだろうけど、ここにはあたしひとりで来たって言えば、少なくともあなたは怒られないわ」

「たぶんね」オリヴィアは言った。「でも、デルにはわたしから話すわ。どうせわたしがひとりでここに来たなんて、信じてくれないと思うし」

「根菜貯蔵室に行ってみない？　ルーカスが見つけた扉の向こうに何があるのか、早く見たくてたまらないわ。屋敷のなかでまだ調べられていない場所があるとしたら、おそらく根菜貯蔵室よ」

「ちょっと待って」

完璧を期するために、オリヴィアはクロゼットのなかの残りのものに目を走らせた。もう一着、今度はウールのコートがあったので、ハンガーからはずした。

「これも調べたほうがいいかもしれない」オリヴィアはポケットのなかをさぐった。「やった。今夜はラッキーだわ」テープで閉じられた古い封筒が出てきた。なかにはさまざまな形と大きさの写真がはいっていた。赤ちゃんが写っている小さな四角い白黒写真に目が留まった。「ねえ、マディー、ちょっと見て。これって新生児よね？」

マディーは床の上にあぐらをかいて座り、懐中電灯を受け取った写真に向けた。

「生まれてすぐに病院で撮られた赤ちゃんの写真みたいね。こういう写真を送ってきたいとこが何人かいたわ。あたしとしては自分のアルバムには貼りたくないけど」写真を裏返す。

「名前も日付もなしか。奇妙ね。いとこはいつも名前と日付と身長体重、生まれた正確な時間と分娩にかかった時間まで書いてるのに……」

オリヴィアはマディーのそばに座った。「チャタレー夫妻が火曜日の夜に初めてうちの店に現れたとき、自分たちは子宝に恵まれなかったとペインは言ってたわ。子供を失ったってことかしら。この写真の赤ちゃんは目を閉じてる。もちろん別に意味はないのかもしれない。眠っていたのかもしれないしね。生まれてくるのも楽じゃないだろうから」

スナップ写真を返しながらマディーが言った。「死んだ赤ちゃんの体を洗って写真を撮ったのかと思うとちょっと不気味ね」

「理解はできるわ」オリヴィアは言った。「悲しみ方は人それぞれだから」残りの写真を裏返してみる。「何枚かは年配の親戚みたいね。たぶんハーマイオニのほうの。ペインは両親と音信不通だったみたいだから。あとはペインとハーマイオニの幸せだったころの写真。これを見て」角の折れた色あせた写真をマディーにわたす。それには特別におめかししたチャタレー夫妻が写っていた。

「うわあ。ヨーロッパ風のディスコパーティに行くところね。それとも仮装パーティかな。どことなく一九七〇年代調だけど、ペインがヨーロッパにわたったのは八〇年代の初めよね？　このハーマイオニのドレスを見てよ――ウェストの位置が高いエンパイアスタイルで、透けるような生地で丈はミニ……彼女、脚もきれいだったのね。それにこのヘアスタイル！ハニーブロンドで手入れが行き届いてることをのぞけば、あたしにそっくり」マディーが言った。

「ペインの髪もオールバックじゃなくて耳にかかってるから別人みたい。ふたりとも幸せそうね。手をつないでカメラに向かってにっこりしてる。だれがこの写真を撮ったのか知りたいわ」オリヴィアは写真を裏返したが、何も書かれていなかった。「どうしてハーマイオニはどの写真の裏にも何も書かなかったのかしら。母さんはいつも裏面いっぱいにこまかいことを書き留めておくのに。時がたてば記憶は薄れていくものだから、忘れたくないことは書いておかないといけないって」

「ここにある写真、もらっていくわけにはいかない？」マディーがきいた。

「だめよ。危険すぎるわ」

マディーはジーンズのポケットに手を入れて携帯電話を出した。「写真を撮ってパソコンに送るわ。画質は悪くなるかもしれないけど、念のために」

マディーが写真を一枚ずつ携帯で撮影しているあいだに、オリヴィアはベッドルームのクロゼットとすべての引き出しを調べ終えた。ハーマイオニ自身の持ち物はとても少なかった。クロゼットの上には、チャタレーハイツの商店から持ち出されたものがいくつかあった。万引きをしていたというのはたしかなようだ。その品々はそのままにしておいた。

オリヴィアは腕時計を見た。「ここはもうこれぐらいにしましょう。もうすぐ午前四時よ」

「そうね。そろそろ根菜貯蔵室に行く？」

「そうしなきゃならないみたいね」オリヴィアは写真を封筒に戻し、ハーマイオニのコートのポケットにすべりこませた。「写真がハーマイオニにしかわからない順番になってたんじゃないといいけど」

「指紋を採取したりはしないわよ」マディーは言った。「行きましょう。虫さんたちが待ってるわよ」

「これがあるから〈ジンジャーブレッドハウス〉の地下の根菜貯蔵室にもはいる気になれないのよね」オリヴィアは髪にからみついたクモの巣を払いながら言った。

「あそこの地下にも根菜所蔵室があるなんて知らなかった」マディーが言った。「ちょっと静かにして。ネズミの足音が聞こえない？」

「大きなネズミじゃないといいけど」

「あたし、子供のころネズミを飼ってたの。名前はサー・レジナルド。かわいかったわ」

「サディーおばさんはほんとに辛抱強かったのね」

オリヴィアはすぐ下の土間に懐中電灯の光を当てた。これまでのところ、それほど虫や動物には遭遇していないが、大小のネズミやクモが暗闇のなかで群れをなし、こちらが警戒を解くのを待っているような気がした。

「ここでルーカスは扉を見つけたのよ。そしてだれかが開けようとしてけがをするといけないからこうしたの」

マディーが懐中電灯で照らした先には、横百センチ、縦百八十センチ、厚さ四十五センチに切られた未加工の木材が五枚あった。ひとかたまりにして、壁に立てかけてある。オリヴィアが木材のひとつに指をすべらせると、使用する予定のものだったのか縁はなめらかだった。

「ますます興味を惹かれるわ。この木材をどけましょう。扉を見たいわ」オリヴィアは言った。

オリヴィアは近くの棚に懐中電灯を置いて、木材に光が当たるようにした。マディーもそれに倣《なら》った。さっそく最初の木材をどかしにかかったが、床が平らではないのでずらすのはむずかしかった。ふたりで力を合わせても床から持ちあげることができない。

「ルーカスが力持ちだってことをつい忘れちゃうのよね」オリヴィアが言った。「これは硬質のオークだわ。一枚だけで現代のドアより重い。それがあと四枚もあるのよ」彼女は懐中電灯を取って、木材のあたりを照らした。「スペースはあるから、揺らしながら歩かせるようにして脇に移動させましょう」

「リヴィー、あなたのことは昔から知ってるけど、そんな独創的なことを考えられるなんて知らなかったわ」

「切羽詰まってるだけよ」オリヴィアは言った。「これを押して背中を痛めないといいけど」

マディーは片手で木材の縁を、もう片方の手で上の角をつかんだ。

「いい？　やるわよ、リヴィー。早く見たくてうずうずしてるんだから」

「いつでもどうぞ」オリヴィアは別の縁をつかんで言った。「この木材を歩かせましょう」

木材の縁をなんとか少し壁から浮かせる。「じゃあそっちをまえにずらして。いいわ。そのままそこにいて。今度はわたしが半円を描くようにこっちの端を歩かせて、あなたのまえまで行くから。手順はわかった？」

「すごい。とてもあたしには思いつけないわ。百万年は」マディーが言った。

「あなたは冒険する人、わたしは計画する人。だからうまくいくのよ。さあ、今度は板をうしろに歩かせて、壁に立てかけるわよ」

「手を離せば壁のほうに倒れるんじゃない？」マディーがそう言って手を離した。

「そんなことをすれば音が――」オリヴィアのことばは間に合わず、板が倒れてきて指が壁とのあいだにはさまった。「痛っ！」あわてて指を引っこ抜く。

「うわ！　ごめん。骨が折れた？」

オリヴィアは指を曲げてみた。「骨は折れてないし皮もむけてない。ちょっとはさんだだけ」

「ここでやめとく？」

「いいえ。虫が出ても、血が出ても、骨が折れても……やるわ」二枚目の板の移動はもっと迅速でなめらかだった。手を離すのが一瞬早かったので、壁に立てかけるときどすんと音がしてしまったが。

「もう少し静かにやったほうがいいわ」オリヴィアが言った。「念のために」

最後の二枚は比較的静かに移動させることができた。オリヴィアは出来映えを眺め、これなら扉を開けられるだろうと判断した。少なくとも半分でも開くとするなら。

「上出来よ。ルーカスは扉をふさぐまえに、ほんとにのぞいてもみなかったの？」

「やさしいルーカスは」マディーは首を振りながら言った。「ほんとに愛すべき人よ。もちろん男らしいし。でもどう見ても好奇心旺盛とは言えないわ。祝賀イベントが終わって、修復作業のビデオ撮影にもっと時間をかけられるようになったら、もっと完璧な修復計画を立てるつもりだったみたい。だからそう、ルーカスが扉の向こうを見てないって言うなら、見てないのよ」

「じゃあ、これだけ時間がたって、湿気もすごいんだから、開くかどうかわからないわね」

扉の高さはオリヴィアの胸のあたりまでだった。小さな錆びたノブをつかんで引っぱってみた。ノブは抜けてしまった。

「あらら」マディーが言った。

オリヴィアはジャケットのジッパーつきポケットからねじ回しを取り出した。

「さすが計画の天才ね」とマディー。

「性分なのよ」

「たよりになるわ」マディーは懐中電灯を取って、扉の端に向けた。

「なるべく傷つけないようにしなくちゃ」オリヴィアは言った。「でももう板を動かしちゃったし、ノブも取れちゃったから、扉を開けようとしたことはルーカスにばれちゃうだろうけど。彼がこのまま修復をつづけるならね」

「ルーカスには好奇心がないって言わなかった？ ほかの作業員が板を動かして、ノブは自然に床に落ちたんだと思うわよ。ねじ回しの跡にも気づかないんじゃないかしら。もし彼が疑問を口にしたら、あたしがはぐらかすわ。独自のやり方で」

オリヴィアはしのび笑いをした。やがて、ねじ回しのせいで壁の一部がくずれ、ひそかに悪態をついた。「この壁、硬い木でできてるから、もっとしっかりしてるのかと思った。湿気と腐敗のことを忘れてたわ」

オリヴィアが扉に取り組んでいるあいだに、マディーが言った。

「ここはキッチンの真下だけど、この壁は上の壁とつながってないのかもしれないわ。それで物入れのスペースになったのよ。貴重品を隠しておくための。クッキーカッターはここにある気がする」

また壁のかけらがくずれ落ち、オリヴィアは言った。

「じゃあ、がんばらなきゃ」

ねじ回しの先を壁と扉の隙間にできるだけ深く差しこんだ。ねじ回しの持ち手をこぶしでたたき、さらに深く押しこむ。

「行くわよ」持ち手を壁に向かって押した。扉がきしみをあげ、ほんのわずかに開いた。マディーは懐中電灯の光を上下させながら、興奮して声をあげた。「開きそう?」

「もう少し」

オリヴィアはもう一度ねじ回しを差しこんで持ち手を押した。扉が土間をえぐりながらわずかに動く。オリヴィアはねじ回しをマディーにわたすと、隙間に手を差しこんで扉の縁をつかみ、力いっぱい引いた。顔をしかめて手に力をこめる。

マディーが興奮して金切り声をあげた。「開いたわ!」

オリヴィアは唇に指を当てた。「叫ぶのはあとにして」

「はいはい。先にはいっていい?」

「ご自由に」オリヴィアはルーカスとちがって想像力にあふれていた。扉の向こうにあるものは、好ましいものではないだろう。

だが、マディーはもっといいものを期待していたらしく、いそいそと隙間をすり抜け、扉の向こうに消えた。しばらくして、マディーの声がした。「あらま」

「なんなの? 大丈夫?」オリヴィアはネズミの大群から白骨の山まで、あらゆるものを思い浮かべた。

「大丈夫だけど……ちょっと見て」

オリヴィアが隙間からのぞくと、マディーの背中が見えた。

「横にずれてくれる？　あなたがじゃまで見えない」

「あたし、出るわ。ここじゃ身動きがとれないから」マディーが言った。

オリヴィアはせまい隙間をそろそろと通り抜けた。心臓がのどまでせりあがってくる。マディーは興奮しているようには見えなかった。懐中電灯でぐるりと照らしてみて、そのわけがわかった。かつてここに何があったのかは知りようがない。トンネルだったのか部屋だったのかさえ。そこは人ひとりがやっとはいれる広さしかなく、腐った梁《はり》に頭をぶつけないようにするにはかがまなければならなかった。つま先のすぐ先は頭の上まで土の壁で、それ以上進むのは不可能だ。天井が崩壊したか、部屋がまだ完成していないのだろう。自分でも驚くほどオリヴィアの失望は大きかった。

「期待はずれだったわね」オリヴィアは根菜貯蔵室に戻って言った。

「シーッ」マディーがオリヴィアの肩に手を置いてささやいた。「何か聞こえる」と言って上を指し示す。

オリヴィアは懐中電灯を消した。最初は古い家にありがちなきしみの音しか聞こえなかった。

「何も――」と言いかけたとき、グラスか皿の割れる音が聞こえた。だれかが家のなかにいる。今度はオリヴィアが「あらま」と言う番だった。

マディーはオリヴィアに身を寄せてささやいた。「どうする？」

壁に立てかけた板がやっと見える程度の明るさとはいえ、屋敷をよく知る人物を警戒させてしまう状況であることはわかっていた。それに隠し扉は開いている。明かりの消えた状態では、根菜貯蔵室のなかで隠れる場所を見つけることはできない。もし上にいる人物がおりてきたら……オリヴィアはマディーの耳に口を近づけた。

「もう手遅れかもしれないけど、静かにして待つしかないわ。上にいる人は根菜貯蔵室のことを知らないかもしれないし」

「その確率はどれくらい？」マディーがささやき返す。

「かなり低いわ。でもほかにどうしようもないでしょ」

オリヴィアはマディーの肘の上をつかんで開いた扉からゆっくりと離れた。階上からの物音はだんだん遠ざかっていく。侵入者はキッチンとダイニングルームを出て、屋敷の別の場所に移動したようだった。夜間なのをいいことに屋敷を調べているのかもしれない。奇跡的に心臓発作から回復して、また危険を冒そうとしているのでないかぎり、ハーマイオニ・チャタレーのはずはない。オリヴィアの体に寒気が走ったが、それは根菜貯蔵室の冷たく湿った空気のせいではなかった。いま屋敷のなかをさぐっているらしい人物は、ペイン・チャタレーの殺害に関わっているにちがいないからだ。

オリヴィアは思いきって懐中電灯をつけ、根菜貯蔵室のなかで隠れられそうな場所をさがした。選択肢はあまりなかったが、片隅に一九五〇年代のものと思しきセラミックのガスストーブを見つけた。あの陰にならそれほど手足をはみ出させることなくマディーとふたりで隠れられるだろう。彼女はマディーの肘をつかんで、心もとない隠れ場所に導いた。

横向きになってしゃがめば、ストーブのうしろにはふたりが隠れる場所は充分あった。それは床に近づくことを意味する。マディーは懐中電灯で床をざっと照らして言った。

「げっ。危険が迫るまで立っていたほうがいいと思う」

「賛成」オリヴィアはストーブのうしろに隠れると、ウサギや子犬といった心なごむ形の、あざやかな色をしたシュガークッキーを思い浮かべた。

「階上にいるのはだれだと思う？」マディーが低い声できいた。

オリヴィアは口ごもった。階上ではかなり派手に破壊がおこなわれているようだ。どうも解せない。

「クッキーカッターよりも大事《おおごと》みたい。かなり怒ってる人ね。町で二番目のお菓子職人の名にかけて言えば」

「サディーおばさんと同率で二位よ。でもあなたの言うとおりだと思う。マシュー・ファブリツィオがいちばんありうるけど、留置場にいるのよね。またしても」

「彼かもしれないわよ。デルは銃を見つけたとは言ってなかったから、今ごろマシューは釈放されてるかも。それはそうと、クウィル・ラティマーはこれだけ時間がたったあとでもまだ怒ってるのかしら？　火曜日の夜にペイン・チャタレーが店に現れたときは、それほど気にしていないようだったけど、彼は感情を抑えるのがうまいわ。少なくとも表面上はね。カレンはチャタレー夫妻の到着以来、どちらにもかなり悩まされていたし、ローズマリーはマシューのこととなるとわれを忘れてしまう」

「無理もないわ」マディーが言った。「ペインは汚い手を使ってマシューをだましたんだもの。ジンジャーブレッド装飾を仕上げれば、いいことがあると思わせてね」

重い家具が床の上をすべるようなギーッという音がして、ふたりはぎょっとして身をかがめた。「今のは近かったわ」オリヴィアがささやく。「たぶんダイニングルームね」

「女性があんなふうに家具を動かせると思う？」

「性差別主義者なんだから。ローズマリーがどれくらい力持ちかは知らないけど、母さんの話によるとカレンは母さんより走るのが速いらしいわ——母さんを追い抜くのは簡単なことじゃないのよ。それに、カレンはジムにも通ってる。うわ、何かが足首を這ってる」オリヴィアはさっと立ちあがって片足を振った。「よし、これでいいわ」

「シーッ、聞いて」マディーが言った。

数秒後、オリヴィアは言った。「何も聞こえないわ」

「今はね。あなたが虫に気を取られているあいだに、上のキッチンで足音が聞こえたの。それからドアが開いて閉まった音がした。気の短い訪問者は帰ったんだと思う」

「ずいぶん唐突ね」

「とにかくここから出ましょうよ」マディーは階段に向かった。「冒険願望は満たされたから」

「あら、あなたらしくないわね。わたしの友だちじゃなかったの？　いいわ、階上《うえ》が安全かどうかたしかめたら帰りましょう。屋敷のなかをもう一度見てまわりたいの」オリヴィアは言った。

「きっとさらに荒らされてるわよ。これ以上何を知りたいの？」

「ちょっと気になることがあるのよ……」オリヴィアは階段をのぼりきり、ドアの隙間からのぞいた。「異常なし」しばらく耳を澄ましてからささやく。「行くわよ」

マディーはオリヴィアのあとからキッチンにはいった。「気になることって？」

オリヴィアは懐中電灯で照らして障害物を避けながら、先にたってダイニングルームを抜け、廊下に出た。

「もしかしたら侵入者はさがしていたものを見つけたんじゃないかと思ったの」十九世紀のチャタレー家の人びとを描いた額入りの肖像画がかしいでいる壁を照らしながら進む。

「はは あ。侵入者はチャタレー家のクッキーカッターコレクションをさがしてて、見つけたんじゃないかと思ってるのね？」

「チャタレー家のコレクション……ええ、もしかしたらね」

「ほかに何をさがすって言うのよ?」マディーはいらいらした声で言った。

「おもて側の応接間を調べるわ」オリヴィアは言った。「それで今日はおしまいにしましょう。お祭り用のブースを設置する準備をはじめるまで、まだ数時間眠れるわ」

「どうしておもて側の応接間なの?」

「階段の下の秘密の物入れを調べるまえに、おもて側の応接間をちょっと懐中電灯で照らしてみたの。あそこのベルベットのカーテンなら分厚いから、外に光がもれないと思う。応接間は見たところ、わたしたちがハーマイオニを訪ねたときと同じ状態で、きちんと片づいていたわ」

おもて側の応接間の分厚いカーテンは月の光もさえぎっていたので、室内は真っ暗だった。オリヴィアは懐中電灯をつけ、マディーもそれに倣った。「待って」マディーが抑えた声で言った。「ハーマイオニを訪問したときの記憶とちがうわ」

「あそこ、壁際を見て」オリヴィアは言った。「長くて大きい整理だんすが壁から動かされてる。あそこはカーペットが敷かれてないわ。階下で聞こえたのは、整理だんすが木の床をこする音だったのよ」エッチングが施されたガラスのテーブルランプをつける。温かな光がランプを取り囲み、長い整理だんすに隠れていた部分の壁を照らし出した。「あらあら、これは何?」

マディーが小さく口笛を吹いた。「壁に埋めこまれた金庫みたいね。しかも扉が開いてる」小さな物入れに光を当てる。「木でできてるわ」マディーは開いた扉を調べて言った。「金庫じゃないわね。ただの物入れの扉だわ。壁からあんまり出っ張らないように、輪っかの部分を引いて開けるようになってる。古いものみたい。この整理だんすは一八〇〇年代のものよ。ルーカスはたんすのうしろの壁にペンキを塗らなかったのね。チャタレー家の人がこの物入れを作って、それを隠すために重い整理だんすを置いたんだわ」

マディーは物入れの奥を懐中電灯で照らした。「ここにクッキーカッターが隠してあったんだとしても、今はもうないわよ」

「カッターも少しならはいるでしょうけど、そうたくさんはいらないわよ」オリヴィアは言った。「この物入れは横幅も奥行きもなくて、手紙の投函口みたいだもの。おそらく重要な書類をしまっておく場所よ。わからないのは、ここが何十年も空っぽだったのか、この三十分のうちに空になったのかってことね」

マディーは仕上げをかけたばかりの木の床についた、半円形の真新しい傷に手をすべらせた。

「侵入者が出ていく直前に階下で聞いたのはこれの音だわ。アタッチメント完全装備の六リットル用プロライン製スタンドミキサーを賭けてもいいけど、彼は何かとても重要なものを見つけて、それを持っていったのよ」

「彼女かもしれないけどね」オリヴィアは言った。「ハーマイオニ・チャタレーはこの整理だんすを動かせないかもしれないけど、もっと若くて健康な女性なら可能だわ」

マディーがランプを消してきいた。「ここに何が隠されていたかがわかれば――隠されていたと仮定しての話だけど――だれがペイン・チャタレーを殺したかわかると思う？」

「かなり真相には近づくでしょうね」オリヴィアは言った。

午前四時三十分にオリヴィアが自宅玄関のドアを開けると、スパンキーが飛び出してきた。そして階段を半分おりたところで不意に立ち止まった。

オリヴィアは呼びかけた。

「スパンキー？　わたしよ」

スパンキーはくーんと鳴きながら、階段を駆けあがって住まいに戻った。オリヴィアがなかにはいって施錠するあいだ、スパンキーは興奮した子犬のように部屋じゅうを駆けまわっていた。こんなに熱狂するスパンキーは見たことがなかった。これまでもひとりで留守番をさせたことはあるが、これほど遅くなったのは初めてだ。オリヴィアがいないせいで、保護施設にいたころのように閉じこめられた気分になったのだろう。

オリヴィアはソファに座って両腕を広げ、リビングルームに戻ってきたスパンキーを迎えた。彼はほんの一瞬ためらったあと、彼女の膝に跳び乗って体を擦り寄せた。閉じこめられたと思ったわけじゃないんだわ。捨てられたと思ったのね。

「おかしな子ね。世界じゅうのクッキーカッターをくれると言われても、あなたを捨てたりしないわよ」オリヴィアは犬のやわらかな頭の毛に頰ずりしながらつぶやいた。そろそろお風呂に入れてやらなきゃ。このにおいも、焼きたてのレモンシュガークッキーの香りと同じくらい好きになってきてはいたが、まったく同じというわけではない。

力の抜けたスパンキーを片腕に抱えてベッドルームに向かった。ちび犬はお疲れのようだ。ベッドの足元に置いてやったときも、ほとんど目を開けなかった。オリヴィアは床に服を脱ぎ捨て、ロングTシャツを着ると、上掛けの下にもぐりこんだ。枕に頭を預け、携帯電話のメッセージをチェックする。メッセージはひとつで、ローズマリー・ヨークからだった。内容はつぎのとおり。〝リヴィー、遅い時間なのはわかってるけど、デルに話すまえに伝えておきたくて。もう彼に話す必要はないわよ。マシューは三十分まえに釈放されたから。今あの子はうちにいるわ。すごく疲れてるようだったから、すぐに寝かせた。結局銃は見つからなかったそうよ。少なくとも今のところは〟ローズマリーの声は怒りで低くなった。〝きっとハーマイオニは子供たちが鳴らした爆竹に驚いて、銃を見たような気になったのよ。あの人、ちょっとおかしいんだと思うわ。とにかく、ありがとう、リヴィー、マシューのことをデルに話すと言ってくれて。でももうその必要はなくなったわ。起こしてしまったらごめんなさいね〟

オリヴィアはメッセージが録音された時間を見た。午前一時。携帯の電源を切ったあとだ。午前一時よりまえにマシュー・ファブリツィオが釈放されていたなら、チャタレー邸に侵入した人物の可能性が出てくる。それを言うならローズマリー・ヨークもだ。彼女はハーマイオニに腹を立てているようだった。それにアンティークのクッキーカッターに情熱を傾けている。名高いコレクションをさがせるよう、マシューの持っていた屋敷の鍵をコピーするのは簡単だ。

携帯電話によると、今は午前四時四十五分。オリヴィアの母ならスイッチをオフにして眠りなさいと言うだろう。母の言うことはたいてい正しい。オリヴィアは携帯のアラームを午前八時にセットして、充電器につないだ。お祭りのため、日曜日は店を臨時休業にしたので、マディーといっしょにタウンスクエア内の公園に設置する〈ジンジャーブレッドハウス〉のブースの準備に取りかかるまえに、シャワーを浴びる時間はたっぷりある。

デコレーションしたシュガークッキーの花がそよ風に揺れるなか、野原を歩きまわる自分を想像しながら、上掛けのなかに深くもぐりこんだ。バラ色のスプリンクルを散らしたベビーピンクのデイジーが、赤いリコリスの茎の上でバランスを取っている。かがんでその花を摘んだとき、背後で何かを引っかくような荒々しい音がした。オリヴィアはぱっと目を開けた。心臓がどきどきしている。だれかが住まいに押し入ったにちがいない。片肘をついて上体を起こし、耳を澄ます。スパンキーはぴくりともしていない。もしだれかが侵入したなら、忠実な番犬は侵入者を取り押さえようと、二・三キロの体で飛び出していっただろう。オリヴィアは朦朧《もうろう》としながら、整理だんすが応接間の床をこすった音を思い出していたのだ。それだけのことだ。

枕に頭を戻したが、リラックスはできなかった。何かがおかしいのはわかっていた。罪悪感のせいだ。チャタレー邸に侵入した者がいたことをデルに話さなければならない。マディーとのちょっとした冒険が、数々の物議をかもすだろうということは思いつかなかった。伝説のチャタレー家のクッキーカッターコレクションをさがしていたとはいえ、悪気はなかったのだとデルにわかってもらうのは簡単ではないだろう。でも、やらなければ。ベッドサイドテーブルをさぐって携帯電話を見つけ、チャタレーハイツ警察署の短縮番号を押した。一回呼び出し音を聞いてから、携帯電話を閉じた。何を考えていたのかしら？　まだ午前五時をすぎたばかりだ。鍵のかかったよその家で、のんきにクッキーカッターさがしをして戻ってきたにしては妙な時刻。デルに電話するのは朝まで待とう。何時間か眠れば、言うべきことも思いつくだろう。それですべてうまくいく。オリヴィアは電話をテーブルに戻し、上掛けをあごまで上げて、シュガークッキーの花畑に戻った。

16

ジュリー・アンドリュースが〝丘は生きている〜音楽の調べとともに〜（ジュリー・アンドリュース主演映画〈サウンド・オブ・ミュージック〉の歌詞）〟と大声で歌いだして、オリヴィアは深い眠りから一気に目覚め、ベッドの上で起きあがった。スパンキーが小さな肢でぴょんと立ちあがり、キャンキャンとひとしきり鳴く。ミズ・アンドリュースが音楽についての意見を繰り返し、その出どころが携帯電話であることにようやく気づいた。まだ半分眠ったまま、ベッドサイドテーブルに手を伸ばし、明かりのスイッチをさがす。そのとき、また電話が歌いだしたので、電話を開いて叫んだ。「わかった、わかったってば！」

「オリヴィア？　何があった？　すぐにそっちに行くよ」デルだった。心配そうな声だ。

「ああ、デル、ごめんなさい。ぐっすり眠っていたところを起こされたものだから。何かあったの？」

「こっちがそれをきいてるんだ」

「電話してきたのはそっちでしょ」ベッドのそばに置いている予備の目覚まし時計を見る。

「朝の六時半に」

「リヴィー、ぼくに電話をくれただろ」デルはむっとしている。

ようやく思い出した。警察署の番号を押して、呼び出し音を一度聞いたあとに、やっぱりかけないことにしたのだ。「もう勤務についているの？」

「今日はお祭りだろ。最近チャタレーハイツでは治安が守られていないようだからね。それで、どうして電話をくれたのかな？」

「ごめんなさい、デル。あなたが眠っているといけないから携帯電話にはかけたくなかったの。それに、警察署の電話に発信者番号が出るなんて思いつかなくて」

「警察署が発信者を追跡できないわけないだろう？　冗談で言ってるんだよね？」

「わたし、すごく疲れてるって言ったかしら？」

「リヴィー、言っておくけど、チャタレーハイツ警察署は最高の中古機材をそろえているんだよ」

デルのいらだちがほのかなユーモアに取って代わり、オリヴィアはほっとした。彼にはそれが必要だ。オリヴィアは大きくひと息ついて、つい何時間かまえにチャタレー邸であったことを彼に話した。マディーもいっしょだったことは省略して。

「話を整理させてくれ」オリヴィアから概要を聞いて、デルは言った。「きみはただの子供じみた興味から、チャタレー邸に行ったと言うんだね。ヴィクトリア朝様式の家なら、秘密の隠し場所があるかもしれないと思って、ひと目見たかったと。ハーマイオニが、その……留守にしているあいだに」

まあ、たしかにいくつか説明を省いたところもあるけど。「そう言われると、ちょっと冷たくて常軌を逸しているように聞こえるわね」

「まあね」

「デル、わたしはこの週末の祝賀イベントが無事おこなわれるよう、長いこと必死に働いてきたわ。カレンはあれこれ指図するし、店は目のまわるような忙しさだし……このところ楽しみがほとんどなかったのよ。だからクッキーカッターさがしという冒険を楽しみたかったの。それで納得してもらえるかしら」デルのしのび笑いが聞こえた。いい兆候だ。

「きみの話は納得できるよ。ただひとつ気になることがある。屋敷のなかをうろつく物音を聞いたと言ったね——きみ以外の人物がいたと。でもきみはすぐにぼくかコーディに電話しなかった。それはどうしてかな？」

予想していた質問だったので、うそをつく必要はなかった。それほどは。

「携帯の電源を切ってたのよ。電源を入れておくと、呼び出し音が鳴っていらいらするでしょ。だから侵入者が出ていくまで待たなきゃならなかったんだけど、なかなか出ていってくれなかったの。そのあとはとにかく早く家に帰りたくて。家に着いたのはかなり遅い時間だったから、侵入者はもうとっくにいなくなってたし、すごく疲れてたからそのまま寝ちゃったのよ」やたらとあせってるように聞こえたかしら……うしろめたそうにも。おどおどしているところをデルに見られなくてよかった。

「ふうん。いくつか話してないことがあるんじゃないか？」

「話してないこと？」

「ああ、マディーがいっしょだったこととか。ふたりで根菜貯蔵室の壁の隠し扉をこじ開けたら、土の山があったんだろう？　それと、侵入者がいなくなったあと、おもて側の応接間が荒らされているのを発見したとか、大きな整理だんすが壁から押しのけられていて、壁の小さな物入れは開けっ放しで中身は空っぽだったとか、そういうことだよ」

あらら。「マディーが話したのね？」マディーがデルに話してしまうとは思ってもみなかった。それもこんなに早く。彼女らしくないことだ。口は固いほうなのに。

「正確に言うと、ルーカスから聞いた。マディーもいっしょにいて、みじめそうにしていたよ。無理もないがね。マディーはきみに電話して相談したかったようだが、すぐに警察に行くべきだとルーカスが説得したらしい」

「強引な人ね」オリヴィアはつぶやいた。

「なんだって？」

「〝誠実な人ね〟って言ったのよ。これでルーカスはペイン殺しの容疑者リストから消せるわね」

「それで、ハーマイオニの寝室では何か見つかったのかな?」

「マディーはなんて言ってた?」

「こっちが先にきいてるんだ」

「オーケー、あなたの勝ちよ、デル。偽名らしい名前の書かれたパスポート二冊と、ハーマイオニが地元商店からくすねた品物をいくつか見つけたわ。コートのポケットには写真のはいった封筒がつっこんであった。かかとが開くようになっている靴もあったけど、なかは空っぽだった。それと、階段の下で、そうとう古い料理本を見つけたの。独立戦争のころのものかもしれないわ。写真に写ってる人でわかったのはペインとハーマイオニだけよ。今より若くて幸せだったころの。生まれたばかりの赤ちゃんの写真が一枚あったから、マディーとわたしはチャタレー夫妻が子供を亡くしているんじゃないかと思った。そう考えるのが自然でしょ。写真からは男の子か女の子かわからなかったけど」

「料理本の話はマディーから聞いていない。きみの得点だ」

「デル……わたしたち、大丈夫よね? 許可もなくチャタレー邸を調べたのは悪かったと思ってるわ、ほんとよ。でも役にも立ったでしょ。警察が見逃しそうなものをたくさん見つけたんだから。それにあの屋敷はまだわたしたちのものだという気がするの。町のみんなで維持し、修繕してきたんだから……」

「ぼくはきみを逮捕すべきなんだろうな」

デルが黙りこんだので、オリヴィアは尋ねた。「ため息をついてるの？　ため息をつかれるのはいやだけど、それってわたしを逮捕するつもりじゃないってことよね？　それともちがうの？」

「きみを逮捕することはできない。そうするとマディーも逮捕しなくちゃならなくなるからね。今日の午後のお祭りで給仕女をする人がいなくなってしまう」

オリヴィアが店の正面ウィンドウのまえでコーヒーを味わいながら、公園にブースが設置されるのを眺めていると、だれかが正面入口のドアを開けようとする音がした。スパンキーがオリヴィアの膝から飛びおり、キャンキャンと激しく吠えた。昨夜マディーとチャタレー邸の根菜貯蔵室に隠れるという経験をしたあとなので、びくびくせずにはいられなかった。心臓が早鐘を打っている。

「リヴィー、いるの？　ちょっと手を貸してくれない？」マディーの声だった。

「いま行く」オリヴィアは大声で応えた。正面入口のドアを開けると、ふくらんだキャンバスバッグを持って、マディーがよろよろと店にはいってきた。「ブースで売るのはクッキーだけだと思ったけど」オリヴィアは言った。「これはなんなの？　飾りつけ？」

「それとコスチュームよ」マディーはバッグを床に置いた。「コスチュームまで決めないとお祭りとは言えないわ。だめよ、スパンキー、そのなかにはいっちゃ」

袋のなかに手を入れ、もがくヨークシャーテリアを抱きあげると、ネックラインにギャザーを寄せた白いブラウスがからまってきた。

「この生き物をお願い」と言って、オリヴィアにスパンキーをわたす。「これを見て」

マディーは二本の細いストラップを持って、ブラウスらしきものを掲げた。胸元がかなり広く開いている。腕の付け根から肘までふくらんだ袖がついているが、肩はむき出しだ。

「これが給仕女のコスチュームその一。そしてこっちがその二」マディーは同じバッグからウエストにギャザーの寄ったロングスカートを取り出した。「あたしが作ったの。本物のシルクを使って、自然に体の線に沿って、お尻によけいなふくらみを持たせないようにギャザーを寄せてね。あたしたちの体の線はそのままで完璧だから」

「わたしたちの体の線？」

「スカートの色はエメラルドグリーンにしたの」マディーはルーカスからもらった、婚約指輪とほぼ同じ、エメラルドの〝婚約を考えると約束する〟指輪をきらめかせた。「あたしの目の色も引き立つし」

「あなたの目の色まで見る人がいるとは思えないけど」オリヴィアは言った。

「それと、ピエス・ド……ド……」

「白　眉《ピエス・ド・リジースターンス》でしょ。なんかいやな予感」

「ジャーン！」マディーはくすんだ緑色の胴着を頭上に掲げた。それは胸郭を締めあげるコルセット状の衣類で、身ごろの合わせ目を布製のひもで編みあげ、襟元で結ぶようになっている。「これをブラウスの上に着るのよ」

「これって、わたしが思ってるもの？」オリヴィアはきいた。

「だいたいはね」マディーは言った。「もちろん、本物のビスチェじゃないわよ。あれって買うと高いし、ちゃんとしたのを作るには時間がかかりすぎるから。でも、もっと時間があったら、ぜひ作ってみたかったわ」

「これは見せるだけよね？　そのやけに布地をけちったブラウスの上に、ほんとに着るわけじゃないんでしょ？　もちろんあなたに似合わないというわけじゃないけど、まだ肌寒いから風邪をひくかもしれないわよ。わたしはただあなたの体のことを考えて言ってるの」

マディーはにやりと笑って別の袋のなかをさぐった。「そしてこれが、わが友よ、あなたのコスチューム」彼女はもう一着ギャザースカートを取り出した。今度のスカートは深いティールブルー（灰色がかった青緑色）だ。

ティールはオリヴィアの大好きな色だった。でも……。「お祭りのために登録した給仕女はひとりだけで、それはあなたよ。わたしはセーターと麻のパンツと楽ちんシューズでリヴィー・グレイソンの扮装をするつもりだから」

「やっぱりね。全員コスチューム着用というカレンの命令を、あなたが無視するつもりなのはわかってたわ。だからあたしが命令してるの。それに、これは給仕女のコスチュームじゃないわよ」

「じゃあ何よ？」

マディーは袋のなかに手をつっこんで、さっきのものとよく似た白いブラウスを取り出した。

「あなたは酒場の女給に扮するの。給仕女とはちがうんだから」自分のものと寸分たがわぬ偽ビスチェも取り出す。ただし色は濃いグレーで、ひもはティール色だ。「リヴィー、これを着たら絶対すてきよ。ティールとグレーが目の色を引き立たせるわ。デルはイチコロよ。お願い、着てちょうだい」

「うーん、肩にセーターを掛けてもいいならね」たしかに色は申し分ない。ビスチェも本物というわけではないし……。

「もちろんよ！　そうだ、あたしたちのコスチュームに必要なものがもうひとつあるの」マディーは薄紙で包まれたものをオリヴィアにわたした。

オリヴィアは、元夫のライアンがごくさりげなく、ジョーニーという名のモデルのように美しい医学生との会話を披露しはじめたときに感じた敗北感を思い起こした。包みを開けて言う。「寄せ上げブラ？」

マディーはわざとらしく驚いてオリヴィアを見た。

「当然よ。時間がなくて本物のビスチェは作れなかったって言ったでしょ。でも寄せ上げブラがあれば同じ効果が得られるわ。ねえ、着てみましょうよ。すっごく楽しいわよ」マディーは袋とコスチュームをかき集め、厨房に向かった。

今度はオリヴィアがため息をつく番だった。それも盛大に。

「なんだかいやな予感がするわ。わたし、凍死しちゃうかも」

だが、デルにコスチューム姿を見られるのは悪くないと思った。それに気を取られて、マディーといっしょに無許可でチャタレー邸にはいったことを忘れてくれるかもしれない。

マディーが厨房で袋のなかのものを出しているあいだ、オリヴィアはスパンキーを短い散歩に連れていった。いつもならオリヴィアが出かけているあいだ、スパンキーは店で留守番しているのだが、今日は公園の騒がしさに動揺するのではと心配だった。スパンキーが用事をすませると、比較的静かにすごせるよう、階上の住まいに連れていった。お気に入りの場所である、リビングルームの窓の下にあるクィーンアン様式の小さなデスクの上で、お祭りを見物できるだろう。ボウルに気前よく乾燥ドッグフードを入れてやりながら、オリヴィアは言った。

「ここにいて、家を守っていてね、スパンキー。ママはこれからあなたが見たこともないものに変身するから」

コスチュームに体を押しこんだあと、マディーが〈ジンジャーブレッドハウス〉の厨房のバスルームから鏡を持ってきたので、ふたりは自分たちの姿を見ることができた。

オリヴィアは鏡を見て顔をしかめた。「これってほんとにヴィクトリア朝時代の娼婦のコスチュームじゃないの？」

「酒場の女給だってば。信用してよ。インターネットでちゃんと調べたんだから」

「色をのぞけば、あなたのコスチュームとどうちがうのかわからないんだけど」オリヴィアは小さな鏡で自分の姿をじっくり眺めた。白いモップキャップ（フリルつきのシャワーキャップのような帽子）が赤褐色の髪からすべり落ちそうになっていたのでかぶりなおす。むきだしの首には、マディーが小さな花形のクッキーカッターで作ってくれたネックレスをかけていた。そういうところはまさに創造の天才だ。それ以外の部分について言えば、寄せ上げブラはきちんと役割を果たしていたし、グレーの胴着のティール色のひもはきっちりと身ごろを締めつけていた。少なくとも痛みを感じずに呼吸することはできる。目の色を引き立たせる効果はマディーが言ったとおりで、オリヴィアの目はブルーグレーに見えた。ブラウスはなかなか魅力的で、恐れていたほど胸元が深くくれているわけではなかったが……。「このコスチュームって、ヴィクトリア朝時代というよりルネサンス時代風じゃない？　あなたのリサーチに文句を言うわけじゃないけど」

「もう、リヴィーったら、これでがまんしてよ。カレンの注文はヴィクトリア朝時代のメイドだったんだけど、それだと黒いドレスに白いエプロンでしょ。退屈すぎるわ。だから給仕女に役割を変更したの。それに、カレンが提案したコスチュームだって、チャタレーハイツの歴史とはとくに関係ないのよ。あたしにヴィクトリア朝時代のメイドの恰好をさせれば、やぼったく見えると思ったんでしょ」

「それならわかるわ」オリヴィアは言った。「わたしのコスチュームがあなたのと同じということをのぞけばね。もしかして……わたしに給仕女の恰好をさせるためのひそかな策略なの？　デルがしかけたとか？」

「ばか言わないでよ。あなたのコスチュームにはひとつ、あたしのと明らかにちがう点があるんだから。スカートの右うしろを見て」

オリヴィアはスカートの生地をまえに引っぱってきて、右の腰のまえで広げた。

「どこがちがうの？」

「そこよ」マディーはオリヴィアのスカートの裾にかけて点々とつづく、長く濃いしみを指さした。「それが酒場の女給のしるしなの。目立つように赤ワインを使ったのよ。お尻につけたのはもちろん、自分でワインをこぼすようなおっちょこちょいに見せたくなかったから。酔っぱらいがあなたに向かって引っかけたってわけ。酔ってちょっかいを出して、拒絶されたせいかもね」マディーはそばかすの散った頬を上げてにやりとした。「おもしろいでしょ？」

デコレーションしたジンジャーブレッドクッキーとクッキーカッターのディスプレーを、割り当てられたブースに運びこむころには、タウンスクエアの公園は早くも見物客でいっぱいになっていた。人ごみのあいだを縫いながら、男性の目が自分たちに注がれるのに気づき、オリヴィアはちょっとうれしくなった。〈チャタレーカフェ〉のブースを通りかかると、ふたりの給仕人がピューリタンの扮装をしていた。若い女性の給仕人がオリヴィアのコスチュームを見て親指を上げる。彼女は自分のコスチュームを指さして、目玉を上に向けてみせた。

隣のブースでは、〈ピートのダイナー〉のオーナーのジョーがミートボールのサンドイッチとホットコーヒーを売っていた。着ているのはいつもの服、ジーンズとしみのついたTシャツだ。彼のもとで長年ウェイトレスをしているアイダは、一九五〇年代のダイナーから抜け出してきたような、赤いチェックのパフスリーブのワンピースに小さな白いエプロン。アイダは七十代だが、六十年もウェイトレスをやっているので、そういうユニフォームもあっさり着こなせるのだろう。オリヴィアがブースのそばを通りかかると、アイダに手招きされた。

「リヴィー・グレイソン、あんたが娼婦みたいな恰好してること、母さんは知ってるのかい?」

「えっと……」

「冗談だよ」アイダは言った。「ところで、町長があんたをさがしてたよ。いつもよりさらに敵意むきだしだったね。あの女は性格に問題を抱えてるよ」

「知らせてくれてありがとう」アイダの気むずかしさもいい勝負だとは言わずにおいた。

「あなたのコスチューム、すてきね」

「クロゼットにあったのさ」アイダは言った。「サイズは変わってないし」

マディーはもうその先の〈レディ・チャタレー・ブティック〉のブースにいた。そこに一九二〇年代風のスリムで真っ赤なドレスを着た、友だちのローラがいるのだ。マディーは手招きしてオリヴィアを呼んだ。「耳寄りな話よ、リヴィー」

ローラはだれにも聞かれていないかたしかめるように、ふたりの頭の向こうを見た。そして満足すると、マディーとオリヴィアに顔を寄せた。

「うわさなんだけどね」ローラは色っぽい低い声で言った。「われらが町長はその昔ペイン・チャタレーと関係していたらしいのよ。このチャタレーハイツでね」

オリヴィアは急いで計算した。「ペインとカレンはけっこう年齢差があるんじゃない？それってヨーロッパにわたってからのことじゃないの？」

ローラは首を振った。黒っぽいつややかな髪とスミレのような色の目をした彼女は、ネズミを見つけた風変わりな猫のように見えた。

「ペインは実際の年齢より若く見えた。そしてカレンは……あのとおり、もうすぐ四十七歳の女性にしてはすばらしく見た目がいいわ。でも、ふたりの関係は許されないものだった。

それでペインはヨーロッパに旅立ったの」

マディーが小さく息をのんで言った。「つまりカレンは……」眉間にしわを寄せて考えこむ。「ペインがヨーロッパに行ったのは二十四、五歳のときよね。カレンは十代だったんじゃない？」

「やっと十六歳というところだった。彼女が妊娠してたのかどうかはわからないけど、ペインが急いでヨーロッパに逃げだすには、彼女の年齢のことだけで充分だったのよ」

「それってほんとのことなの？」

オリヴィアがきいた。もしほんとうなら、カレンがペインを憎む大きな理由になる。カレン・エヴァンソンとカリン・イーヴンソングが同一人物だとすると、彼女は美術学校にはいるためではなく、ペイン・チャタレーを追いかけるためにヨーロッパに行ったのかもしれない。

「リヴィー、わたしは〈エレガントなレディのためのレディ・チャタレー・ブティック〉で働いてるのよ。エレガントなレディたちはおしゃべりが好きなの。大丈夫、わたしの情報源は信用できるわ。カレンのクラスメイトで、友だちだった人よ。今はもうつきあいはないらしいけど、カレンのことでうそをつく理由はないわ。実際、その話をしてくれたとき、彼女はまだ昔の友人に対するペイン・チャタレーの仕打ちに腹を立ててたんだから」ローラのきれいな目がマディーの頭の向こうにちらりと向けられた。「うわ。カレンがこっちに来るわ。

ちょうど、……あなたをさがしてるのよ、リヴィー」

オリヴィアとマディーは仕事道具のはいった袋をつかみ、公園の中央付近にある野外音楽堂のほうに向かった。〈ジンジャーブレッドハウス〉のブースは無人で、クッキーカッターの花綱や色とりどりのアイシングでデコレーションされ、トレーにならべたジンジャーブレッドクッキーで、にぎにぎしく飾りたてられるのを待っていた。カレンは気むずかしいが、ブースの設置場所を昔風の街灯の近くにするだけの思いやりはあるようだ。暗くなっても街灯の明かりでカッターがきらめくように。

マディーはジンジャーブレッドマンのカッターを通したリボンの片方の端を、ブースの上方の隅に留めつけた。そして公園全体を見わたした。

「警戒警報。カレンを確認。どんどんこちらに接近中。自然にふるまって」

「あなたには簡単でしょうね」オリヴィアは言った。「カレンがねらってるのはあなたじゃないもの。なんでわたしがねらわれるのか、理由が知りたいわ」肩越しに振り返ると、カレンが意を決した様子で近づいてくるのが見えた。「ねえ、彼女のうしろにいるのは母さんじゃない？」

「そのようね」マディーが言った。「エリーが助けてくれるわよ！　うわあ、フラッパー風の細身の服がよく似合ってる。すとんとしたドレスを着てあんなにエレガントに見えるなんてうらやましいわ。でも細くて骨格がきゃしゃじゃないとだめよね。ドレスのフリンジが揺れてる。かなりの速さで歩いてるみたいね」

「カレンに追いついたわ」オリヴィアが言った。「うわ、ふたりともこっちに向かってる。実の母親までわたしに腹を立ててるの？　わたし、どうしたらいい？」

カレンとともに〈ジンジャーブレッドハウス〉のブースにたどり着いたエリーは、安心させるように娘に微笑みかけた。「クッキーカッターの花綱ね。とてもいいアイディアだわ。お祭りで人気のブースのひとつになるでしょうね」

「ほかにも人気ブースがあるような言い方ね」オリヴィアはケーキ型のふたを開け、紫と黄色でジンジャーブレッドハウスが描かれた大皿にクッキーを移しながら言った。

「あなたたちのコスチュームはやりすぎよ」カレンが言った。「ヴィクトリア朝時代のメイドが人前でこんな服装をしたら死ぬほど恥ずかしがるわ」

「自信を持って言うけど」マディーが険悪な声で言った。「どっちにしろヴィクトリア朝時代のメイドはみんなもう死んでるわ」

カレンはそれを無視してオリヴィアに言った。

「あなたをさがして公園じゅうを走りまわったのよ。祝賀イベント実行委員会のメンバーにしては、ずいぶんと時間にルーズね」オリヴィアが反論するまえにカレンはつづけた。「でも今そのことはどうでもいいわ。祝賀イベント実行委員会のメンバーは、お祭りが終わったあとで会合をするってこと、知ってるわよね。それを確認したかったのよ」

「また会合？」オリヴィアはなんとか声に落胆が表れないようにした。

「この週末について、できるだけ早く反省点を話し合う必要があるのよ。記憶が新しいうちにね。つぎのときは失敗を繰り返したくないから」

オリヴィアは袋からさらにクッキーを出し、ジンジャーブレッドマンの形のトレーを選んだ。

「あなたはどうだか知らないけど、わたしはあと二百五十年もこの世にいるつもりはないわ」

「わたしが言いたいことはわかるでしょ。花火が終わったらコミュニティセンターで会合を開きます。委員会のメンバーは、わたしが祝賀イベントの終了を宣言する短いスピーチをしているあいだに、センターに向かってちょうだい。ローズマリー・ヨークがコーヒーを淹れてくれる約束になってるわ。食べ物は充分詰めこんでいるだろうから、軽食は必要ないでしょう。今日の午後はアルコールを飲みすぎないようにしてよ。みんな頭をはっきりさせておいてもらいたいから」力強くうなずいて話が終わったことを示すと、カレンはくるりと背を向けた。ほったらかしにされて野外音楽堂のなかに集まっている、マドリガル・シンガーたちのグループのほうに向かうようだ。

カレンが話の聞こえないところに行くまで待ってから、エリーが言った。

「かわいそうなカレン。そうとうストレスがたまってるのね。気分を明るくしてあげようとしてみたけど、お祭りが終わるまではリラックスしないと決めてるみたいなの」

オリヴィアはエリーに顔を寄せて声を低くした。「母さん、カレンとペインが、その、つきあってたなんて話、今まで聞いたことある？　ちょうどわたしが生まれたころの話らしいんだけど」

歩き去っていくカレンのうしろ姿を見ながら、エリーは言った。「あのころはすごく忙しかったけど、ええ、そのことならたしかに聞いたことがあるわ。でも、今さら取りざたするような話かしらね。昔の痛ましいうわさを蒸し返すことになるだけだし、カレンは今それどころじゃないもの」エリーのきびしい口調に、オリヴィアは子供時代に引き戻された。「カレンは純真な農家の娘だったの。あなたには想像できないでしょうけどね。でも人は変わるものよ……あれから何年かしら？　少なくとも三十年以上はたってるわね。時間がたつのはほんとに……」

「母さん、くわしい話を聞きたいんだけど。日が暮れるまえに」

エリーは娘に向かってとがめるように片方の眉を上げた。

「もう、リヴィーったら、あなたがスキャンダル好きだとは思わなかったわ」

「今のコメントは聞かなかったことにする」オリヴィアは横柄に頭をそらして言った。モップキャップがすべり落ち、効果を台なしにした。マディーがくすくす笑いながらキャップを拾い、オリヴィアの頭にかぶせてやる。「重要なことじゃなければきかないわ」オリヴィアは言った。「カレンとの関係が原因で、ペインは国を出たの？　カレンは妊娠してたの？」

「カレンがこんなに時間がたったあとでペイン・チャタレーを殺したかもしれないと思っているの？　どうして？　カレンは自分の思ったとおりに生きてるわ。たいへんな野心家だもの。それに、わたしの知るかぎり、妊娠はしてなかったはずよ。彼女が復讐のためにペインを殺したと思ってるんなら」

「ねえ、思ったんだけど」マディーが言った。「カレンは下院議員選挙に出馬するつもりなんでしょ？　過去に堕胎してたなんてことになれば、よく思わない有権者もいるかもしれないわ」

エリーが首を横に振り、長いグレーの髪が外に向かって揺れた。

「カレンの母親のアイリスとは知り合いだったの。同じキルトのサークルにはいってたのよ。カレンが精神的につらい思いをしたにもかかわらず、高校に通いつづけたことを、アイリスは誇りに思っていた。卒業まで一日も休まなかったのよ。カレンはいつだってとても注目を集めてきた。エヴァンソン家は裕福じゃなかったけど、カレンは大学に進み、成功を手に入れようと今も努力してる」

オリヴィアはクッキーを皿にならべ終え、その上にラップをかけた。

「〝裕福じゃなかった〟って言ったけど、エヴァンソン家はお金に困っていたの？」

「典型的な農家の家庭よ」エリーは言った。「豊作の年もあれば不作の年もあるけど、なんとかやっていたわ。アイリスは腕のいいお針子でね。カレンの服は彼女のお手製だったし、チャタレーハイツのたくさんの女性たちが仕事をたのんでた。実を言えば、当時アイリスとは親しかったけど、カレンのことはそれほど知らなかったの」

母はアイリスのことが好きだから、カレンの専制的な態度を大目に見ているのかもしれない、とオリヴィアは思ったが、それは胸にしまっておいた。エリーの人を見る目はたしかだが、彼女とて人間だ。そろそろ話題を変えるべきだろう。

「ねえ、母さん、野外音楽堂でマドリガル・シンガーたちといっしょにいるのはアランじゃない？」

エリーの顔が明るくなった。「アランがずっと家にいてくれるのはすばらしいわ。でも、あの人、根っからの社交家だから、参加するきっかけをさがしてたのよ。あの人のバリトンはほんとうにすてきなの。それにひきかえ、ほかのマドリガル・シンガーたちはほんとうに……」

「聴くにたえない？」マディーが言った。

「バリトンのパートが少し弱いと言おうとしたのよ」エリーは言った。

「テノールとバスもね」とオリヴィア。「男性シンガーはひとりしかいないんだもの。それがアランってわけだけど」

「もうすぐジェイソンが町に戻ってくるでしょ。あの子がテノールを歌えばいいわ。継父とすごすのはあの子にとっていいことだもの」

気の毒なジェイソン。だが、彼の余暇について母が計画していることを弟に警告するつもりはなかった。だっておもしろいじゃない？

お祭り開始から二時間後、ジンジャーブレッドクッキーは半分になっていた。「うわ」マディーが言った。「飛ぶように売れていくわね……デコレーションクッキーみたいに」

「わたしはいつだってホットケーキよりデコレーションクッキーを選ぶわ（「飛ぶように売れる」ことを「ホットケーキのように売れる」と言う）」オリヴィアは言った。商売道具を入れた袋に手をつっこみ、クッキーでいっぱいのふたつきケーキ型を取り出す。そのとき、カシャカシャという音が連続して聞こえた。ビニー・スローンが操るカメラの音だとわかった。ビニーはオリヴィアの胸にカメラを向けていた。

「ありがとう。いちばんいい写真を選ばせてもらうわ。〈ザ・ウィークリー・チャター〉のわたしのブログをチェックしてね。それでヒット数がかせげるから」

オリヴィアは辛辣な返答をのみこんだ。ビニーのことだから、記録して写真といっしょにブログに載せるに決まっている。

「マスコミ用の無料クッキーはないの？」ビニーは許可も得ずにクッキーを二枚つかんだ。アイシングのついた面を内側にしてサンドイッチのように重ね、二枚まとめてかぶりつく。

「悪くないわ」と口をいっぱいにしたまま言った。

マディーがオリヴィアを横目で見て、クッキーのトレーをビニーから遠ざけた。

「ほかにもいい写真は撮れたの、ビニー？」

「ブログを見て自分でたしかめてよ」

「あたし、このところずっと忙しいの」マディーは言った。「わざわざあなたのブログを見たいと思わなくちゃいけない理由を教えてほしいわね」

ビニーは遠ざけられてしまったクッキーを見た。「クッキーをちょうだい。そうすれば理由を教えてあげる」

マディーが店用の紙ナプキンを使ってクッキーを一枚つかみ、ビニーにわたすのを見て、オリヴィアは微笑んだ。さすがはマディーだ。トレーごとわたせば、ビニーはできるだけたくさんクッキーをつかむだろう。

ビニーの得意げな笑みが消えた。それでもクッキーは受け取った。

「町長のいい写真が撮れたわ。あの人、少し自制ってものを身につけたほうがいいみたいね」気をもませる発言をして、ジンジャーブレッドマンの頭をかじり取り、肩、胸と食べ進める。そしてくるりと背を向けて歩き去ったが、その頬は口にはいりきらないほどのクッキーをつめこんだようにふくらんでいた。

「自制を身につけたほうがいいのはだれよ？」オリヴィアは小声で言った。地元のマスコミを敵にまわすとろくなことがないからだ。ビニーはカメラとテープレコーダーを持っているし、使い方も知っている。マディーはオリヴィアのコメントを聞いてしのび笑いをした。

「でも気になるわ」ビニーが行ってしまうと、オリヴィアは言った。「どうしてカレンは自制心を失ったのかしら。だれに対して？」


午後も半ばになると、お祭りの参加者たちの興奮も収まってきた。マドリガル・シンガーたちは声が出なくなり、見物客を満載した何台ものバスが出ていき、チャタレーハイツのタウンスクエアの公園は人影がまばらになりつつあった。明日は月曜日だし、だんだん肌寒くなってきたので、夜の花火を見物するのは疲れた地元民ばかりかもしれない。お客が減ったのはかえって都合がよかった。〈ジンジャーブレッドハウス〉のブースにあるデコレーションクッキーが残り少なくなってきたからだ。

「ねえ、ヘザーとマシューよ」〈ピートのダイナー〉のブースを指さして、マディーが言った。「マシューはそれほどへこんでるようには見えないわね」

「ふたりのすぐうしろにローズマリーもいる」オリヴィアが言った。

こちらを見たヘザーにマディーが手を振った。ヘザーは手を振り返してマシューの腕をつかみ、こちらのブースに向かってきた。

オリヴィアは少なくなったクッキーの在庫を見た。「みんなあんまりお腹をすかせてないといいけど」

マシューがクッキー二枚ぶんの代金をマディーに払うあいだ、ヘザーはひっきりなしにしゃべっていた。ローズマリーはオリヴィアのそばにたたずみ、若いカップルを微笑ましく見守っている。「おたくのクッキーは相変わらずおいしそうね」ローズマリーは言った。「でもわたしはお腹がいっぱいで」

「マシューは立ち直りました？」オリヴィアは尋ねた。

「ええ、かなりね。あんなことがあったにしては……」

ローズマリーの笑顔が消えた。オリヴィアは彼女の目が腫れていることに気づいた。

「あなたはどうですか？」

「あら、わたしなら大丈夫よ。もちろん、マシューはまだ疑われているけど、検査で銃を発砲していないことがわかって釈放されたの。保安官の話だと、今朝あの屋敷と敷地内をもう一度捜索したところ、二個の薬莢《やっきょう》が見つかったそうよ」

「じゃあ、だれかが発砲したことはたしかなんですね」オリヴィアは言った。「そしてそれはマシューじゃなかった」

「そのようね」ローズマリーは片肘でブースのカウンターにもたれた。

「ほっとしているようには見えませんね。ほんとにクッキーはいらないんですか？」オリヴィアはローズマリーのほうにクッキーのトレーを少し押した。

「そそられるけど、けっこうよ。この何週間か、コミュニティセンターは砂糖でいっぱいだったから。マシューのことではとてもほっとしてるわ……とりあえず、今のところは。でも、告げ口したことをちょっと後悔しているの。高校時代のクウィルとペインにわたしが何をしたか、あなたに話さなければよかったと思って。おかげでわたしはクウィルを容疑者にしてしまった」

「ローズマリー、彼は実際に容疑者なんですよ。答案用紙の名前を入れ替えることを指示したのがペインだとすれば、クウィルにはペインを憎む大きな理由があったんですから」

「ええ、それはそうよ」ローズマリーは力強く言った。「でもクウィルのことが気の毒で。彼はペインの罪をかぶった。なぜそうしたのか、わたしにはわかる」

オリヴィアはためらった。どうすれば情報目当てと思われずに、ローズマリーにその先をしゃべらせることができるのかわからなかった。

「もしクウィルに罪をかぶる理由があったなら、ペインを殺す動機が弱くなるかもしれませんよ」

「そうね」ローズマリーは言った。「ええ、そうかもしれない」まだマディーと話をしているマシューとヘザーから少し離れる。オリヴィアはブースの裏口を指し示した。ローズマリーはうなずき、ふたりはブースの裏で合流した。お祭りが終わりに近づいている今、人目はほとんどなかった。

「クウィルは内気で女の子とうまくつきあえなかったの」ローズマリーは言った。「でもペインは人気者だった。ハンサムで調子がよかったから、女の子たちは彼に惹かれた。ふたりが友だちになると、クウィルはペインとダブルデートをするようになったの。ペインがテストでクウィルの答案をカンニングしているのに気づいたわたしは、ペインがその見返りとしてデートのお膳立てをしてあげていたのではないかと思った。クウィルは買収されていたことすらわかっていなかったんじゃないかしら。あの年ごろにしてはとても純真だったから」

「クウィルがカンニングの罪をかぶったあとも、ペインは彼のためにデート相手を見つけてあげていたんですか？」オリヴィアはきいた。

「ええ、そうよ。この情報でクウィルが助かるかもしれないと思うのはそこなの——彼はその取り決めで利益を得ていたから。それでクウィルがよろこんでいたとは思えないけど……」ローズマリーは肩をすくめた。

「それは役に立つかもしれません」

オリヴィアは言った。そう信じているからというより、ローズマリーを安心させるために。クウィルには暗くてくよくよ考えてばかりいるという印象がある。彼は望んでいた学歴と立派な仕事を得ることができず、長いあいだ苦しんできた。ペインのおかげでデートを経験できたからといって、それがクウィルの役に立ったとは思えない。彼は結婚していないのだから。実際、オリヴィアは彼が女性を軽蔑しているのだと思っていた。だが、まちがっていたようだ。

「ローズマリー、もしかしてクウィルは……その、彼が女の子とデートしたがっていたなんて想像がつかないわ。だれかとつきあったことがあるなんて、聞いたことがなかったから」

「でも結婚はしていない」ローズマリーは人が減りつつある公園を見わたした。

「彼はほんとうに女の子が好きだったんですか？」

「それはたしかよ」ローズマリーは下を向いて表情を隠したが、オリヴィアはその顔つきがこわばるのを見た。「ええ、リヴィー。あなたの言いたいことはわかる。もしクウィルが女の子に興味を持っていなかったなら、ペインはデートのお膳立てをしたところでクウィルに見返りを与えたことにはならない」ローズマリーは悲しげな目を上げてオリヴィアを見た。

「でもクウィルはもてたがっていた。でも、魅力的じゃなかったから、女の子たちに見向きもされなかったのよ。それどころか、からかわれ、恥をかかされていた。だから……」ローズマリーは身震いして薄手のジャケットを胸のまえでかき合わせた。「わたしは彼を守ろうとしたの。ペインがカンニングしていることを証明しようとして手を尽くした。おそらくそのせいで……」

「クウィルはあなたに恋をしたんですね？」ローズマリーにとっては予想外のことだったらしい。「そんなに驚くようなことではないわ」

笑みを浮かべたせいでローズマリーの表情がやわらかくなり、はっとするほど濃いハシバミ色の目に吸い寄せられる。

「わたしだってずっと五十八歳だったわけでも、いつも寝不足だったわけでもないのよ。わたしはクウィルがしたことはまちがっていると思った。彼をかわいそうに思った。でも、突然告白されるまで、彼の気持ちには気づかなかった。わたしはほかにつきあっている人がいると言うしかなかった。彼はそれを聞いて落ちこんだわ。若いからきっと乗り越えてくれると、わたしは自分に言い聞かせた」

「クウィルはあなたに遊ばれたと思ったのかしら？　それで女性とのつきあいを避けるようになったとか？」

重いため息をついたあと、ローズマリーは言った。

「いいえ、それはないわ。クウィルはわたしに気持ちをぶつけてはこなかったし、つきまとったりしたわけでもない。でも、こんなことは言いたくないけど、いつだってわたしにはほかの女性に接するときよりやさしかった。いま思うと悲しくなるわ」

「クウィルがペインのカンニングの罪をかぶったことを明かしたのはあなただってこと、クウィルは知ってるんですか？」

「保安官に事情聴取されたとき、すぐにわたしだとわかったみたい。あの夜彼はコミュニティセンターに来たの。わたしは説明しようとしたけど、彼に止められた。マシューを守らなければならないのはわかってるからって。声を荒らげることさえしなかったわ」ローズマリーは期待をにじませてきいてきた。「あれだけ落ちついているってことは、クウィルにはやましいことがない証拠よね？」

「だといいですね」オリヴィアは言った。

「クッキーはあと九枚よ」マディーが言った。「お腹がすいてきちゃった」トレーからクッキーを一枚取る。〝囚人シリーズ〟の一枚、ストライプの囚人服を着た、走るジンジャーブレッドマンのクッキーを。「この人はふたつの理由で運が悪かったわね。まずストライプがフクシア色とレモンイエローだから、つかまることは目に見えていた。そしてもうひとつは……」マディーは膝から下をかじり取った。

「あなたにそんな残酷なところがあるなんて知らなかったわ」オリヴィアが言った。

「あら、知ってたくせに」クッキーを口に詰めこみすぎたせいで、マディーの発音は聞きづらかったが、意味は通じた。

「やあ、きみたち《キッズ》、楽しんでるかい？」デルがブースの角を曲がってやってきた。マディーが持っているクッキーの、ストライプの服を着た上半身と、フクシア色のキャップをかぶった頭に目をやる。「そいつをさがしていたんだ」

「カレンが任務から解放してくれたの？」オリヴィアがきいた。

「そんなわけないだろう」デルは財布から一ドル札を取り出した。「給仕女がいるって聞いたから、クッキー休憩をとることにしたんだ。ところで、とてもすてきだよ、きみたち」彼は走るジンジャーブレッドの囚人の最後の一枚をよけて、オレンジ色のカボチャを選んだ。「これがいちばん大きそうだ」

「ハーマイオニはなにかしゃべった？」オリヴィアがきく。

「まだ集中治療室にいる。救急車でジョンズ・ホプキンズ大学付属病院に運ばれたよ。話を聞けるようになるまで少し時間がかかるだろう。話せるようになっても、動揺させるような質問はさせてもらえないだろうな」

「じゃあ、わたしが彼女の力になることはできないのね」オリヴィアは言った。

「きみはよく手伝ってくれたよ、リヴィー」

「まだわたしたちのこと怒ってる？」

デルはクッキーをかじり、黙って味わいながら食べた。

「大目に見てよ、デル」マディーが言った。「あたしたち、あの屋敷で興味深いものを見つけたんだから」

「でも事件の突破口になるようなものは何もなかった。その一方でこう言うこともできる。だれも痛い目にあわなかった。だから、おいしいクッキーと給仕女のコスプレに免じてだいたいのことには目をつぶろう」

「言っておくけど、わたしは酒場の女給ですからね」オリヴィアはデルに向かってクッキーくずをはじいて言った。

「ますますいい」ポケットベルが鳴り、メッセージを読むとデルは言った。「行かなくちゃ。女王陛下からの呼び出しだ。実はリヴィー、きみに会いにきたのは、花火のあとで遅いディナーでもどうかと思ったからなんだ」

「そうできたらいいんだけど、無理だわ。女王陛下がまた祝賀イベント実行委員会の会合を招集したの。イベントの反省だか見直しだかをするための。退屈な会になりそう」

「終わったあとで気分直しが必要だよ。それに明日は定休日だ」デルは言った。「会合の場所は？　店かい？　ぼくが助けにいくこともできるよ」

「コミュニティセンターの、ジンジャーブレッドハウスが展示されている部屋よ。ぜひとも助けにきてほしいわ。この期《ご》におよんでまた委員会の会合なんて、退屈でうんざりするに決まってるもの」オリヴィアはディスプレーの台をはさんでデルに身を寄せ、短いキスをした。

デルのポケベルがまた鳴った。彼は微笑みながらブースからあとずさった。

「じゃあ、あとで。目の保養になったよ！」

デルが公園を駆け抜けていくと、聞き慣れたハスキーな笑い声がした。オリヴィアは声のしたほうを向いて言った。

「ストラッツ！　いいじゃない、その恰好。寄ってもらいたいと思ってたのよ。ジェイソンをまた雇ってくれると言ってくれたあなたには、クッキーを無料で提供しないとね。あの子に暗い顔でうろつかれたら、母さんとアランがたまらないでしょ」

ストラッツ・マリンスキーは、チャタレーハイツ唯一の自動車整備工場のオーナーにして、腕のいい修理工だが、とてもそうは見えなかった。いつものオイルで汚れたジーンズとTシャツではなく、チョコレートブラウンの上等なウールで仕立てたエレガントなパンツに、同じ色のセーター姿だったのだ。長身でスリムな体型が存分に引き立つ服装だ。動いているエンジンの部品にからまないよう、いつもはポニーテールにしてあるダークブロンドの髪は、ふわりと肩にかかっている。

「ええ、ジェイソンをまた雇ったのは、エリーを悩みから解放するためよ。彼がメリーランド一の修理工だからじゃないわ。これは聞かなかったことにしてね。ところで、そのクッキーをいただくわ。お腹がぺこぺこなの。トレーにあるのを全部ちょうだい。充分夕食になるでしょう」彼女はオリヴィアに七ドルわたした。「ねえ、あなたかマディー、どっちでもいいけど、カレン・エヴァンソンを見た？　明日の朝は走れないと彼女に伝えたいんだけど。今夜遅くにデートがあるから」

「カレンにならあとで会うわよ。メッセージを伝えておくわ」オリヴィアは言った。

「よかった。ありがと」

「あなたたちが友だちだったとは知らなかったわ」オリヴィアは空のトレーからクッキーのくずを払い、キャンバスバッグにしまった。マディーは話の聞こえるところで、ブースの片づけをはじめた。

「ええ、長いつきあいよ。幼稚園のころは親友だったわ。共通点が多かったの。ふたりとも農場育ちで、普通なら男がやるような作業をしていたし」

「じゃあ今も親しいの？」

「親しいかどうか……カレンはあんまり人を寄せつけないのよね。思っていることを話せとかうるさく言わないから、わたしといると楽なんだと思う。考えてみれば、たぶんわたしが彼女といて楽なのもそれが理由だろうな。まあ、彼女はもう少し力を抜いたほうがいいと思うけどね。あの人、なんでもかんでも深刻に受けとめるじゃない？」

「母さんも同じことを言ってたわ」オリヴィアは言った。「カレンは自分のこととなると秘密主義みたいね」

「たしかにね」ストラッツは言った。「やたらと感情的にならないのはえらいと思うけど、わたしがカレンの家に入り浸っていた幼いころをのぞけば、彼女の人生について、わたしはほとんど知らないのよ。彼女のお父さんとお母さんはカレンと正反対の気取らない人たちで、自分たちの生活に満足していたわ。娘をとても愛していた。ちょっと変わった子だったけどね。お父さんは陸軍にいたころの話をよくしてくれたっけ。一九六〇年代にはドイツに駐屯していたの。カレンのお母さんもしばらくそこでいっしょに暮らした。そしてカレンが生まれた」

「カレンはドイツ生まれなの？　知らなかったわ」

「彼女のお母さんが話してくれなかったら、わたしも知らなかったでしょうね。お母さんは話したくてたまらなかったみたいだけど」ストラッツはクッキーの袋をのぞきこんで、大きく息を吸いこんだ。「うーん……ひとりになれる場所を見つけて、このきれいなクッキーをがつがつ食べたいわ。じゃあ、カレンへのメッセージのこと、よろしくね」

「ストラッツ、ひとつききたいことがあるの。ただの好奇心できいてるだけだから、答えたくなければ答えなくていいんだけど」

「好奇心ならしかたないわね。何かしら？」

「カレンのことなの。実際にはビニーが言ってたことなんだけど。カレンは自制を身につける必要があるって。どういうことかわかる？」

　意外なことに、ストラッツは笑った。「その事情ならすっかり知ってるわ。わたしもその場にいたから。カレンに言ってやったの、〝ビニーの挑発に乗っちゃだめよ。相手から反応を引き出そうとして、話をこしらえてるだけなんだから〟って。でもカレンは自分を抑えられなかった。ブチ切れたのよ」

　オリヴィアは興味津々だと思われたくなかったので、ストラッツが袋からクッキーを一枚取り出してかじるあいだ、じっと黙っていた。ストラッツがひと口だけでやめてくれたのでほっとした。

「それが妙な話なの。ビニーがカレンに言ったひと言が引き金だった。ビニーはいつも持ち歩いてるあの小さなメモ帳を取り出して、書きこみを読んでるようなふりをした。そしてカレンにきいたの。ペイン・チャタレーが火曜日に町に来るまで、彼を知らなかったのはほんとうなのかって。〝知らなかった〟ということばをいつものように感じ悪く強調しながらね。するとカレンは腹を立て、ビニーはメモ帳に何か書きはじめた。カレンはメモ帳をつかんで全部のページを引きちぎったの。そしてびりびりに破いてまき散らした。カレンはたしかに冷静さを失ってたけど、いま思えば、わたしは心のなかで彼女を応援してたわ。でも、あれはいつかカレンに返ってくるわね。ビニー・スローンは復讐するタイプだもの」

17

オリヴィアの頭のなかはじっとしていられない幼稚園児のような状態だった。短時間に大量の情報がはいってきたからだ。なんとしてでもマディーとともにすべてを検証する必要がある。店の厨房にいて、デコレーションクッキー作りをしていられたらよかったのに……それなら、店に戻ればいいのでは？　クッキーを作る時間はなくても、ふたりきりにはなれるわけだから。お祭りはまだゆるゆるとつづいているが、〈ジンジャーブレッドハウス〉のブースにもうクッキーは残っていない。このままブースを開けていても、お客さんをがっかりさせるだけだ。

「マディー、カレンの姿を見た？」

「あなたがローズマリーと話をするためにブースの裏に行ってから見てないわ。彼女、かわいそうなデルを引っぱっていったわよ。まさかカレンと話がしたいって言うんじゃないでしょうね」

「ううん、彼女がそばにいないことをたしかめたかっただけ。わたしはあなたと話がしたいの。できれば食べ物を囲みながらふたりきりで。集めた情報を検証する必要があるのよ。でも公園じゃ人目がありすぎる」

「いいわね」マディーが言った。「ペインを殺した容疑者の目星がついたの？」

「まだつながりの見えない情報で頭のなかがいっぱいだから、それを整理したいの。早めにブースを閉めて店に戻りましょう。二階の住まいにこもって、スパンキーをおともにブレインストーミングよ」

「最高。食べ物のことはあたしにまかせて。アイダが来て言ってたの。ミートボールサンドイッチが売れ残りそうだって。急いで〈ピートのダイナー〉のブースに行って、サンドイッチを三つ仕入れてくるわ。ふたりでひとつずつ食べて、残りのひとつは冷凍しておけるように。たまにはピザじゃないものもいいでしょ」

「わたしはピザが好きよ」

「ええ、それはみんな知ってるわ、リヴィー。じゃあ、すぐに戻るから」

マディーが夕食を仕入れているあいだ、オリヴィアは空のケーキ型と皿とクッキーカッターの花綱を荷造りした。売り上げはかなりの額にのぼり、ほとんどが現金だった。それをジッパーつきの袋に入れていると、マディーが大きめの袋をふたつ持って戻ってきた。ステンシル印刷で〈ピートのダイナー〉と書かれたテイクアウト用の袋だ。

「これで飢えることはないわ」マディーはにっこりして言った。「カレンがまた姿を見せるまえに、クッキーブースから消えましょう」

　重い荷物を抱え、オリヴィアとマディーはまばらな見物客たちを避けて〈ジンジャーブレッドハウス〉に向かった。明るい黄色のクィーンアン様式の家が近づくと、オリヴィアはいつものように気分が高揚した。この家に心臓をわしづかみにされていた。ここ以外の場所に住むことなどもう想像さえできない。

　オリヴィアが店の鍵を開け、ふたりは厨房に向かった。作業テーブルの上にバッグを置く。

「片づけは明日の朝やればいいわ。店は休みだし」オリヴィアは言った。「急いでスパンキーに散歩をさせちゃうわね。そのあとで食事にしましょう。遠くまでは行かないわ。よそから来た人がたくさんうろついてるから」

「今夜のコミュニティセンターでの会合は、どうしても行かなきゃいけないの？」

「ええ、行くつもり」オリヴィアは言った。「でもこれが最後よ」住まいのドアを開けて、飛び出していこうとするスパンキーをつかまえた。もがく犬をしっかり抱いて言う。「腕を上げたわね、ちびくん。痛っ」暴れるスパンキーの爪に引っかかれて、オリヴィアのむき出しの肩に赤い線がついた。「この仮装、じゃなくてコスチューム、早く脱ぎたいわ」

「まだだめよ」マディーが言った。「理由は散歩から戻ったら教えてあげる。あたしは厨房で汚れ物を片づけてるわね」

　庭を少し歩きまわると、スパンキーはもう家に戻りたがった。公園の騒音が気に入らなかったのだ。オリヴィアは犬を抱えて、マディーのいる店の厨房に戻った。

「もうビニーのブログがアップされてるころね」オリヴィアはマディーを見るなり言った。

「給仕女は〈ジンジャーブレッドハウス〉の厨房で食器洗浄機に汚れ物を入れてる。気になるところだわ。彼女はパソコンを開けたのか？」

「開けてないわよ。ところで、サディーおばさんからの贈り物があるの」マディーはコスチュームを運ぶのに使った袋のひとつに手を入れた。たたんだ白い布を取り出し、それをちらりと見たあと、いらだたしげに首を振りながら袋のなかに戻す。

オリヴィアは食器洗浄機に汚れ物を全部入れて洗剤を注いだ。スタートボタンを押したとき、マディーが言った。

「はい、これでコスチュームを着るのが楽しくなるわよ……」上等な白いウールを抱えている。

「何それ？」

「まだコスチュームを着たままでいなくちゃならない理由はこれよ。サディーおばさんがあたしたちのために刺繍つきショールを持たせてくれたの。エプロンに転向するまえはショールに刺繍をしてたのよ。何十年もしまってあったんだけど、防虫剤のにおいを消すためにおばさんが手洗いしたの。あたしたちに持っていてほしいんですって。あたしのは先に選ばせてもらったわ」マディーは一枚のショールをオリヴィアの肩に掛け、もう一枚を自分の肩に掛けた。

「やわらかくて肌触りがいいわ」オリヴィアはスパンキーをマディーにわたし、肩からショールをはずして刺繍の絵柄を見た。「ピンクと紫のトケイソウの花束ね。ゴージャスだわ。あなたのは？」

「おばさんはあたしたちにロマンティックな絵柄を選んでくれたの」マディーはうしろを向いて、くちばしを触れ合わせている、つがいのショウジョウコウカンチョウを見せた。「求愛給餌と呼ばれるものよ。オスは意中のメスのところに行って、相手のくちばしに種を差し出すの。十一歳くらいのとき、サディーおばさんがキッチンの窓のところにあたしを呼んで、本物を見せてくれたわ。まるで人間のキスみたいで、思春期まえのあたしの心はめろめろになった。サディーおばさんはあたしのためにこれを刺繍して、あたしが婚約するまでとっておいてくれたの。婚約を考えると約束したってことは、おばさんにとって婚約と同じことみたいだから」

新しいショールにくるまったふたりは、階段をのぼってオリヴィアの住まいに向かった。マディーがミートボールサンドイッチを温めて、小さなキッチンテーブルに食事の準備をしているあいだに、オリヴィアはスパンキーの夕食を用意した。お祭りのあとの花火で、動揺しやすいヨークシャーテリアはまた怖がるだろうが、策は練ってあった。グウェンとハービーのタッカー夫妻が経営する、動物保護シェルターの〈チャタレー・ポウズ〉に急いで電話をしたのだ。男の子が生まれたばかりの夫妻は、うちにいなければならないので祝賀イベントには参加していなかったが、ハービーは今朝早く店に来て、スパンキーに飲ませる少量の犬用鎮静剤を置いていってくれた。オリヴィアはスパンキーの好物の缶入りドッグフードに薬の液を混ぜた。スパンキーが気づかないことを願いながら。彼はボウルをきれいになめた。いつものように。

ミートボールサンドイッチとグラス一杯のメルローを楽しんだあと、マディーとオリヴィアはリビングルームのソファに落ちついて、容疑者の検証をつづけた。

「オーケー、ペイン殺しの容疑者はカレン・エヴァンソンと――」オリヴィアは言った。

「あたしの一押しよ」マディーが言った。

「よくわかったわ」オリヴィアは手書きのリストを見た。「あとはマシュー・ファブリツィオ、ローズマリー・ヨーク、クウィル・ラティマー、そしてハーマイオニ・チャタレー。ジヨンズ・ホプキンズ大学付属病院によると、彼女にはペインを浴槽に運ぶことはできなかったそうだけどね」

「ハーマイオニは心臓発作も起こしてる」マディーが言った。「病院の意見は尊重すべきかもね」

「でもハーマイオニを手伝った人がいるかもしれない」オリヴィアは指でリストをたどって

いった。「残りの容疑者のだれがペインを引きずって、浴槽に入れたとしてもおかしくないわ。ローズマリーとカレンも例外じゃない」

「とくにカレンはね。ジムに通ったり、あなたのお母さんと走ったりしてるんだから。一応言っておくと」

「容疑者は全員屋敷の鍵を持っていた——あるいは、ローズマリーの場合はマシューを通じて簡単に鍵を手に入れることができた——そして事件は夜中に起こっている。木曜日の夜にアリバイがあるのはクウィルだけ。彼は午前零時には酔っぱらっていたと友人たちは言ってるけど、寄ったふりをすることだってできたはず」

「つまりアリバイはないってことね。動機は全員にある。マシューの動機ははっきりしてるわ。ペインはマシューが正真正銘のチャタレー家の子孫であることを証明する手助けをしようと言って彼をだまし、屋敷の外装にヴィクトリア朝様式の装飾をさせた。マシューは作業を終えた——彼の腕がなかなかのものだってことは認めなくちゃね——でもペインは約束を破った」

「マシューはかっとなるたちで、かなりの酒飲みよ。マシューが腹を立てていたことは、ローズマリーとヘザーも認めている」

マディーはコーヒーをひと口飲み、クリームを追加した。

「ハーマイオニによると、マシューは彼女に銃を向けておどし、そのせいで彼女は心臓発作を起こした」

「彼女がそう言ってるだけでしょ。その場面を目撃した人はいないのよ。薬莢はふたつ見つかったけど、銃は見つかっていない。でも、マシューは酔っぱらってハーマイオニと話をするために屋敷に行ったことを認めている。そこが不思議なのよね……これはまったくの推測なんだけど、ハーマイオニに共犯者がいたとすると、彼女はその人をあんまり信用していなかったのかもしれないという気がするの。だれか別の人に容疑を向けさせたほうがいいと思ったのかも。たとえばマシューとか。彼なら容疑者にぴったりだわ。マシューがハーマイオニの関与を口にしても、だれも信じないだろうし」

マディーは活気づいた。「でも、ハーマイオニを興奮させる人ということなら、カレンのような人のほうが危険なんじゃないかしら」

オリヴィアは横でまるくなっているスパンキーの耳をマッサージした。

「ロンドンでの若いころのカレンの行動を、ハーマイオニがわざわざ話したことも気になるのよね」

「ハーマイオニとカレンはロンドンで友だちになって、ふたりでこの計画を考えたとか？」

マディーは赤い巻き毛の一房をねじりながら、その可能性について考えた。「でもその話はうそだった。ハーマイオニの言う不倫とやらは、くだらない芝居のなかの架空の人物のものだった」

「そう、それも変よね」オリヴィアが言った。「だいたいなんであんな話をしたのかしら?」

マディーは両脚を伸ばして裸足のかかとをコーヒーテーブルの縁にのせた。

「あなたのお母さんによると、ペインとカレンはここチャタレーハイツで恋愛沙汰を起こし、悲惨な結末を迎えたらしい。そしてチャタレーハイツに戻ってきたペインは、祝賀イベントのある週末に屋敷を一般公開することを拒否した。カレンにはもともとペインを憎む理由があったけど、穏便に事を運びたくもあった。もしかしたらハーマイオニが彼女に近づいて、ペインが昔捨てたことは水に流してくれと言ったのかも」

「もしかしたらね」オリヴィアがノートに書きこみをしていると、スパンキーが膝によじのぼってきてまるくなった。鎮静剤が効いてきたらしく、かなりリラックスした動きだ。ちょっとリラックスしすぎかも、と耳をかいてやりながら思った。スパンキーは目を開けなかった。「カレンとハーマイオニは相棒って感じじゃないけど、それは問題じゃないわ。お互いのことを好きじゃなくても、ペインに対する憎悪から協力したのかもしれないしね。でもカレンが十六歳のとき妊娠していなかったことはわかってる。これで彼女の動機は弱くなるわ」

「それはあなたのお母さんから聞いた話だから、信じられると思う」マディーが言った。

「母さんはすばらしく信用できる情報源だものね。どうやってあんなにたくさん情報を仕入れてるのか知らないけど」

「みんなエリーには心を開くのよ」マディーが言った。「あたしもそう。なんでもわかってもらえて安心できると思わせるものがあるのよね」

「それがわたしにはないってわけ？」

マディーはソファの上の小さなクッションをつかみ、胸のまえで盾のように掲げた。

「リヴィー、エリーはひとりしかいないってことを認めなきゃ。でもあなたにだってできることはあるわ。みんないつだってあなたに個人的なことを話すじゃない。デルが容疑者から引き出せない秘密を、ひそかに入手できてるのはなぜだと思うの？　あなたが信頼されてるからよ。でも、謎解きの実績を考えれば、みんなあんまり信頼すべきじゃないのかもしれないけど……あれ、あたし墓穴を掘ってる？」

「まあね。でも気持ちはうれしいわ」オリヴィアはあくびをした。「殴りたいところだけど、今はそのエネルギーがないし、スパンキーを起こしちゃうかもしれないから」

「ほら、やっぱり共感性がある。ところで、カレンの話に戻らない？」

オリヴィアは額から髪をかきあげた。娼婦っぽくふくらんだスタイルにしようと、マディーが使ったヘアスプレーのせいで髪がべとべとしていた。カレンと聞いて、このあとまた会合があることを思い出し、シャワーを浴びて寝てしまいたくなった。でもそうはいかないか……。

「ハーマイオニが夫殺害に関わっていない可能性を考える必要があるわね。彼女が心臓に持病を抱えていたなんて、事件まえはだれも知らなかったのよ。ほかの容疑者のだれかが、ハーマイオニならペイン殺しの容疑者として説得力があると思ったのかも」

「たとえばカレンとかがね」マディーが言った。

「ええ、たしかにカレンかもしれない。あるいはクウィルかローズマリーかマシュー。クウィル・ラティマーについて考えてみましょう。ローズマリーによると、クウィルは高校時代、ペインの代わりにカンニングの罪をかぶった。それはペインがデート相手を見つけてくれたからだと、ローズマリーは思った」

「薄弱な理由ね。それに情けなさすぎる。もしかしたらクウィルには恥ずかしい秘密があって、ペインはそれをネタに彼を脅迫していたのかもよ」

「なるほど」オリヴィアはメモ帳のページをめくった。「じゃあ、答えの出ていない問題のリストに移るわよ」マディーが空のポットとカップをキッチンに運ぶあいだ、オリヴィアはリストを見て考えをめぐらした。「これがそうよ」戻ってきてソファにすわったマディーにリストを差し出す。「ほかに何かある？」

マディーはリストに目を通して言った。

「ハーマイオニは町の商店で万引きをしていたわ。彼女がコミュニティセンターの厨房から製菓材料を盗んで、デコレーションクッキーを作ったと仮定してみましょう。なぜ彼女はそんなことをするの？　だって、クッキーがほしければ、〈ジンジャーブレッドハウス〉で買えば——失礼、盗めばいいわけでしょ。うちじゃ毎日トレーに無料クッキーを出してるから、盗む必要さえないのよ」

「たしかに」オリヴィアは言った。「ご近所の人がチャタレー夫妻を歓迎するためにクッキーを持ってきたのかもしれないしね。夫妻に祝賀イベントのじゃまをされて、怒っている人もいるだろうけど。でも、デルが送ってくれた写真を見ると、ペインの寝室にデコレーションクッキーの残りがはいった皿がある。そのクッキーを作った人は型抜きもデコレーションもあまり上手じゃなかった。なぜそこまでするの？　なぜもっと手のかからないものにしないの？」オリヴィアはマディーの疑問を書き足し、リストを最初から読み直した。

答えの出ていない問題

・クウィルはなぜカンニングをしたペインの罪をかぶったのか？
・帰郷したペインはローズマリーを見て、カンニングの件で自分を告発した教育実習生だと気づいたのか？
・ローズマリーはチャタレー家のクッキーカッターコレクションがあると信じ、見つけたいと思っているのか？
・チャタレー家を荒らしたのはだれなのか？　その理由は？　なぜハーマイオニは気にして

いない様子なのか？（ペインとハーマイオニは、あるいはそのどちらかは、クッキーカッターコレクションをさがしているのか？　ほかにも捜索に加わった人がいるのか――ひょっとして、捜索の首謀者はその人物？）

・なぜペインは自分の死を捏造したのか？　なぜチャタレー夫妻は偽名でロンドンに暮らしていたのか？

・なぜハーマイオニはカレンと自分たち夫婦の関係についてうそをついたのか？　カレンはイギリスでもペインと関係を持っていたのか？

・なぜハーマイオニはチャタレーハイツの複数の店舗で万引きをしたのか？　彼女とペインは破産したのか、それともほかに理由があるのか？

・ハーマイオニはデコレーションクッキーを作るために材料を盗んだのか？　もしそうならなんのためにクッキーを作ったのか？

オリヴィアは腕時計を見た。

「そろそろ出かけないと。急いで容疑者とその動機のリストを作りましょう。わかる範囲で。まず、ペインの妻、ハーマイオニ・チャタレー。妻はつねに容疑者になりうるわ。心臓に持病があることがはっきりしていてもね」彼女はメモ帳のページをめくり、新しいリストを作りはじめた。

「夫がいやなやつというだけでは、動機として弱いと思うけど」マディーが言った。

「普通はね。でもチャタレー夫妻には何か秘密があるような気がするの。赤ちゃんを失ったことでふたりのあいだに溝が生まれ、長い年月のあいだにそれが広がっていったのかもしれない。それにどうやら破産の重圧と、不倫の可能性が加わった。ペインの飲酒癖もいい材料ではないわね」

「チャタレーハイツに戻るというのは、どちらが言い出したことなのかしら？　もしペインが無理やり意見を通したなら、ハーマイオニの怒りはますますつのったでしょうね」

「それにクッキーカッターの問題もあるわ」オリヴィアが言った。「屋敷を荒らされた理由としては、だれかが一攫千金《いっかく》をねらって、チャタレー家のクッキーカッターコレクションをさがしていたからと考えるのがいちばん自然よ」

マディーはいささか苦労しながら給仕女のスカートを調節し、ソファの上であぐらをかいた。

「もしペインの話がうそで、コレクションなんかないんだと知ったら、ハーマイオニはブチ切れてたかもね。大量の睡眠薬とウィスキーを使って、ペインが過失による過剰摂取で死んだと見せかけたかも。そうすれば少なくとも屋敷はもらえるから売ることができる。だからすぐに売りに出そうとした」

「そのあとで売りに出すのをやめた。それにその仮説だとペインが浴槽で死んだことの説明にはならないわ。でも、とりあえずハーマイオニの動機は憎悪ということにしておきましょう。それ以外についてはまたあとで考えればいいわ。つぎはクウィル・ラティマーね。ペインは高校時代、彼の答案を写した。見つかると、教師をおどして答案用紙の名前を入れ替えさせ、クウィルに疑いがかかるようにした。恨みを持ちつづけるにしても四十年近くというのは長すぎるとデルは思ってるけど、その間ずっとクウィルは望むものを手に入れられなかったのよ。それが自分の運命だと思って納得していたのかもしれないけど、そうじゃないかもしれない」

「動機になるわね」マディーが言った。「カレン・エヴァンソンについてはあたしが言っていい？　そのうめき声はイエスってことね。ペインは十六歳のカレンを誘惑したあと国を出た。数年後、カレンはロンドンでどうでもいい芝居に出ていた。ペインの妻となったハーマイオニはそれを知った。カレンとペインがまた接触した可能性はあるわ」

オリヴィアはスパンキーが保護施設を脱走したときに痛めた肢をやさしくマッサージしてやった。

「そうね。ハーマイオニはカレンをおどすため、そしてわたしたちを煙《けむ》に巻くためにサー・ローレンスとレディ・アリアーナの作り話をしたのかもしれない。カレンが十六歳でペインと関係を持ち、その後も関係があったと仮定すると、それが下院議員選挙中に明らかになったりすれば、カレンにとっては大きな痛手だわ。ペインがカレンをゆすろうとしたという可能性もあるわね。そして彼の死後、ハーマイオニがそれを続行した」

マディーは手を伸ばしてオリヴィアの膝からスパンキーを抱きあげた。彼は眠ったままくーんと鳴いたが、マディーのスカートのひだのなかでまたまるくなった。

「複雑だけど、可能性はある」

「そしてローズマリー・ヨーク。クウィルにカンニングの罪を着せ、彼を辱めたペインを嫌っていた。それより大きいのは、ペインがマシューにしたことよ」オリヴィアは書き終えた二枚のリストをメモ帳からはぎ取ってたたんだ。「これは身につけておきたいわ」酒場の女給のコスチュームを見て顔をしかめる。「ポケットさえあれば」

マディーはにやりとした。

「そのためにぴったりしたボディスがあるんじゃないの。そこに入れたものは絶対落ちないわよ」

18

オリヴィアは首輪にひもをつけ、お気に入りの毛布でスパンキーをくるんだ。彼は気づかなかった。ぐっすり眠ってる。

「スパンキーを家に置いていくわけにはいかないわね」マディーといっしょに一階におりながらオリヴィアは言った。「わたしのベッドに寝かせておくつもりだったけど、この鎮痛剤を使ったのは初めてだし、いつもよりかなり深く眠っているみたい。目を離さないほうがよさそうだわ。コミュニティセンターの控え室に寝かせましょう。あそこならあんまりうるさくないから。そのあとで、ジンジャーブレッドの家をざっと見せてくれない？　いまいましい会合のまえに。ちゃんと見る機会がなかったのよ。近くに寄ることさえできなかったんだから」

「いいわよ」マディーは言った。「あたしも群衆にじゃまされずにもう一度見たいし」

ふたりはお祭りが終わりに近づこうとしている公園を避け、パークストリートを歩いてコミュニティセンターに向かった。太陽は沈み、肌寒くなってきていた。オリヴィアは片手でスパンキーをしっかりと抱き、肩にかけたショールをもう片方の手で引き寄せた。公園内の見物客たちは、最後の花火がよく見える場所に陣取っていたので、歩道を歩いているのはふたりだけだった。

鍵のかかっていないコミュニティセンターのドアをマディーが開けると、なかは明るかった。

「夜間は鍵をかけておけるようになれば、ローズマリーはほっとするでしょうね」マディーが言った。「何週間もセキュリティのことでやきもきしていたから」

「うわあ」

見物客に囲まれていないジンジャーブレッドの家の展示全体を目にして、オリヴィアは声をあげた。全体がひとつの村のように配置され、立ちならぶ家々のあいだのカーブした小道にはちゃんと街灯まである。その中心でほかの建物を見おろしているのがチャタレー邸だ。

「絶賛のことばはいつでも受け付けてるわよ」マディーが言った。「でもこれはチームの努力の賜物だけどね」オリヴィアの腕からスパンキーを抱き取る。「ローズマリーの個人オフィスの隣にある倉庫室に寝かせてくるわ。あそこはだれも使ってないから」

待っているあいだ、オリヴィアはジンジャーブレッドの村を歩きまわった。砕いたペパーミントの屋根と赤いリコリスのドアがついた、ジンジャーブレッドのベーカリー兼キャンディストアをうっとりと眺める。開いた窓からはジンジャーブレッドクッキーの棚が見え、薄いクッキーの皿の上には、ボタンのようなデコレーションクッキーやアイシングをかけたケーキがならんでいた。クッキーでできた小さなボウルには、小さな赤いシナモンキャンディやトッピング用チョコチップ、ピンクのシュガースプリンクル、パステルカラーの砂糖粒《ドラジェ》がはいっている。

マディーはすぐに戻ってきた。「あの子、目も開けなかったわ」

「このお店、まるごと食べられそう」オリヴィアは言った。

「デザートを抜いたからよ。キャンディとクッキーでできたこのちっちゃいお皿なんて、たまらなくおいしそうでしょ。自分で作っておきながら言うのもなんだけど」

「あれは何？」

オリヴィアは尖塔がふたつあるジンジャーブレッドの教会を指さした。教会の半分はペパーミントで縁取りされたシンプルなジンジャーブレッドでできていた。窓は黄色のアイシングで輝いている。もう半分の壁にはグレーのアイシングが塗られ、ステンドグラスの窓はとかしたキャンディ、屋根にはマジパンのガーゴイルがついていた。

「時間が足りなくなっちゃって」マディーは言った。「公平にしたかったから、片側を聖フランシス教会、もう片側を聖アルバン教会にしたの」

「カトリック教会と監督教会をひとつ屋根の下に入れたの？　教会分裂が起こるわよ」

「だれも気づかないわよ」

「見物客がいなくなったら、このジンジャーブレッドの村はどうなるの？　持ち帰ってもいいの？　チャタレーハイツの住民を招いてごちそうする？」オリヴィアがきいた。

マディーは〈ジンジャーブレッドハウス〉と表示された、小さな黄色いヴィクトリア朝様式の家に近づいていった。緑と紫の手すりにできた切れ目を指して言う。

「もうだれかがあなたの家のポーチをかじったみたいよ。緑色のアイシングを塗ったプレッツェルで、手すりのてっぺんを補強しといた」マディーはうしろにさがって全体を眺めた。

「この家だけは全部食べられるもので作ったの。会合が終わったあとでお腹がすくかもしれないでしょ。食べるのに明日一日かかるけどね」

「そして夜にはお腹を壊すんでしょ」とオリヴィア。「じゃあ食べられないジンジャーブレッドの家もあるってこと？」

「食べられる材料だけで作るのが目標だったけど、ときにはずるも必要なのよ。どの家もほぼ食べられるもので作ってあるけど、実はちょっと妥協した部分もあるの」マディーはジンジャーブレッドのチャタレー邸のほうに行った。「たとえば、この屋敷は構造がすごく複雑で大きいから、全体を支えるためにところどころで木材を使わなきゃならなかった。保存がきくように、シェラックニスもスプレーしてある。保管場所をさがさなきゃならないけどね。ルーカスに手伝ってもらって、製作過程をビデオで撮影したの。店の宣伝に使えるんじゃないかと思って」

「それはいいわね」オリヴィアは、クッキーのペイン・チャタレー少年が悲しげに窓から外を見ている、屋敷の上階を指さした。「いま気づいたけど、クイズ大会は中止にするべきじゃないかしら。ペインが亡くなったのに不謹慎だと思われるわ」

「あなたはそう思うかもしれないけど、別に何も言われてないわよ」マディーが言った。「クイズ大会のポスターを貼ったときは、五分もすればだれかがあの少年をペインだと見抜くだろうと思ってたの。答えを入れてもらう箱を用意したら、初日の正午には箱がいっぱいになったわ。でも妙なのよね……少年の正体を見抜いた人はだれもいないの。チャタレーハイツの住民のほとんどが、自分はフレデリック・P・チャタレーの係累かもしれないと思いこんでいて、その祖先かもしれない人の名前を書いてるのよ」

「少年の服装にだまされたんじゃない？」オリヴィアが言った。

「それもねらいだったんだけど」マディーは笑って首を振った。「みんなチャタレー家の人間になりたがってるのね。でもいちばん驚いたのは、ハーマイオニ・チャタレーでさえ当てられなかったことよ。ちょうどチャタレー邸をディスプレーに設置したとき、彼女がコミュニティセンターに来たの。付近の何カ所かにポスターを貼って戻ったら、ハーマイオニが屋敷をじっと見ていた。わたしが声をかけると、彼女は跳びあがったわ。でもクイズ大会については何も言わなかった」

「彼女はほんとにペインだとわからなかったの？　わかったからじっと見ていたんじゃない

の？」

マディーは肩をすくめた。「そうかも。でもあたし、この子がだれかわかりますかってきいてみたのよ。みんながまちがえたってことは、このクイズは失敗ね。正解者がいないいんじゃ、クイズ大会の意味がないわ」

「ハーマイオニはなんて答えたの？」オリヴィアが先をうながす。

「ハーマイオニは例の、あんたばかじゃないのって顔であたしを見て、〝なんでわたしにわかるのよ？〟と言ったの。屋敷のこともわかってないみたいだったわ。変だなと思った。心臓発作の前触れで、脳に影響が出てたのかもね。そのあと彼女は厨房に戻って、あたしたちの作業を眺めながらしばらく座っていた。食用色素でもなんでも、デルが送ってくれた写真のクッキーを作るための材料を盗む機会はたっぷりあった。もしそうだとしたら、彼女はなかなか腕のいい泥棒ね。厨房にはクッキーを焼いたりデコレーションをする人たちでごった返してたんだから」

「厨房にいるあいだ、ハーマイオニは何か言ってた？」オリヴィアがきいた。

「ずっとしゃべってたけど、意味のあることは何も言ってなかったわね。沈黙を埋めていたって感じ」

外からポンポンという音が聞こえてきた。花火がはじまったのだ。オリヴィアはコミュニティセンターの大きな掛け時計を見た。着いてから二十分が経過していた。花火はあと四十分つづく。委員会のメンバーのなかに、花火見物をあきらめて早めに会合に来てくれる人がいるといいのだが。そうすればリストにある疑問の答えをさぐることができる。

オリヴィアがそう願っていると、コミュニティセンターのドアが開いて、ローズマリー・ヨークがはいってきた。一瞬たじろいだあと、ローズマリーは言った。

「マディー、オリヴィア、こんばんは」肩越しにうしろをちらりと見て言う。「オリヴィア、会合には少し早いんじゃない？　これからここを軽く掃除して、コーヒーの準備をしようと思っていたのよ」脇に寄って付け加える。「マシューも手伝ってくれるわ」

フランネルシャツと色落ちジーンズ姿のマシュー・ファブリツィオがはいってきた。黒っぽい髪の彼は、小柄で細身だが、ルーカス・アシュフォードのようなたくましさがあった。バケツと新しい業務用モップを持っている。黒っぽい目でせわしなく部屋のなかを見まわしてから、ようやくオリヴィアを見た。「グレイソンさん、あなたにお礼を言おうと思ってたんです。ぼくを助けようとしてくれたとおばから聞きました。ありがとうございました」

マシューのしゃべり方は、心臓発作を起こすまえにハーマイオニが言っていたような、変質者然としたものではなかったし、すぐに酔って自己憐憫《れんびん》に浸る、悩める芸術家を演じているわけでもなかった。だが、マシューがどちらの役も演じられることをオリヴィアは知っていた。

「わたしはできることをしただけよ」

「委員会が会合をしているあいだに、厨房の掃除をするわ」ローズマリーが言った。

内気そうな笑みを浮かべると、マシューは実年齢の二十五歳よりも若く見えた。

「保安官はぼくをすっかり信じてるわけじゃないけど、おばが鷹のように目を光らせていると言ってくれたんです。だからぼくはここにいて、忙しくしていなきゃならないんですよ。これ以上おばに迷惑をかけないように」

そうね、なかなか感動的だわ。オリヴィアは彼にやさしく微笑みかけた。でも、彼はいつも成熟した大人のようにふるまうわけではないのだ。とても正気とは思えないこともある。

ローズマリーはマシューの腕を軽くたたいて言った。

「あなたは先に厨房に行って、床の掃除をはじめていて。わたしはここで会合の準備をするから」マシューが部屋を出ていくと、ローズマリーは物置を開けて、折りたたみ椅子を出しはじめた。

「わたしにも手伝わせてください」オリヴィアはそう言うと、返事を待たずに物置のなかに手を伸ばし、椅子を二脚取り出した。「あなたにききたいことがあるんです、ローズマリー」椅子をわたしながらローズマリーの顔を見ると、こわばった表情をしている。オリヴィアはローズマリーをリラックスさせようと、声をやわらげた。「このあいだペインのことを話してくれたとき、あなたは触れませんでしたよね。彼があなたを見て、昔の教育実習生だと気づいたのかどうか」

ローズマリーは椅子を一脚ずつ取り出しては、ジンジャーブレッドの村の向こう側に運び、椅子を開いて会合に備えて円形にならべはじめた。ふと椅子の背に寄りかかって動きを止める。オリヴィアは黙ったままでいた。どうやら痛いところをついたようだ。今できるのは待つことだけだった。この場面を目撃したマディーは、オリヴィアと目を合わせたあと、ジンジャーブレッドの村のはずれのほうまで歩いていって姿を消した。

ローズマリーはオリヴィアに顔を向けた。胸を上下させて深呼吸する。小さくうなずいて、物置に戻ってきた。そこではオリヴィアが椅子を二脚持って待っていた。

「あなたの考えていることはわかるわ」ローズマリーは言った。静かな、怒りを帯びた声だった。

「保安官がその質問をしなかったのは意外だったけど、彼はマシューのことしか頭にないみたいだったから。答えはイエスよ。ペインはわたしに気づいていた。でも最初はちがったわ。奥さんを連れて戻ってきてすぐ、道ですれちがったときは、わたしをちらりと見ただけだった」

おもてで大きな音が三回とどろいて、オリヴィアはぎょっとし、ローズマリーの体がびくっとした。話をつづけられるほど落ちつくにはしばらく時間がかかった。

「クウィルはわたしのことをペインに話していなかった。それはたしかよ。それにわたしはもう若い娘じゃないから、最初見たときはぴんと来なかったんじゃないかしら。そのあと、チャタレー邸の外でまた彼と鉢合わせしたの。マシューが外壁装飾の作業をしているときよ。わたしは袋入りのランチを届けにきたの。あの子はいつも食べるのを忘れちゃうから。ペインはわたしに背を向けて芝生の上に立ち、作業の進み具合を調べていた。マシューがわたしを見つけて微笑んだので、ペインは振り向いてわたしを見た。そのまま立ち去るわけにはいかなかった。わたしはマシューにランチをわたし、仕事のじゃまをしたくないからとかなんとか、立ち去る理由を口にしたけど……ペインはわたしの顔をじっと見ていた。それで気づいたんだとわかったのよ。わたしが教育実習生だったとき、ペインはわたしを口説こうとしたの。あなたは忘れがたい目をしていると言ったのよ」ローズマリーは椅子に手を伸ばした。

「でもわたしを落とすことはできなかった」

「ペインはカンニング事件を報告したのがあなただということを知っていたんですか？」

「ええ」ローズマリーは椅子の背に親指をすべらせた。そうすると落ちつくかのように。

「彼は復讐を決意した。目を見ればわかったわ。あの日の午後、マシューはウイスキーのボトルを持って帰ってきた。もう飲んでいるのがわかった。しばらく飲んでいなかったから、何か悪いことが起こったのだろうと思った。わたしがボトルを取りあげると、あの子は泣きだした。そしてようやく話してくれた」

外からひっきりなしに聞こえてくる音は、花火がドラマチックなフィナーレに向かっていることを告げていた。花火が終わればすぐに委員会のメンバーが集まりはじめるだろう。イベントの閉幕を告げるスピーチが終わればカレンも。

今度は花火に反応せずに、ローズマリーは言った。

「マシューは屋敷のヴィクトリア朝様式のジンジャーブレッド装飾をほぼ終えて、とてもいい気分になっていたの。窓の縁取りの一部はまだ塗る必要があったけど、翌日やればいいと思った。ペインはチャタレー家の家系についてもっと話そうと約束し、マシューが同じ一族の末裔であることを証明できるよう、力を貸そうと言ってくれていた。マシューは待っていられなくなって、刷毛《はけ》を洗うと、一族と自分のつながりについて話すために、ペインのところに行ったの。そこにはハーマイオニもいた。ペインは急に冷たくなったそうよ。なんの話かわからないと言って、マシューをせせら笑い、ただで働いてくれてありがとうと言ったんですって」ローズマリーの手がこぶしをにぎりしめる。「あの子は作業がすべて終わったら、自分がチャタレー家の末裔だと証明できるとばかり思っていた。ペインは誠実な人で、進んで手を貸してくれるものと思っていたのよ。わたしが殺してやりたかったわ」彼女は肩を落としてこぶしを開いた。「でも殺していない。マシューもね」ローズマリーはオリヴィアの目を見た。「保安官に話すつもり?」

「いずれ保安官にもわかるでしょう」オリヴィアは言った。「でも、あなたが自分で話したほうがいいと思います。できるだけ早く。もちろんデルは信じないかもしれない。ペインが実際はあなたに気づいていなかったのだとしたら、デルはあなたの話を、被害者に対する中傷とみなすかもしれない」

ペインがルーカスにも同様の態度をとり、ルーカスが提供した建材と労働力から利益を得るのを拒んだことは黙っていた。ローズマリーがやけになって、ルーカスに疑いの目を向けるといけないからだ。殺人のあった夜のルーカスの所在はマディーが証明できるが、すでに複雑な調査をこれ以上複雑にしてもいいことはない。


たてつづけに花火があがって、祝賀イベントの週末が公式に終わったことを告げた。するとすぐに、コミュニティセンターのドアが勢いよく開いた。ビニー・スローンがカメラをかまえてドタドタとはいってきた。ドアから手を離し、クウィル・ラティマー教授の目のまえでバタンと閉まっても、振り向きもしなかった。クウィルは首を絞めてやろうかという顔でビニーをにらんだ。だがそうはせずに、ミスター・ウィラードのためにドアを押さえ、笑顔でお礼を言われた。最後にはいってきたルーカスは疲れているようだったが、マディーを見つけるとぱっと顔を輝かせた。マディーはジンジャーブレッドの〈レディ・チャタレー・ブティック〉と紳士服店の〈フレデリックス・オブ・チャタレー〉のあいだから顔を出して、彼に投げキスをした。

驚いたことに、そのとき入口のドアがまた開いて、オリヴィアの小柄な母が現れた。ノースリーブのタッセルつきフラッパー風シースドレスの上に、腿まである細身のセーターを重ね着している。父親の骨格を受け継いでしまったことをオリヴィアが後悔したのは、これが初めてではなかった。エリーは娘を見て手を振った。マディーがルーカスのそばを離れてエリーにあいさつをしに行き、オリヴィアも母のもとに向かう。

「どうしたの、母さん？」

「ここで会合があるってカレンに聞いたのよ。ほんとに楽しい週末だったわね。終わってしまうのは残念だわ。ほら、わたしって、どちらかと言うと社交的な人間でしょ」

「どちらかと言うと？」

「もう、リヴィーったら、皮肉っぽいところはお父さんにそっくりね」

マディーがしのび笑いをした。

「別に会合のじゃまをするつもりはないのよ」エリーは言った。「ただ、アランがマドリガル・シンガーたちを送っていくことになったから、わたしは暇になっちゃったのよ。みんなバスに乗り遅れたんだけど、あちこちの町から来てるから、送るのに時間がかかるでしょ。だからここでジンジャーブレッドの家々の見納めをしながら、ローズマリーの片づけを手伝ったら楽しいかなと思って」

「ここにいるなら、カレンにお手柔らかにとお願いしてくれないかしら。ひと晩じゅう文句を聞きつづけることになりそうなのよ」

「それと、カレンが厨房にはいってこないようにして」マディーも言った。

いつも陽気なエリーの表情がくもった。「カレンと話をしなくちゃならないわね。できるだけ早く。でも、もう被害は出てしまった。こういう状況ではすべてを明らかにするのがいちばんいいわ」

「母さん？　今のはひとり言？　それともわたしとマディーに言ってるの？」

エリーは答えなかった。

マディーがエリーの肩に触れた。「大丈夫ですか？」

「え？　ああ、ごめんなさい。ただちょっと思ったものだから……」

エリーは長いウェーブヘアをひと束、背中からまえに引き寄せて、編みはじめた。心配事があるときのしぐさだ。オリヴィアはエリーの視線の先を追った。ジンジャーブレッドの村で、ビニー・スローンがチャタレー邸からクッキーの屋根板を一枚持ちあげようとしていた。母さんの心配事はビニーのことなのだろうか？　それともチャタレー邸のこと？　あるいは母さんのことだから、まったく別のことを考えているの？

ローズマリーが近づいてきて、エリーははっとわれに返った。「手伝えることがないか、ききに行こうと思ってたのよ」エリーは半分編んだ髪を背中に払って言った。

「あたしも行きます」マディーが言った。

オリヴィアは幕間劇から意識を戻した。閉幕スピーチが終わりしだい、カレンがやってくる。カレンのことだから、スピーチはだいぶ長引くだろうが、オリヴィアが知りたい情報を手に入れられるほど長引くとはかぎらない。室内に目を走らせると、ジンジャーブレッドの聖フランシス教会兼聖アルバン教会の向こうに、ミスター・ウィラードの頭のてっぺんがわずかに見えた。彼がひとりだといいのだが。

オリヴィアがそっと隣に近づくと、ミスター・ウィラードはうれしそうな笑顔を向けてきた。

「リヴィー、このまえの委員会の会合からほとんどお目にかかれませんでしたね。〈ジンジャーブレッドハウス〉のブースは盛況だったようじゃないですか」

「もう大人気ですよ。クッキーはお祭りが終わる二時間まえに売り切れました。ミスター・ウィラード、いくつかおききしたいことがあるんですけど――」近くでぼそぼそと話し声が聞こえ、ジンジャーブレッドの村にいては立ち聞きされるおそれがあることに気づいた。「スパンキーの様子を見にいかなくちゃ。花火を怖がるんで、鎮静剤を飲ませてここに連れてきたんです。いっしょに来ませんか？　そんなに時間はかかりませんから」

「必要なだけ時間をかけてください」ミスター・ウィラードは薄い唇をにやりとゆがめて言った。「ここだけの話ですが、この最後の会合はサボりたい気分ですよ。不愉快なものになるでしょうからね」

「そうですね」

オリヴィアは集会室に戻るのを避けて、スタッフエリアに抜けられるドアがあるジンジャーブレッドの村のはずれに、ミスター・ウィラードを誘導した。廊下は無人で薄暗かった。ローズマリーの個人オフィスの先の、建物の裏口近くに小さな倉庫室がある。ローズマリーのオフィスを通りすぎながら、閉じたドアの下を確認した。明かりはもれていない。ローズマリーがあと十五分は忙しすぎてオフィスに引っこめないといいのだが。

オリヴィアがいつでも好きなときにスパンキーの様子を見られるように、マディーは倉庫室の鍵をかけずにいてくれた。スパンキーが起きていて逃げようとするといけないので、オリヴィアはゆっくりとドアを開けた。隙間から犬の鼻先が迫ってこないことを確認してなかにはいり、明かりのスイッチを入れる。いきなり明るくなっても、スパンキーは目を覚まさなかった。オリヴィアは心臓をどきどきさせながら近づいていった。あとからはいったミスター・ウィラードがドアを閉めた。

「彼は大丈夫なんですか?」ミスター・ウィラードがきいた。

スパンキーは部屋の隅に置かれた毛布の上に横たわったまま動かない。オリヴィアはそばにひざまずいて触れてみた。犬は温かく、触れられてぴくりと動いた。

「大丈夫です」オリヴィアはささやき声で言った。「でも眠りが深すぎて心配だわ。会合のあいだは、マディーにたのんで様子を見てもらうことにします」オリヴィアは床の上であぐらをかいた。毛布の下に両手を差しこんで、間に合わせのベッドごとスパンキーを膝にのせる。「すみません、あんまり居心地のいい場所じゃありませんけど、手短にすませますから」

ミスター・ウィラードは低い脚立を見つけてきて、オリヴィアのまえに置いた。それに座ると、彼の骨張った膝が肩のあたりまできたので、オリヴィアは思わず笑いそうになった。

「あなたっていい方ですね。しかも一流の弁護士だし」

「お褒めにあずかりどうも。でも後者のほうはどうですかな。わたしはペイン・チャタレーの死亡を宣言するというひどい失敗をしてしまった。でも、覆水盆に返らずです。わたしに質問があるんでしたね？　ご存じのように、依頼人についての特定の情報は明かせませんが、あなたはわたしの現在の依頼人に興味をお持ちのわけではないでしょう。ペインの両親が亡くなってから、わたしはチャタレー家の代理人ではなくなりましたから」

深い眠りのなかでも気持ちよくしてやりたくて、オリヴィアはスパンキーの耳をやさしくなでた。

「わたしが知りたいのは、法律のことではなくて昔のことなんです。チャタレー家は一時期裕福でしたよね。ペインが生まれたとき、財産はいくらかでも残っていたんですか？」

「そのことですか。残念ながら当時の一家の財政状態については知りません。会計士まかせだったらしく、その会計士ももう亡くなっています。どうやらハロルド・チャタレーはいかがわしい投資にのめりこみ、そのせいで財政状態がかなり悪くなったようです。クラリスならもっといろいろ話せたでしょうがね。彼女とサリー・チャタレーは親友でしたから」

オリヴィアは今でも友人のクラリス・チェンバレンの死を悼《いた》んでいた。家族や仕事、クッキーカッターなど、あらゆることについて話をした日々が懐かしかった。クラリスならいっしょにコーヒーを飲みながら、自分の質問の多くに答えてくれただろうと思うと、あらためて彼女はもういないのだという気がした。

「ペインはヨーロッパに発ったあと、両親と連絡をとったことがあるんでしょうか？」

「少なくとも一度は連絡しているはずです。息子からの便りに興奮したサリーが、わたしに手紙を見せてくれました」ミスター・ウィラードは控えめな調子で付け加えた。「ペインの直筆の手紙だったことはわたしが保証します。そうでなかったら母親が気づいていたでしょうから。わたしにも彼の筆跡だとわかりました」

「手紙の内容を覚えていますか？」

「待ってください。昔は見ただけで記憶ができたんですよ。法律の仕事をしているとそれがとても役立ったものですが、歳とともにその力も鈍ってきましてね。たしか手紙が届いたのは、ペインがアメリカを離れて一年後のことでした。とても楽しげな内容だったのを覚えています。ペインは幸せそうでした。結婚したばかりで、夫婦ともども家族が増えるのを望んでいると報告していました。自分の収入については何も書いていませんでしたが、妻は裕福な家の娘で、持参金があるということでした。そのあと手紙が届いたとはサリーから聞いていません。ペインの死亡証明書の日付はその一年後でした」

「最後にもうひとつだけ」オリヴィアは言った。「それが終わったら会合に向かいましょう。

ペインとハーマイオニが引っ越してきて以来、チャタレー邸が何度も荒らされているのが気になるんです。わたしが訪問したとき、ハーマイオニは惨状を無視していました。まるで気づいていないかのように。その態度から、彼女自身が関わっているのではないかと思いましたが、心臓の持病があるのでひとりでやったとは思えないし」

「ええ、そうですね」ミスター・ウィラードは頭蓋骨そのもののような頭でうなずきながら言った。「それについては仮説があるんです。ペインは死の直前にわたしのオフィスを訪れているんですよ。今回の、ほんとうの死の直前に。彼はたいへん怒っていました。両親は価値のある宝物を持っていたはずで——実際に〝宝物〟ということばを使っていました——それが屋敷じゅうに隠されていると言うんです。

たしかに高価な骨董品が屋敷じゅうにありますねとわたしが言うと、あんなものには感傷的な価値しかない、両親の隠された宝物に比べればほとんど無価値だ、とくってかかられました。正直、ペインはいささか理性を失っているという印象を受けましたね」

「それはわたしも思いました」オリヴィアは、ペインが少年のころ、母親が見つけたクッキーカッターのうちのふたつを興奮気味に見せてくれたという、サディーおばさんの記憶について話した。「あれはチャタレー家のコレクションの一部だったのかもしれません」

「まあ、少年というのは興奮しやすいですからね」ミスター・ウィラードは細いあごをなでて言った。「そのクッキーカッターが、家にあふれているただの骨董品よりもずっと価値があると信じこむようになったのでしょう。屋敷にまったくクッキーカッターが残っていないとわかって、ひどくがっかりしていましたよ。わたしに相談に来たときは、両親が生活費を得るために、その宝物を売り払ってしまったとは信じられないようでした。それどころか、チャタレーハイツの町が——町自体がですよ——宝物を盗んだと訴えたんです。わたしは彼の父親の弁護士でしたので、この犯罪に町が関与しているのか否か、教えてくれと言われました。賠償請求をもくろんでいたのです。わたしはハロルドとサリーが家財のほとんどを売り払ったことを知っていましたから、彼にそう話しました。彼はうそだと言って、オフィスから出ていってしまいました。たいへん心を乱されましたよ。落ちつくにはカフェラテを二杯飲まなければなりませんでした」

19

ハイヒールでスタッカートのリズムを刻みながら、カレンが集会室のタイルの床をつかつかと歩いて、オリヴィアとローズマリーのほうにやってきた。

「ローズマリー、いてくれてよかったわ。委員会では話し合うことがたくさんあるから、しばらくここを使うことになると思うの。あなたは帰りたいでしょうけど、大量のコーヒーが必要なのよ」

ローズマリーのかたわらにクウィルが現れた。

「マシューにも残ってもらいたいわ」カレンが言った。

ローズマリーは青ざめた。「どうしてマシューまで――」

「外で彼に会ったわ。芝生を掃除してた」カレンは言った。「ほんとに、みんな公共の敷地にごみを捨てることをなんとも思ってないのよね。あそこが終わったら、彼にはここの床を掃除してもらいましょう。汚れた部屋は気が散るから」カレンは返事を待たずにその場から去った。

「コーヒーの準備はどうなってるか見にいかなくちゃ」ローズマリーが言った。

クウィルは片足からもう片方の足に重心を移すと、床を見つめながら言った。

「飲み物の準備を手伝いますよ、もしよければ」

ローズマリーは一瞬彼に微笑みかけた。

「あら、ありがとう、クウィル。でも大丈夫よ。マディーが手伝うと言ってくれてるし、あなたは疲れてるでしょ」

クウィルは顔を上げてローズマリーを見た。

「困った状況になっているそうで、残念です。その、ペインに起こったことのせいで」

ローズマリーは彼の腕に軽く触れた。「ありがとう、やさしいのね、クウィル」

クウィルはまだローズマリーのことが好きなんだわ。ローズマリーが困ったときに自分をたよってくれるかもしれないと思うほど、クウィルが単純でないといいけど。

「さあ、コーヒーの準備をしにいって、ローズマリー」オリヴィアは言った。「椅子はわたしが出しておくから」折りたたみ椅子を二脚つかむと、ミスター・ウィラードが急いで進み出て椅子を引き取った。祝賀イベント実行委員会のメンバーに合流するまえに、オリヴィアは部屋のなかを見まわしてマディーをさがした。ジンジャーブレッドの家のうしろに隠れているのでなければ、部屋から出ていったようだ。

十分後、カップがカチャカチャ鳴る音とワゴンの車輪がきしむ音がして、ローズマリーがコーヒーのワゴンを押して現れた。みんなの気がそちらに向けられた隙に、オリヴィアは廊下に出て厨房に向かった。マディーは厨房で、ジンジャーブレッドの家作りという一大イベントに使った最後の調理器具類を片づけるため、大きな食器洗浄機の中身を出していた。

「あら、来たの」マディーは言った。「なんとしてでも会合から逃げたいみたいね。そんなに熱心に掃除したがるなんて」

「わたしを待ち受けてるものに比べたら、厨房の仕事は天国だけど、ここに来たのはあなたにたのみがあるからなの。スパンキーに飲ませた鎮静剤はもう効き目が薄れてもいいころなんだけど、あの子はまだぐっすり眠ってるのよ。ちょっと心配だわ。ときどき様子を見てやってくれない？　目を覚ましたら、散歩に連れていってもらいたいの」

「いいけど……」マディーはオリヴィアの顔をじっと見た。「それだけ？」

「あの子のことが心配なの。それだけよ」

「ふうん」

「なんでじろじろ見てるのよ？　スパンキーは繊細なのよ。わたしはあの子のママなんだし」

「何かたくらんでるんでしょ？　そういう顔してるわよ。だれかが暴力行為におよぶかもしれないから、スパンキーをここに置いておきたくないのね？　図星でしょ？」マディーは重ねた使用ずみのボウルを脇に押しやり、カウンターの上にひょいとお尻をのせた。「ねえ、教えてよ。ジンジャーブレッドの村に隠れてメモをとったほうがいい？　デルとコーディに電話したほうがいい？」

「ばか言わないでよ」オリヴィアは言った。「殺人犯をあぶり出そうなんて考えてないわ。スパンキーが知らない部屋で目覚めてパニックになったら困るでしょ。それだけのことよ。でもたしかに、ふたりで検証したあの答えの出ていない疑問については、ずっと考えてる」あばらのあたりをたたく。襟ぐりが深いせいでブラウスの胸元に隠せないので、たたんだリストはグレーのボディスのなかに入れてひもで押さえてあった。書かれている疑問は暗記していたが。「カレンはローズマリーとマシューに残るよう命じた。つまりハーマイオニをのぞくすべての容疑者がこの建物のなかにいるのよ。何かをうっかり口にするかもしれないわ。いくらか空白を埋められるかも。そしたらすべてをデルに話す。そのあとは彼にまかせるわ」

「でもあたしはそこにいさせたくないのね？　そんなのずるいわ」

「もう、大げさなんだから」

「あらそうかしら」マディーの目がきらりと光った。「スパンキーの様子はちゃんと見るから、心配しないで」

「話を立ち聞きするつもりなんでしょ。わたしの知ってるあなたならそうするに決まってる」

マディーは興奮した子供のように両手をにぎり合わせた。

「わたしはただ飲み物を運んで、コーヒーが充分にあるかどうか気をつけて、ちょっと片づけたりも……」パントリーの扉を開け、トケイソウが刺繍されたショールを取り出して、オリヴィアの肩に掛けると言った。「これを掛けたほうがいいわ。でないとだれもまともに話を聞いてくれないわよ」

「ねえマディー、集会室をうろつくつもりなら、あなたにやってもらいたいことがあるの」

「なんでも言って」

「会合が終わりそうになって、そろそろ帰って少し休みたいとわたしが言ったら、部屋から出てわたしの携帯に電話して。着信音を鳴らしてほしいの」

「そんなことじゃ引っかからないわよ」マディーは言った。「計画を話してよ」

「ほんとに計画はないのよ。ただ念のために――」

ローズマリーが厨房に顔をのぞかせた。その下にはエリーの顔も見えている。

「リヴィー、カレンが早く話し合いをはじめたがってるわ。険悪な雰囲気よ」ローズマリーは言った。

「ビニーが挑発してるのよ」とエリーが言い添える。

「急いで戻ったほうがいいわ。でないと最初の犠牲者になるわよ」ローズマリーはそう言うと姿を消した。

エリーはおだやかに心配そうな笑みを向けた。

「わたしはジンジャーブレッドの家のあいだをぶらぶらしてるわね。必要になったときのために。そうなってほしくはないけど」

カレン・エヴァンソン町長はきびしい目つきで、逃げられずに輪になって座っているボランティアたちを見まわした。オリヴィアは今後一切委員会に関わらないという誓いをあらたにすることで、居心地の悪さに耐えた。なんであれ、カレン・エヴァンソン主宰のグループにはもう関わりたくない。

カレンは愛用のつねにふくらんでいるファイルを手にすると、ハンディタイプの音声感知録音機を取り出した。

「全体として見れば」と話しはじめる。「チャタレーハイツ創立二百五十周年記念祝賀イベントは大成功だったわ。イベント関係の組織や団体による度重なる不首尾や失態で、迷惑を被った見物客がいなかったという意味ではね」カレンの刺すよう視線がオリヴィアに向けられた。人工的な光の下で見ると、カレンの目は巨大なミミズクを思わせた。「何か付け加えることはあるかしら、ミズ・グレイソン？　ため息が聞こえたようだけど」

オリヴィアが返事を考えるよりも先に、隣の席から援護があった。ビニー・スローンが小さなノートとボールペンと自分の録音機を取り出したのだ。

「カレン、わかってると思うけど、今夜の発言はすべて録音し、書き取らせてもらうわ。来週の祝賀イベント関連の記事にするためにね。そのことを考えたほうがいいわよ」

「録音機とノートをしまいなさい。この話し合いは内密のものよ」カレンは言った。

ミスター・ウィラードが咳払いをした。白いかつらこそつけていないが、まだ英国の法廷弁護士の衣装のままだ。両手の指先を打ち合わせながら彼は言った。

「メリーランド州情報公開法を確認する必要がありますが、われわれの集まりは公式の会合のはずです」

オリヴィアはカレンがハンディタイプの録音機をオフにする小さな音を聞いた。

「いずれにしても」ミスター・ウィラードは言った。「話し合いの内容は公開する必要があります。そうしないと、何かを隠しているように見えてしまう。報道機関には正確な情報を流す権利があります。一般市民に伝えるのは、あくまでも〝正確な〟情報でなければ」

カレンはまた録音機のスイッチを入れた。

「いいでしょう、まずはミズ・スローン、ペイン・チャタレーの死体が発見された金曜日のあなたの行動からよ。たしかあなたは、許可なくチャタレー邸に侵入し、無断で写真を撮ったことでジェンキンズ保安官に逮捕されましたね。記事ではしらばっくれるつもりだとしても、あなたが逮捕されたことを公式の記録に残します」

ビニーは肉付きのいい肩をすくめた。

「どうしてそんなにわたしが怖いの？　記者はいつだって警察の捜査に首をつっこむものでしょ。わたしは自分の仕事をしていただけよ」

「説明してあげるわ」カレンは言った。「あなたと被害者に個人的な関わりがないと思った保安官は、あなたに殺人の容疑をかけなかった。でももし保安官がまちがっていたら？　わたしは町長として、あなたの行動、過去、生活の事細かな点について調査を依頼する必要を感じるでしょうね。実際、被害者と、あるいはその妻と、あるいは両方と関係があったかもしれないんだから。徹底的に捜査すれば、中傷まがいのコメントがたくさん出てくるでしょうし、あなたと姪が撮って新聞に載せたわれわれ一般市民の写真に手が加えられていたことも明らかになるはずよ。これまではプロにあるまじきあなたの態度にがまんしてきたけど、いつまでもそうとはかぎらない。法廷で決着をつけることになるわ。どちらにとっても泥仕合になるでしょうね」

オリヴィアはこれまでビニーがおどされてたじろぐのを見たことがなかったが、たしかにビニーはたじろいでいた。姪のネドラの将来を心配しているのだろう。ビニーはもう一度肩をすくめると、ノートとボールペンを専用のポケットにつっこんだ。「お好きなように」秘密めいた半笑いは、言いなりになるのは今だけだと告げていた。

カレンはルーカス・アシュフォードを抜かした。彼の力強く整った顔は、激しい不快感を隠せない様子だ。カレンがミスター・ウィラードにねらいを定めると、オリヴィアは身がすくんだ。物腰がおだやかで紳士的なミスター・ウィラードは、情報公開法を持ち出してカレンを怒らせてしまった。これからとっちめられるのだろう。

「つぎに、ペイン・チャタレーの死亡証明書が偽物だった件についてですが、ミスター・ウィラード、どうしてそんなまちがいが起きたのか説明してもらえますか？」

オリヴィアはミスター・ウィラードを見損なっていたようだ。彼は動じることなく咳払いをして言った。

「まちがいについては謝罪します。当時、町はチャタレー邸の公開を希望しており、すべての〝正統な〟子孫が故人でありさえすれば、それが可能だったのです。ペイン・チャタレーの所在についてしかるべき機関に問い合わせたところ、死亡証明書とそれを裏付ける書類が送られてきました。検死した医師が記した死体の特徴は、ペイン・チャタレーのものと合致しました。三十年近くまえのことで、DNA鑑定はされませんでした。スイスでのスキー中の事故死で、死体からペインであることを示す書類が見つかっています」

「でもペインではなかった」カレンが言った。

「そうです。登山者が死体を見つけ、警察に届けました。わたしはその報告書のコピーを送ってもらいました。報告書には、その登山者が母国であるイギリスに戻るまえに書かされた署名がありました。すべて問題なく見えました。登山者の名前に見覚えがなかったので、署名をよく調べなかったのです。名前はハワード・カースウェルでしたが、筆跡はわたしのフアイルにあったペインの筆跡見本のものとそっくりでした。重ねてお詫びいたします」

これほど率直に告白されては、カレンに言えることはあまりなかった。だが、彼女はがまんできずに言った。

「おかげでたいへんな騒動になったわ。今後はもっと慎重になっていただかないと」

町長の目が自分に向けられ、オリヴィアはむき出しの肩にかけたショールを引き寄せた。どうやら辛辣な批判は思い浮かばなかったらしく、緊張のひとときのあと、カレンはクウィル・ラティマーに矛先を向けた。クウィルは学者風のフードつきローブ姿でくつろいでいるように見える。組んだ膝の上に置いた角帽の房が向こうずねにたれていた。彼はカレンの凝視にかすかな冷笑で応えた。個人攻撃されることを楽しんでいるかのように。

「クウィル、あなたは祝賀イベントのあいだ、ほとんど姿を見せなかったわね。はっきり言っておいたはずだけど。あなたは屋敷の見学ツアーを引率しないことになったから、見物客のあいだをまわって、チャタレーハイツの歴史について話してほしいって。わが町の歴史はメリーランド州のなかでもっと注目されていいはずよ。祝賀イベントはそのチャンスだった」カレンはクウィルの尊大なまなざしにもひるむことなく、きびしい批判をつづけた。

「残念ですね。よりによってペイン・チャタレーが殺されたことで、あなたが町長を務める町にスポットライトが当たってしまって」カレンの録音機がオフにされ、クウィルは折りたたみ椅子に寄りかかって、やせた長い脚を伸ばした。「先週妻とともに町にやってきたとき、ペインはあなたに会ってうれしそうでした。あの口ぶりはまるで……挑発しているようだった」

オリヴィアは部屋の向こう、ジンジャーブレッドの村の近くに何かの動きをとらえた。だが、そちらを向くことはしなかった。マディーが立ち聞きするために部屋にしのびこんだのであればいいのだが。

カレンは引きさがりそうになかった。クウィルの顔から目を離さずに録音機のスタートボタンを押して言った。

「なんのことを言っているのかわからないわ。ペインはわたしを昔の知り合いとまちがえたのよ。たまたま同じファーストネームの人と。長年のアルコール摂取は意識を混濁させるわ。彼の気まぐれな態度からもそれは明らかよ。でもあなたはペインと知り合いだったんでしょ、クウィル?」硬い笑みがカレンの顔の完璧なラインを際立たせた。「昔何かあったのよね? 高校時代に?」

クウィルは体をこわばらせた。

「ペインとわたしが高校の同級生だったことはだれでも知っている。当時起こったことの真相を知っている人たちもいる。わたしならあいまいな当てこすりなどしないよ。名誉毀損で訴えることもできるんだから。もしわたしがその気になれば、下院議員の座は遠のくだろうね」

カレンは息を吸いこんだ。反論するのかと思いきや、メモに目をやって言った。

「先に進みましょう。地元の商店は祝賀イベント期間中いい商売ができたし、町の収入は装飾などにかかった支出を上回った。オープニングパレードはもう少しなめらかに動けるとよかったわね。高校のマーチングバンドは技術をみがく必要があるわ。見物客はよろこんでいたようだけど」

ルーカス・アシュフォードは話し合いに参加していなかったし、批判のやり玉にもあげられなかった。にもかかわらず、お腹をすかせたハイイログマに出くわした木こりのように見えた。円になって座るメンバーをぐるりと見まわしたオリヴィアは、ミスター・ウィラードのまぶたが閉じそうになっているのに気づいた。なんと言っても七十をとうに超しているのだ。それに何かと忙しい週末だった。クウィル・ラティマーは伸ばした脚に向かって顔をしかめ、ビニー・スローンはチャタレー邸のごみ缶のなかにステーキを見つけたときのスパンキーを思わせる顔――勝ち誇って、頑として譲らない顔をしていた。ビニーはまだカレンを解放するつもりはないのだ。オリヴィアはげんなりすると同時に興味をそそられてもいた。

合図を受けたかのように、マディーがクッキーの皿を運んできた。皿に盛られているのは、ジンジャーブレッドの家の準備をしていた最後の日々に、彼女がコミュニティセンターで製作したジンジャーブレッドクッキーだ。ショールは厨房に置いてきたらしく、どこから見ても給仕女の姿で、委員会のメンバーひとりひとりにクッキーのトレーを差し出している。ミスター・ウィラードの目がマディーの見事な谷間をさまよったあとそらされたのを見て、オリヴィアは内心にやりとした。クウィルはマディーの魅力を無視してクッキーを取った。ルーカスはクッキーを勧められると、ほっとしたように顔を輝かせた。ローズマリーはぞうきんを置いてメンバーに加わり、マシューもモップを持ったままそれにつづいた。

マゼンタとピンクのストライプの囚人服を着た走るジンジャーブレッドマンをかじりながら、オリヴィアは緊張感あふれる会合を振り返った。もっと情報が必要だ。デコレーションクッキーはたいていの人をくつろいだ気分にする効果がある。もしかしたらみんなガードを下げてくれるかもしれない。残念ながら話し合いは終わりに近づいていて、だれもが話したい気分ではないようだ。だがビニーがいる。

またクッキーを勧めてまわっているマディーのそばに行った。何気ない会話を装って言う。

「警察はイギリス時代のペインとハーマイオニのことを調べてるっていううわさよ。ふたりの偽名ももうわかってるみたい。ふたりとチャタレーハイツの住民とのつながりにも注目してるでしょうね」

オリヴィアのことばに、休止状態だった会合は一瞬で活気づいた。まずビニーが沈黙を破った。

「ボーイフレンドから聞いた話はそれだけ？」

「わたしには通常の身辺調査のように思えるね。何かわかっていれば、今ごろもうわれわれの耳にはいっているはずだ」クウィルが言った。

　オリヴィアは間《ま》を取って、思い出しているふりをした。「名前はたしか、サー・ローレンスとレディ・アリアーナだったと思う」

　カレンのカップがソーサーに当たる音がした。「ばかばかしい。そんなものにだまされる人はいないわ」

「あなたなら知ってるんじゃない？」ビニーが言った。「カリン」

　やっぱり。思ったとおりだ。あやしい人物の個人情報をインターネットで調べようと思う人間がいるとしたら、それはビニー・スローンだ。ビニーは嫌われ者かもしれないが、ばかではない。オリヴィアやマディーと同じ結論にたどり着いたのだろう。ロンドンで上演された芝居〈悪意とお茶菓子〉で、裏切られた妻ドリス役を演じたカリン・イーヴンソングという名の女優は、二十歳のころのカレン・エヴァンソンだという結論に。

「会合は終わりよ」カレンはそう言うと、まだ半分残っているコーヒーを金属製のテーブルに置き、伸縮性ファイルに手を伸ばした。

「これはおもしろくなってきたな」クウィルが言った。

　ミスター・ウィラードは戸惑っているような顔つきだったが、油断のない目はビニーとカレンのあいだを行き来している。ビニーは微笑みながら、ジンジャーブレッドの家のほうに歩いていった。聖フランシス教会兼聖アルバン教会のまえで足を止め、監督教会のほうのキャンディ製ステンドグラスの窓に向かって、耳を澄ましてみせる。

「音楽が聞こえるわ。何かしら……ああ、わかった。信徒たちが歌っているのは……」ビニーはまっすぐカレンを見た。「夕べの歌《イーヴンソング》にはぴったりの時間じゃない、カ、カ、カリン?」

カレンの顔に残った色は人工的なものだけになった。オリヴィアはちょっと不安になった。カレンへの総攻撃になってしまうような話をはじめるべきではなかった。ほかにも充分あやしい容疑者たちがいるのに、そちらに目がいかなくなってしまう。

ジンジャーブレッドのベーカリー兼キャンディストアの向こうから、エリーの小柄な体が現れた。彼女はみんなのところに歩いてきて言った。

「カレン、あなたがヨーロッパでアートを勉強していたすばらしい一年のこと、あなたのお母さんと楽しく話したのよ。若い人はみんな、異文化のなかで暮らす機会を持てればいいのにと思うわ。文化のちがいをよりいっそう意識するようになるから。そう思わない?」

「アートの勉強ね」ビニーがせせら笑った。「へえ、そうですか」

「ソルボンヌでアートを勉強したのよ」カレンが言った。「一年勉強したあと、ロンドンに行って芝居のオーディションを受けたの。驚いたことに役がもらえた。それで芸名を使うことにしたの。ただのお遊びよ」

「そうでしょうね」ビニーはいくつかのポケットをさぐって、録音機とノートとボールペンを取り出した。録音機のスイッチを押して言う。「そのお遊びにはペイン・チャタレーとのお熱い関係をつづけることも含まれていたの？」

「ビニー・スローン、すぐにやめなさい！」

エリーのきつい声が、オリヴィアを七年生のときのある日に連れ戻した。不機嫌な状態で学校から帰ってきて、バックパックをテーブルに放り投げた日に。そのせいで、鳥類学者の父が母に初めて贈った磁器のルリノジコ（ホオジロ科の小鳥）が割れてしまったのだ。

ビニーがあっけにとられてエリーを見つめている隙に、オリヴィアはその力の抜けた手から録音機とノートをかすめ取った。酒場の女給のコスチュームにはポケットがないので、オリヴィアはビニーのそれらの武器をカレンにわたし、カレンがそれをブレザーのポケットにそっと入れた。カレンは驚きながらも感謝のまなざしでエリーを見たあと、オリヴィアのほうを向いた。

「リヴィー、わたし……」目がうるみ、すばやくまばたきをして涙を追いやる。一瞬、その右目の銅色の斑点にオリヴィアは気づいた。

「ちょっと、それは違法よ！」ビニーのまるまるとした顔が赤くなった。「見てたわよね、ミスター・ウィラード。あの人たち、あたしの商売道具を盗んだわ。あからさまなマスコミ封じよ」

ミスター・ウィラードは長い骨張った指であごをなでながら、しばらく考えこんでいた。

「残念ながら、わたしの目は昔ほどあてにならないのですよ」

クウィルがしのび笑いをして言った。

「たいへんおもしろいシーンだったが、ビニーの言い分が正しいですよ。チャタレーハイツの住民には知る権利があるんじゃないですか？　町長が殺人事件の被害者と関係をつづけていたのかどうかを」

「そんなことはしてないわ」カレンが言った。「チャタレーハイツの人ならみんな知ってると思うけど、わたしは若いころペインに遊ばれて、捨てられた。わたしは立ち直って自分の道を進んだ。それ以来、先週の火曜日にハーマイオニを連れてやってきたときまで、彼には一度も会ってないわ。彼だと気づきもしなかった」

ビニーはずるそうな笑みを浮かべ、店先にクッキーのバラの木が植わったジンジャーブレッドのベーカリー兼キャンディストアをじっと見ていた。アイシングで立たせてあるピンクと赤のバラの木を引っこ抜き、大きくかじるビニーを見て、オリヴィアは嫌悪感を覚えた。

カレンが腕時計を見て言った。「これで祝賀イベント実行委員会は解散よ。わたしは帰ります」

「そうはいかないわ」ビニーはクッキーの残りをカレンに向けた。「水曜日の夜、あなたはチャタレー邸のなかで二時間近くすごしている。ペインとの関係が復活したんじゃないの？　かわいそうなハーマイオニはきっとぐっすり眠ってたのね。彼女、ペインより六つか七つ歳上でしょ？　彼は持参金目当てで彼女と結婚したのよ」ビニーはしっかり予習をしてきたようだ。

カレンはコミュニティセンターの正面ドアのほうを見てためらった。ブレザーのポケットに手をつっこんで、録音機とノートを取り出す。それをビニーに返して言った。「隠していることは何もないわ。いい夜を」ドアのほうに歩いていく。

「何があったの、町長さん？」ビニーがあせりはじめた。カレンがドアノブに手を伸ばすとビニーは言った。「屋敷を訪問中に何があったのか教えてよ、カレン。でないとこっちは最悪のことを考えるわよ。ハーマイオニが部屋にはいると、あなたとペインが――」

「何もなかったわ」カレンはくるりと振り返ってビニーをにらみつけた。「ペインは現れなかった。眠っているとハーマイオニは言ってたわ。酔いつぶれていたんだと思う。わたしはハーマイオニに、祝賀イベントのために屋敷を公開してほしいと話した。それだけよ。それ以外のことを書いたら、あなたを訴えるわ。〈ザ・ウィークリー・チャタター〉は発行停止よ。おわかり？」

「あなたはうそをついてる」ビニーが言った。

「うそじゃないと思う」全員の視線を集めながらオリヴィアは言った。「少なくとも友好的な訪問だったことについてはね。カレンがハーマイオニ・チャタレーと二時間近くすごしたのは、やむにやまれぬ理由があったからよ」まちがっているかもしれないし、その場合は恐ろしいうわさを流すことになってしまうが、いくつかのピースがぴたりとはまるのは否めない。「カレン、あなたは養子だったんでしょ？」

カレンは体をこわばらせた。「ばか言わないでよ。わたしは両親がドイツに住んでいたときに生まれたのよ」

エリーが小声で言った。「リヴィー、あなた本気で――」

「ええ、そうよ、母さん。カレン、あなたがご両親から聞かされた話なら知ってるわ。あなたはそれをずっと信じていたのよね。水曜日の夜までは。ハーマイオニ・チャタレーに、自分が母親だと言われたんでしょう？」カレンの返事を待たずにオリヴィアはつづけた。「ハーマイオニは赤ちゃんの写真を持っていた。ペインとのあいだにできた子供を赤ちゃんのときに亡くしたのかと思ったけど、あの赤ちゃんはあなただったのよね、カレン。目でわかったわ。とても珍しい色だから。今まで気づかなかったけど、琥珀《こはく》色でしょ？　めったにない色よ。琥珀色は光のかげんによって、銅色に見えたり金色に見えたりライトブラウンに見えたりする。ハーマイオニの目も同じ色よ。それにハーマイオニはあなたが出ていた芝居のことをすべて知っていた。ずっとあなたを追いかけていたかのように。どうして彼女があんなにすぐに屋敷を売るのをやめたのか、不思議だったのよ。夫の死にあなたが巻きこまれるんじゃないかと心配だったのね。それであなたを守るために町に残ることにした」

カレンの肩が落ちた。エリーが彼女に近づいて、ジンジャーブレッドの村のそばでかたまっているみんなのところに連れてきた。

「話してしまいなさいな」エリーは言った。「楽になるわよ。ビニーも沈黙を守ってくれるわ。そうよね、ビニー」エリーの声には鋼《はがね》のような鋭さがあり、ビニーはかすかにうなずいた。

マディーがコーヒーとクッキーのワゴンを押して近づいた。カレンは注いでもらったコーヒーを受け取ると、話しはじめた。

「自分が養子だということは知らなかった。ハーマイオニも話すつもりじゃなかったと思うけど、わたしが屋敷に来たので黙っていられなくなったのね。彼女はペインと結婚するまえにわたしを産んだ。まだたったの十六歳だった。わたしも十六歳のときペインに……とにかく、子供は手放さざるをえなかった。正式な養子縁組ではなかったわ。ハーマイオニの両親は、子供のないアメリカ人夫婦にわたしをあげたのよ。仲介者を通してね。ハーマイオニは家を出ると、私立探偵を雇ってわたしをさがした。それでチャタレーハイツに近い農場に住んでいることを知った。何年かしてペイン・チャタレーがロンドンに住んでいるとわかったときは、自分の幸運が信じられなかったと言ってたわ」

「もしかして……」オリヴィアは、ハーマイオニがどんなときもペインを愛していると執拗に言っていたのを思い出した。「あなたが彼の故郷の町であるチャタレーハイツに住んでたから、ハーマイオニはペイン・チャタレーをさがし出して結婚したの？　ずいぶん思い詰めたものね」

オリヴィアが驚いたことに、カレンは微笑んだ。

「たしかにちょっとやりすぎよね」オリヴィアが聞いたこともないようなおだやかな声で言う。「ペインに恋をしたのはうそじゃないって、ハーマイオニは言い張ったけどね。若いころの彼はチャーミングで魅力的だったそうよ。でも彼は変わってしまい、大嫌いになった」

サディーおばさんが刺繍で表現し、マディーがジンジャーブレッドの屋敷にも添えることになった、チャタレー邸の窓辺の少年を見たときの、ハーマイオニの奇妙な態度が思い出された。ハーマイオニは少年がペインだとわかっていたにちがいない。でも気づかないふりをした。辛辣で計算高い人間になってしまったペインは、もうあの少年とは似ても似つかない。

「ハーマイオニはわたしの写真を見せてくれた。生まれてすぐに撮った写真を」カレンは言った。「両親が病室にいないときに、こっそり撮ったものよ。いつかまた会えるという希望を捨てたことはなかった。ここに引っ越せばそれもかなうと思い、何年もかけてペインを説得した。彼は故郷に帰りたがらなかったけど、六カ月まえに突然、チャタレー邸に戻ると言いだした。そこならただで住めるからと。彼らにはお金がなかったのよ。ペインはアルコール依存症で、もう詐欺では稼げなかったし、悪い人たちに追われてもいた」

「たいへん興味深い話だね」クウィル・ラティマーはカレンの顔にじっと目を据えたままコーヒーを飲んだ。「あなたとハーマイオニは二時間も話していた。十六歳のとき彼女の夫に誘惑されたことも話したわけだね？」

クウィルの質問は、エンジントラブルを起こした飛行機のように空中をただよった。オリヴィアは頭のなかを混乱させながら、点と点をつなげようとした。ハーマイオニがカレンと架空のサー・ローレンスについての入り組んだ話を披露したのは、ハーマイオニとカレンの関係からオリヴィアの気をそらしたかったからだろう。

「カレン」オリヴィアは言った。「あなたがどこに住んでいるか知っていたなら、どうしてハーマイオニはもっと早くあなたに連絡しなかったの？」

「それについては全部説明してくれたわ」話をしたせいで、今やカレンの声はリラックスしていた。ベーカリー兼キャンディストアの屋根から、小さな赤いシナモンキャンディをひとつつまむ。「わたしに連絡することをペインに禁じられていたの。彼は自分たちの生活にわたしを引き入れたら別れると言っていたそうよ。自分を守りたかったんでしょうね。彼女の娘であるわたしにしたことを知られたくなかったから。チャタレーハイツに連れていってもらいたくて、ハーマイオニは従った。わたしが話すまでペインとわたしの関係のことは知らなかったみたい。話したのは彼が死んでからよ」カレンはシナモンキャンディを口に放りこんだ。

「ひとりでチャタレーハイツに来ることはできなかったの？」オリヴィアはきいた。

カレンは首を振った。「結婚したときハーマイオニにはかなりの持参金があったけど、ペインがすぐに使ってしまったの。ペインは財政を立て直すためにあやしい人たちと手を組むようになったそうよ。貧乏に耐えられなかったのね」

マディーがカレンのカップにコーヒーを注ぎ足してきいた。

「だからロンドンでは偽名を使ってたの？」

カレンは眉をひそめた。「ペインは犯罪行為についてはハーマイオニに話していなかったの。知らないほうがいいと言って」

集会室の雰囲気は格段に明るくなった。クウィルまでがみんなに交ざって、ジンジャーブレッドの家から屋根板をはがし、アイシングの芝生からクッキーの植木を抜いていた。ビニーはベーカリー兼キャンディストアの屋根に穴をあけた。そこに腕をつっこんで、小さなクッキーがのったクッキーの皿を取り出す。甘いものへの渇望が、同じ町の住民の秘密をあばきたいという欲望に勝ったようだ。とりあえず今のところは。

オリヴィアは自分のためにコーヒーを注ぎ、クリームと砂糖をたっぷり入れた。マディーがすり寄ってきて言った。

「あなたの頭はまだデータを消化中？」

オリヴィアはジンジャーブレッドの村のほうをちらりと見て、ささやき声で言った。

「新しい情報はたくさん手にはいったけど、ペインを殺した犯人がだれで動機はなんなのかを教えてくれるものじゃないわね。もう一度最初から考えてみる必要があるかも。さっき言ったとおり、わたしの携帯に電話して。警察からのふりをして出るから」

「わかった。でもちょっと時間をちょうだい。ルーカスに事情を説明しておきたいの。あのすてきな筋肉が必要になるかもしれないでしょ」

オリヴィアはマディーがルーカスを厨房に連れていくのを見ながら、必要な情報を整理しようとした。コスチュームのボディスに軽く触れる。リストアップしてマディーといっしょに検証した疑問のほとんどは答えが得られた。でもまだわからないことがいくつかある。チャタレー邸を荒らしたのはだれで、目的はなんだったのか？　チャタレー家のクッキーカッターコレクションが関係しているのか？　それらの疑問がつながっていることはすぐにわかった。ひとつがわかればすべてわかるはずだ。チャタレー家のクッキーカッターコレクションがあると信じ、なんとしても手に入れたいと思っている人物がいるのかもしれない。重要なのはスピードだ。宝さがしには複数の人間が携わった可能性がある。ハーマイオニが関わっているにしても、関係者はほかにもいるはずだ。

マシュー・ファブリツィオはクッキーカッターになど興味はなさそうだが、屋敷の荒らされぶりは怒りにまかせたように見える。マシューはまちがいなく怒っていた。ローズマリーはアンティークもマシューも愛している。クウィルは過去にとらわれている。カレンは……そう、カレンにもペインを殺す動機があったことがわかった。復讐だ。オリヴィアはカレンを見やった。エリーとおしゃべりしながら、チャタレー邸の明るい青紫色のアイシングが塗られた壁のかたまりをかじっている。オリヴィアが今まで見たことがないほどリラックスしているようだ。もう恐れるものがないからかもしれない。カレンがペインを殺せば、献身的な母親は責任を取ろうとするだろう。だがハーマイオニがひとりでやれたわけがない。

携帯電話が振動した。マディーがデルのふりをしてかけてきたのだ。オリヴィアはその電話で、ハーマイオニが危険な状態を脱し、警察と話すことになったのを知る、という筋書きだった。行動開始だ。オリヴィアは発信者名を見ずに携帯電話を開いて言った。「こんばんは、デル」

「やあ、リヴィー。出てくれてよかった」

「デル」それしかことばが出てこなかった。デルじゃないはずなのに。

「何を今さら確認してるんだい？　リヴィー、大丈夫か？　そっちで何かあったのか？　答えがイエスなら、すぐに警官を行かせるよ」

「問題ないわ。ほんとよ。ところで、なんの用？」

「ハーマイオニの最新情報を伝えようと思ってね」デルは言った。さらに間をとってから尋ねる。「ほんとうに大丈夫なのか？　いつもの元気な話し方じゃないね」

「ごめんなさい、デル。疲れてるんだと思う。それで、彼女の容態は？」

「悪化してる。危険だが手術に踏み切ることになった。それ以外に方法がないそうだ。こちらとしては待つしかない。ここにいてもできることは何もないから、チャタレーハイツに戻るところなんだ。ディナーの約束はまだ生きてるかな？　コミュニティセンターに迎えにいこうか？　それほど時間はかからないと思うよ」

六カ月まえ……。

オリヴィアが答えないでいると、デルが言った。「リヴィー、どうしたんだ？」

「ごめんなさい、デル。こっちはちょっとした混乱状態なのよ。ディナーは大歓迎よ。じゃああとでね」

オリヴィアはマディーをさがしてあたりを見まわしたが、見つからなかった。マディーの携帯に電話をした。

「もう」マディーが出た。「言われたとおり電話してたのに、留守番電話になっちゃうんだもの。だからスパンキーの様子を見にいこうと思ったの。彼は元気よ。いま起きたところ」

「すぐに集会室に戻ってきてくれる？　ルーカスも連れてね」オリヴィアは返事を待たずに携帯を閉じた。頭のなかはフル回転していた。

カレンの話によると、ペインは六カ月まえに急に気が変わって、チャタレー邸の所有権を主張することにしたという。屋敷が修復されるのを知っていたということだ。チャタレー夫妻はちょうどいいタイミングで町にやってきた。いつ来ればいいか、だれかが教えたのだ。

ハーマイオニは屋敷の修復のことなど知らなかったはずだ。カレンが教えたのだろうか？　いや、祝賀イベントは彼女にとって大切な行事だった。屋敷が使用できなくなるような危険を冒すわけがない。マシューはそのころまだ町に戻ってきていなかった。ローズマリーはなんとしてでもペインとの接触を避けたはずだ。クウィルがペインとまた会いたがるとはとうてい思えない。町の創立記念祝賀イベントについてはインターネットにいくつか記事が出ているが、屋敷の修復についてはひと言も書かれていない。

まったく腑に落ちない。

マディーが部屋の向こうからオリヴィアに手を振った。ルーカスの手を取って、ジンジャーブレッドの村のほうに引っぱっていこうとしている。途中でローズマリーが彼女を呼び止め、話をはじめた。オリヴィアはとっさにジンジャーブレッドのチャタレー邸のほうを見た。ルーカスのチームがたったの六カ月でなし遂げた見事な修復が、誇らしげに表現されている。窓辺にいる少年を見つめた……母親が石炭箱に隠していた宝物をサディーおばさんに見せながら、興奮して話していた少年。

チャタレー家のクッキーカッターコレクション。オリヴィアはジンジャーブレッドのチャタレー邸のまえに立った。それ以外のことは頭から消え去っていた。あの少年……サディーおばさんをのぞけば、ペインが見つけたアンティークのクッキーカッターのことを知っていたかもしれない人物はひとりしか思いつかない。ペインが秘密を打ち明けたかもしれない人物だ。相手を嫉妬させるためだけに。

マディーがオリヴィアの脇腹をつついて気づかせようとしていた。だがマディーの声は遠くから聞こえてくる。あばらに押しつけられているものは、指よりももっと硬いものだ。

「きみは小声でつぶやいていたよ。気づいていたかい？」クウィルの声だった。静かだが、やさしくはない。「屋敷をじっと見ながら、〝チャタレー家のクッキーカッター〟とかなんとか言っていた。どうやら見抜いたようだね。きみならやるかもしれないと思ったよ。だから準備をしてきた」

オリヴィアが脇腹に目を落とすと、金属製の細長いものが見えた。「それで銃があるのね」

「ペインに持っていてくれとたのまれたんだ。護衛のために」クウィルはばかにするように鼻を鳴らして言った。

「マシューが屋敷に来たとき、どうやってハーマイオニに発砲させたの？」

「わけなかったよ。ペインが死んだのは彼女が飲ませた睡眠薬のせいだと話したのさ。彼女のためにわたしが溺死に見せかけてやったんだとね。彼女はそれを信じた。ハーマイオニがなんとかして娘と連絡を取りたがっていることはペインから聞いていたから、マシューに殺人の罪を着せないと、刑務所に入れられて娘には二度と会えないと言ってやった。ずっと行方知れずだった母親を守るために、カレンがペインを浴槽に沈めたと、警察に思わせることもできるんだぞとね。ハーマイオニはとことんばかな女だ」クウィルの口調は静かだったが、声には怒りと尊大さが満ちていた。

クウィルに話をつづけさせようと、オリヴィアは尋ねた。「ペインが昔カレンと関係を持っていたことは知っていたの？」

「ああ、知っていたよ。ペインは十六歳のカレンをものにして、自慢せずにはいられなかったのさ。ものにした女の数や家柄のよさを自慢して、わたしを苦しめるのが好きだったんだ。屋敷が修復されることと、いつそれが終わるかを教えたあとも、あいつの態度は変わらなかった。たしかにクッキーカッターコレクションはさがさせてくれたがね。わたしがアンティークの歴史的価値を讃えるたびに、ペインはわたしの目のまえでそれをたたきつぶした」

クウィルの声には怒りと痛みがあった。オリヴィアは彼が気の毒になりかけた。だがクウィルはペインを殺したと認めたも同然だ。あとはどうやって殺したか話してくれたら……銃が強く食いこむのがわかった。クウィルの積年の怒りといらだちがこめられているかのように。

「でもあなたは証明できるの、ハーマイオニが――」

「質問は終わりだ」

オリヴィアは深呼吸をひとつしてもう一度挑戦することにし、感心したような口ぶりできいた。「そもそもどうやってペインを見つけたの?」

「たまたまだ。わたしはチャタレー家の歴史を調べるために何度かロンドンに行った」一瞬、かつての学者ぶった口調になった。「偶然ペインを見かけ、フラットまであとをつけた。偽名を使っていたから、身を隠しているのだろうと思った。やつがここに戻ってこられる方法を考えてやった。その見返りに、わたしは屋敷でチャタレー家のクッキーカッターコレクシヨンをさがさせてもらうことになっていた。あのコレクションを見つけることはずっとわたしの夢だった。歴史的な意義があるんだ……コレクションはもう存在していないのではないかとも思ったが、危険を冒す価値はある。あのコレクション見つけたら、ようやくわたしの価値が認められる。失われていた価値が」

視界の隅で、マディーがけげんそうな顔でこちらを見ているのがわかった。オリヴィアはあえて合図をしなかった。

「だがコレクションは見つからなかった。それにもう手遅れだ。急いで町から出る必要がある。わたしといっしょに歩いてここから出るんだ。さりげなくな。そしていっしょに車に乗ってもらう。とりあえず、しばらくのあいだ。叫んだりしたらどうなるか、わかっているな。わたしには失うものが何もないんだ」

クウィルは銃を動かしてオリヴィアのショールの下に隠すと、ジンジャーブレッドの村の通りに沿って彼女を歩かせた。マディーはルーカスとマシューを相手に話をしており、今はオリヴィアに意識を向けていない。ローズマリーとカレンとエリーは、コーヒーポットのそばで楽しげに話しこんでいる。今にかぎってだれもこちらを見ていなかった。叫んでみてもよかったが、クウィルの声はやけくそ気味だった。ほかの人たちも撃たれるかもしれない。

クウィルに歩かされてジンジャーブレッドの村の端に向かっていると、部屋の向こうからマディーに呼びかけられた。

「オリヴィア・グレイソン、あと片づけをサボれると思ったら大まちがいよ！」ルーカスとマシューは消えていた。

オリヴィア・グレイソン。マディーはオリヴィアをフルネームで呼んだ。親友になった十歳のとき以来、マディーとオリヴィアがフルネームを使うのは、苦境や危険や警告を伝え合うときだけだ……あるいは〝何かあった？〟と問いかけるとき。

オリヴィアは何も言わなかった。マディーが近づいてきたら、クウィルは取り乱すだろう。エリーも心配そうに顔にしわを寄せてこちらを見ていた。そしてこちらに向かって歩きだした。

クウィルはオリヴィアの腕を強くにぎって引き寄せ、自分のまえで盾にした。うなじに銃が当てられるのがわかった。

「離れて、母さん。彼は銃を持ってるわ」オリヴィアは言った。

室内の顔がいっせいにオリヴィアたちのほうに向けられた。母の顔が青ざめるのを見て、オリヴィアの胸は震えた。

「わからないことがあるの、クウィル」オリヴィアはなんとか彼の気をそらせようとして言った。「ペインが殺された夜、あなたにはアリバイがあった。別れたときは何もできないほど泥酔した状態だったと友人たちが証言しているわ」

クウィルは陰気な笑い声をあげて言った。「きみは驚くだろうが、酔ったふりをするのは実に簡単なんだよ。とくにほかのみんなが死ぬほど飲んでいるときにはね」

「じゃあアリバイがたしかじゃないことはわかっていたのね。だからハーマイオニがマシューに銃を向けるように仕向けたの？　ハーマイオニだけでなく、自分にも容疑がかからないようにするために？」

「その可能性はあったからね。わたしの悪ふざけに動揺したハーマイオニが心臓発作を起こすなんて、そんな幸運な事故が起こるとは思ってもいなかったよ。さあ、もう時間稼ぎはやめてもらおうか」

クウィルはオリヴィアをせかしてジンジャーブレッドの屋敷を通りすぎた。オリヴィアは背後でクウィルが体をひねり、だれも追ってこないことを確認しているのがわかった。押しつけられる銃身の圧力は弱まったが、逃げることはできなかった。あざができそうなほどきつく上腕をつかまれているからだ。今やクウィルの足取りは速くなり、ふたりはジンジャーブレッドの村という隠れ場所から出ようとしていた。何歩か先にはスタッフエリアに出られるドアがある。クウィルはそこをロックして、いくつかある出口のひとつに向かうことができる。

ジンジャーブレッドの村では、それぞれの家が別々の土台の上に建っており、建物のあいだには空間があった。クウィルとオリヴィアが聖フランシス教会と聖アルバン教会のつなぎ目にさしかかったとき、目のまえの床で濡れたモップの先が動いた。つぎの瞬間、マシューが現れた。教会とコテージのあいだのスペースにモップをすべらせながら、ジンジャーブレッドの村の端からこちらにやってくる。マシューとモップは、スタッフエリアに出ようとするクウィルのまえに立ちはだかった。

「どけ。でないとオリヴィアを撃つ」クウィルは命令した。「わたしは本気だ。どかないと――」

ドアの向こうのスタッフエリアから、キャンキャンと吠えまくる声が聞こえてきて、クウィルのおどしは聞こえなくなった。スパンキーだ。オリヴィアの鼓動はギャロップなみに跳ねあがった。もしクウィルがスパンキーに銃を向けたら……スパンキーが閉じたドアに体当たりするどすんという音が聞こえた。

その音に驚いて、クウィルが脇に寄った。その隙をついて、マシューがクウィルとオリヴィアの足のあいだにモップをねじこみ、ふたりを引き離した。オリヴィアは腕を引き抜いて、クウィルの手から逃れることに成功した。と思ったら、別の強い手に手首をつかまれ、向きを変えさせられて、クウィルから引き離された。チャタレー邸と教会のあいだから出てきたルーカスだった。ルーカスはオリヴィアを安全なところに連れていくと、急いでジンジャーブレッドの村に戻った。

オリヴィアは振り返って、マシューが重いモップを振りあげ、クウィルの手から銃をたたき落とすのを見た。マシューはモップを床に下ろさず、そのままクウィルの頭上に振りあげて背後におろした。そして濡れたモップの房が床につくまえに、クウィルの膝の裏を強打した。クウィルは悲鳴をあげてバランスをくずし、聖フランシス教会兼聖アルバン教会の上に倒れこんだ。ルーカスが銃を蹴りとばし、クウィルの脇の下を抱えてジンジャーブレッドの村から引きずり出した。クウィルは抵抗しなかった。

クウィルがつかまってから、マディーがスタッフエリアのドアを開けると、スパンキーが飛び出してきた。リノリウムの床に肢を取られてすべる犬を、オリヴィアが救出に向かう。オリヴィアを見つけたスパンキーは、うれしそうにキャンキャン鳴きながら彼女の腕のなかに飛びこんだ。息を切らした犬を胸に抱きながら、オリヴィアはあることに気づいてしのび笑いをした。チャタレーハイツのカトリック教会と監督教会は、力を合わせて悪魔を退治したことになる。クウィル・ラティマーは偉大なる教会勢力のまえに敗北したのだ。

コミュニティセンターの正面ドアが勢いよく開いて、銃を抜いたデルが駆けこんできた。その場の様子をひと目見て、銃をホルスターに戻す。デルの背後の開いたドアから、ひょろりとした長身の若者がはいってきた。破壊されたジンジャーブレッドの教会を見て、黒っぽい眉を吊りあげる。

「うわあ。みんなパーティのしかたを知ってるね」

「ジェイソン！　帰ってきたのね！」エリーが息子に走り寄る。オリヴィアの弟だ。「もっと早く着くと思ってたのに」

「おれもだよ」ジェイソンは言った。「でも、バスの燃料系統からガソリンがもれてたんだ。運転手は助けを呼ぼうとしたけど、おれがダクトテープで破損箇所をふさいだ。そうしなかったら、まだ道端にいただろうな。ねえ、大丈夫かい、オリーブオイル？」

姉が無事なことを確認すると、ジェイソンは聖フランシス教会兼聖アルバン教会の残骸を見て言った。

「おれ、腹ぺこなんだ。これを食べても罰は当たんない？」

20

月曜日、オリヴィアは明け方に目を覚ました。当然二度寝するつもりでいたが、スパンキーはちがった。オリヴィアのお腹の上を行ったり来たりしている。外に出る必要がある犬のように。それも今すぐ。オリヴィアは片肘をついて体を起こした。

「お若いの、お互い気を鎮めるために夕べ遅くに散歩に行ったでしょ。わたしははっきり覚えてるわよ。もう一度寝なさい」

スパンキーはベッドから飛びおり、ドアのまえに走っていくと、振り返ってオリヴィアを見た。

「あなたは昨日たくさん寝たのよね。でもわたしはそうじゃないの」スパンキーがくーんと鳴く。

オリヴィアは上掛けの下でまるくなり、のんびりと深い息をした。スパンキーが彼女の上に跳び乗った。オリヴィアは上掛けをめくって言った。

「なんなのよ、もう……あら」

かすかにミキサーのうなる音が聞こえた。すぐにオレンジオイルのきりっと甘いにおいがした。マディーがクッキーを焼いているのだ。

「クッキーのためなら起きるわ」

オリヴィアはベッドから起きて、スリッパ代わりに愛用しているひものないテニスシューズを履いた。今日は店が休みなので、ジーンズとスエットシャツが着られる。ディナーにはドレスアップすることになるだろう。デルに手料理をごちそうする約束をしているからだ。

昨夜の冒険のあと、ディナーの計画はお流れになってしまった。

オリヴィアは肌寒い〈ジンジャーブレッドハウス〉の庭でスパンキーに軽く散歩をさせたあと、いっしょに店にはいった。入口のドアをロックして言う。

「ここの警備をお願いね、スパンキー。わたしがマディーと話しているあいだ」

スパンキーはやるべきことを心得ていた。彼が店を隅々までかぎまわりはじめると、オリヴィアは厨房にはいった。

いつも驚かされるが、マディーは踊りながらクッキー生地を伸ばすことができる。彼女は音楽を聴いていたので、オリヴィアに気づくのに数秒かかった。

「あら、おはよう、おねぼうさん」マディーはイヤホンをはずして言った。「店のトレーにもうクッキーがないことに気づいたの。オレンジゼスト入りの生地にしたわよ」

「知ってる。階上《うえ》までにおいがしたわ」オリヴィアは使用ずみの道具を食器洗浄機に入れはじめた。

「オレンジゼストを使うなんて、ぜいたくすぎる？」マディーは生地の上のほうまで麺棒をすべらせて、全体をならした。「おあいにくさま。アイシングにも入れちゃうわよ。オレンジの気分だから」

「マディー、これは何？」

マディーが厨房に置いていったキャンバスバッグの中身を出しながら、オリヴィアがきいた。ふたりのコスチュームとお祭り用の飾りがはいった複数のバッグのほかに、たたんだ一枚の布だけがはいったバッグがひとつある。

オリヴィアが持っている布を見て、マディーが言った。

「サディーおばさんが刺繍つきのショールを入れたときに、たまたまバッグにまぎれこんだラグだと思う」

「ラグにしては上等すぎるわ」オリヴィアは布を開いて掲げた。「刺繍がしてある。でも使われている色は一色だけ。マディー、これってもしかして？」

「こっちに持ってきて。明かりの下で見せて」マディーは手についた生地を洗い落としてから、布を受け取った。「うわあ、さすがサディーおばさんね。クッキーカッターだわ。いろんな色合いのグレーで、細かいところまで表現されてる」

「やっぱり思ったとおりだわ」オリヴィアは言った。マディーが使うクッキーカッターを選んでいるあいだ、オリヴィアはカウンターに布を広げ、太陽光に近い、新しいフルスペクトラムライトの下で見た。サディーおばさんはくぼみや傷やはんだの跡まで表現していた……オリヴィアはその形を指でたどった。「マディー、ペインが子供のころ、サディーおばさんに見せるために持ってきた、二個のアンティークのクッキーカッターのことをもう一度話して。ひとつは馬の形だったわよね？」

マディーは伸ばした生地の上でクッキーカッターをかまえたまま動きを止めた。

「ええ、うしろ脚で立つ馬よ。何かを背負った人を乗せてる。もうひとつはしっぽを宙に上げた猫。よくある形だけど、サディーおばさんはアンティークだと確信してた。たぶんモラビア製か何かだろうって。どうして？」

「そのふたつの形が刺繍されているからよ。そのほかにも六つ。ペインはほかのクッキーカッターも見せたのかしら？」

マディーは生地に押しつけたカッターをそのままにして、オリヴィアのところに来た。

「ペインはもうやめなさいと言うまで何度もカッターを持ってきたそうよ。おばさんは彼がご両親に怒られるんじゃないかと心配になったらしいわ」刺繍の絵柄に顔を近づけて、マディーは言った。「残念ながら、ほかのカッターのことは何も言ってなかったけど、これはみんなアンティークみたいね。きっとカッターを見てすぐにこれを刺繍したんだわ。傷やなんかをはっきり覚えているうちに」

マディーがクッキーの型抜きに戻ると、オリヴィアは言った。

「これさえあれば、チャタレー家のクッキーカッターコレクションの存在を後世に伝えることができるわ。額に入れて町役場に飾るべきよ」この刺繍作品をいつまでも見ていたいけど……。「時間を無駄にはできないわ。料理をはじめなきゃ」

「あなたが？　料理？　なんのために？」

オリヴィアは別の刺繍、何かの鳥の形を指でたどった。「冷凍ピザ以外のものを作れるってデルに言っちゃったのよ」

「でも、できないじゃない」マディーは言った。「あのね、今夜はあなたとデルとルーカスとあたしの四人でディナーはどうかと思ってたの。料理はあたしがするってことでどう？それならあなたに料理を教えてあげられるし、そうね、六カ月もしたらまたデルに軽はずみな約束をしてもいいわ」

オリヴィアは答えなかった。さらにふたつの刺繍を指でたどる。ある記憶がよみがえってきた。

「聞こえてる、リヴィー？」

「え？」

「今夜のディナーのことよ。ポットローストを大量に作るわ。ニンジンとジャガイモとタマネギを添えて。大作でしょ。あとサラダね。デザートはクッキー。あなたはワインを用意して」

「よさそうね」オリヴィアは言った。「ここで食べましょう。ねえ、母さんたちに電話して来てもらってもいい？　それとローズマリーも。カレンも呼ぶべきよね。そうそう、あなたがサディーおばさんを連れてきてくれたら最高だわ。一階の料理本コーナーで食べればいいわね。そうすればおばさんも階段を使わずにすむし。もともとあそこはダイニングルームだったんだから」オリヴィアは携帯電話と鍵をつかんだ。「用事をすませてこなきゃ。しばらく出かけるわね」

「えっと……」マディーは混乱して目を見開いている。

「ありがとう、マディー。あなたって最高。スパンキーを連れていくわね。すっごく楽しみだわ」

オリヴィアが厨房を出てスイングドアが閉まったあとで、マディーがこう言うのが聞こえた。

「あなた、ひとりで会話してるわよ。わかってるんでしょうね？」

オリヴィアが戻ってきたのは午後四時だった。〈ジンジャーブレッドハウス〉のドアを開けると、料理本コーナーにはすでに折りたたみテーブルが出されており、テーブルクロスと食器類が用意されていた。オレンジゼストの代わりに、ニンニクとタマネギのにおいがした。

スパンキーは近い将来肉をもらえるかもしれないことに興奮して、店のなかを全速力で走りまわった。

厨房のドアにメモがテープで留められていた。

シャワーを浴びに家に帰って、サディーおばさんを連れてきます。ルーカスもね。マシューは暴君コンスタンスに残業させられることになってて、カレンは病院でハーマイオニに付き添うそうだけど、それ以外はみんな来るわ。集合時間は五時半よ。ポットローストをベーストしておいてね。

マディー

追伸：デルの話では、ハーマイオニの術後の経過は良好だそうよ。

追追伸：〝ベースト〟の意味がわからなければ、インターネットで調べること。

オリヴィアは厨房にはいった。オーブンの扉を開けたときにローストに突進しないように、スパンキーを片腕に抱えて。ベーストの意味は知っていたので――肉汁をかけるという意味だ――急いでそれをやった。

「つぎはあなたのごはんね」スパンキーに言う。「階上《うえ》に行きましょう」

オリヴィアがスパンキーに食事をさせ、シャワーを浴び、新しいバーガンディ色のウールのパンツとそれに合うセーターに着替えると、五時二十分になっていた。開けていないメルローのボトルを二本見つけて住まいの玄関に向かう。スパンキーが悲しげにくんくん鳴くので、二階に置いていくのは考え直した。

「わかったわよ、スパンキー。あなたも来ていいわ。でもテーブルで食べ物をねだって、あとで気持ちが悪くなっても、あなたのせいですからね」スパンキーは同意のしるしにキャンキャンと鳴いた。

オリヴィアが家のなかから店に通じるドアを解錠したとき、おもて側のドアで鍵の音がした。マディーがドアを開けて押さえているあいだに、ルーカスがサディーおばさんをエスコートして玄関ロビーにはいってきた。マディーはモップキャップなしの給仕女のコスチュームを身につけている。スーツ姿のルーカスは落ちつかない様子だが、やはりハンサムだ。明るい青紫色のセーターにネイビーブルーのパンツを合わせているサディーおばさんを見て、オリヴィアはすてきだと思った。そのあとからはいってきたのは、ワインひとケースを抱えたデルだ。

それから十分もたたずに、お客全員がそろった。オリヴィアは興奮で頬が紅潮するのを感じたが、ニュースを発表するのはデザートまで待つつもりだった。雰囲気は申し分なかった。みんなが互いの顔を見られるように、テーブルはゆるやかな円形に配置されている。マディーがオリヴィアとデルのそばにサディーおばさんを座らせると、〝婚約を考えると約束する〟指輪が明かりを受けてきらりと光った。

「マディー、ちょっと指輪を見せて。今夜はやけに光ってるような気がするんだけど」オリヴィアが言った。

マディーは指輪をはめた指を、みんなに見えるように掲げた。エメラルド一石ではなくなっていた。小さなダイヤモンドの列がふたつ、エメラルドの両側に加わっている。

「もう充分長く考えたわ。それにルーカスは親友の命を救ってくれたんだもの。だからエメラルドを飾るダイヤモンドを買わせてあげたの」

「それで？」オリヴィアがせかす。

「あたしたち、春に結婚するわ。もう座って食べてもいいかしら」

マディーがみんなの注目を浴びているあいだ、オリヴィアはデルに言った。「ハーマイオニはよくなりそう？」

「これまでのところは順調だ。娘が見つかったことで、生きる意志が強まったんだろうな」

「でも、彼女はペイン殺しに関わっていたんじゃないの？　回復したら起訴されるの？」

「そうなるかもしれない」デルはワイングラスをくるくるまわしながら言った。「すべてのことを仕組んだ黒幕は彼女だとクウィルは主張しているが、それはないだろう。たしかにハーマイオニは、娘をさがす方法を見つけたくて、何年もまえからチャタレーハイツの様子をうかがっていた。クウィルによると、ハーマイオニが連絡してきて、いつからまた屋敷に住めるのか教えてくれれば、チャタレー家のクッキーカッターコレクションをさがしていいと言ったそうだ」

「そんなのおかしいわ」オリヴィアが言った。「クウィルはここに住んでいるのよ。いつでも好きなときに屋敷を捜索できたはずでしょ」

「たしかに。だが、クウィルは屋敷内の隠し場所をペインに教えてもらう必要があったんだ。きみのおかげでわかったんだが、クウィルはチャタレー家について調べるため、この十年で何度もイギリスに行っていた。そしてあるとき、ペインを見かけてあとをつけた」

「でもクッキーカッターコレクションはずっと昔になくなっていた」オリヴィアは言った。

「そのようだな」デルはふたりのワイングラスにお代わりを注いだ。

「マディーとわたしが根菜貯蔵室にいたあいだに、クウィルがおもて側の応接間で何か重要なものを見つけたのはたしかだと思ったのに。あれだけのことをして何もなかったなんて」

暑くなってきたので、オリヴィアはセーターの袖をたくし上げた。

「酒場の女給のコスチュームを着ればよかったのに。似合っていたし、涼しかったはずだよ」

「夢見てればいいわ。ハーマイオニとペインは身を隠していたのよね？　偽名を使ってレーダーに引っかからないようにしていた」

「理由はまだわかっていないが、そうだ。おそらくペインは自分の身代わりになった男を殺したんだろう。ペインはスイスで自分に似た男と出会い、スキーに誘い出して山の上から突き落とした」

「いずれにせよ、ひどい話ね。クッキーカッターはわたしも大好きだけど、クウィルはちょっとのめりこみすぎだわ」

「彼はコレクションに情熱をかけてきたんだ。きみにも彼の話を聞かせたかったよ。留置場のなかでさえ話していたからね。チャタレー家の一員が彼の人生を台なしにした、だから自分がチャタレー家のクッキーカッターコレクションをよみがえらせるつもりだったとね。ふたりの異常者がやりあっているのを見るのは、持病のあるハーマイオニの心臓にはよくなかっただろう。手術後に彼女が話してくれたよ。クウィルが屋敷でクッキーカッターをさがしているあいだ、ペインは酒を飲んで彼をあざけっていたとね。部屋から部屋へとクウィルについてまわって、彼が褒めたものを片っ端から壊したそうだ。ハーマイオニは破片を片づけようとしたが、やるだけ無駄だった」

そう言えば、ペインの死後、ハーマイオニの手には小さな切り傷があった。気の毒な女性だ。

「ハーマイオニはペインに睡眠薬を飲ませようともしてみたと言っていたよ。眠ってくれれば静かになると思ってね。砕いた薬を混ぜてクッキーを焼いてみたり、ステーキにも入れてみたが、どうすればうまくいくかわからなかったらしい」デルはスパンキーのほうを見て微笑んだ。料理本コーナーの隅にある張りぐるみの安楽椅子で、疲れきって眠っている。「そうそう、スパンキーにあげた肉は睡眠薬入りではなかったそうだ。きみに伝えてくれと言われたよ」

「よかった」オリヴィアは言った。「それで、ハーマイオニはどうなるの？　彼女、あちこちの店で万引きもしてるのよ」

「店のオーナーたちは、チャタレー家の人間を起訴するつもりはないと言っているが、品物は返してほしいということだ。ハーマイオニは反省しているよ。彼女は裕福な家庭で育った。だがペインのせいですべてを失った。ペインの態度に耐えてきたストレスもあっただろう。だからと言って許されることではないが、盗んだものは返すはずだよ。おそらく娘を後見人として釈放されることになるだろう。カレンは母親の世話をするために、中央政界への進出を断念するらしい。カレンの言うとおり、両親がイギリス人ということになれば、国籍の問題が出てくるからね」デルはワインを飲み干して言った。「亡くなった日、ペインはかなりウィスキーを飲んでいたので、ハーマイオニは薬の量をごまかすことができた。実際、彼女は少なくとも三回薬を飲ませている」

「でも睡眠薬のせいで死んだんじゃないでしょ？」

「ああ。だが薬のおかげで、クウィルはペインを殺す機会を得た」デルはテーブルのまわりを見た。お客たちはマディーのそばに集まって指輪を褒め、やがて来る結婚式について話し合っている。「クウィルは殺人を自白した」デルは静かに言った。「自分が睡眠薬を多く飲ませすぎたせいで、眠らせるだけのつもりが、ペインを殺してしまったのではないかとハーマイオニは思った。そして気を失いかけた。クウィルは自分がペインの様子を見るから、一階にいろと彼女に言った。彼はハーマイオニが心臓に問題を抱えているとは知らなかった」

「それはほんとうだと思うわ。わたしとマディーが訪問したとき、彼女は必死で体調の悪さを隠そうとしてたもの」

オリヴィアの頭のなかで疑問が渦を巻いたが、口に出すのは控えた。デルは普通なら隠しておくようなことを話してくれている。信頼してくれているからだ。その信頼はなんとしてでも失いたくなかった。オリヴィアは質問をつづける代わりに言った。

「わたしを盾代わりにしているときにクウィルが言ってたわ。睡眠薬の与えすぎでペインを殺してしまったのはハーマイオニなのだから、マシューに疑いがかかるようにしないと、刑務所に入れられて二度と娘に会えないぞ、とハーマイオニをおどしたって」

「きみの供述調書で読んだよ」デルはうなずいて言った。「気の毒に、心臓発作を起こしたのも無理はない。最初、クウィルはペインを生かしておくつもりだったんだ。だがペインは睡眠薬とアルコールのせいでそうとう深く眠りこんでしまったらしく、揺すっても起きなかった。クウィルはペインがすでにコレクションを見つけて、彼を苦しめるために隠したのだと思いこんでいた。そこでペインが意識を失っているあいだに、彼の部屋でクッキーカッターをさがした。何も見つからないとわかると、長年の怒りが爆発した。クウィルはペインを枕で窒息させ、浴槽に水をためて彼を沈めた。クウィルはミステリの愛読者ではなかったから、死体の顔が上向きでなければおかしいことも、鑑識が見れば溺死か窒息死かわかってしまうことも思いつかなかったんだ」

「最後までペインにしてやられたってわけね」オリヴィアが言った。

オリヴィアの母と継父が持ってきたコニャックが、夜をさらに完璧なものにした。ふたりが飲み物を配り、マディーがクッキーのトレーをまわしているあいだに、オリヴィアは急いで厨房にある店の小さな金庫に向かった。そして箱をひとつ取り出し、それを持ってみんなのところに戻った。

「お開きになるまえに、みんなに報告したいことがあるの」オリヴィアは言った。あちこちでささやき声が聞こえてくると、オリヴィアは説明した。「言っておくけど、今のところ婚約してるのはマディーだけよ。実は、報告というのは、みんなに知られ、愛されていた人物、クラリス・チェンバレンが遺してくれたものについてなの。ご存じのように、クラリスはわたしの大切な友だちだった。今夜彼女がここにいてくれたらいいのにと思うわ。でも、彼女の魂の一部はここにいるの」

オリヴィアはテーブルに置いた箱を開けた。

「ともにクッキーカッターを愛していたということで、クラリスはわたしにすばらしいクッキーカッターコレクションを遺してくれた。でもあまりに量が多くて、まだ全部を見ていなかったの。彼女はリストを作っておいてくれて、とくに価値のあるものにはしるしがつけてあった。わたしはそれらをしまいこんで鍵をかけていた。この箱のなかにあるクッキーカッターもリストに載っているけど、区分は〝情報なし、価値があるかも〟というものだった。わたしはこの箱の中身を今日初めて見たの。ペインがこのなかのいくつかをサディーおばさんに見せていたのではないかと思ったから」オリヴィアはサディーおばさんに微笑みかけた。「箱を開けると、カッターの上にクラリスからの手紙があった」手紙を広げる。胸が詰まった。「マディー、わたしはちょっと……あなたが読んでくれる?」

マディーは手紙を受け取って目を通した。目を見開いてオリヴィアを見たあと、彼女は読んだ。

最愛のリヴィー

ここにあるカッターをあなたが手にすることはなかったかもしれません。これにまつわる歴史をいつあなたに話すべきかかなり迷っていたから。これは何十年ものあいだチャタレー邸のあちこちに隠されていた、チャタレー家コレクションの生き残りです。わたしが友人のサリー・チャタレーから買い取ったものよ。彼女はお金を必要としていたので、それほど値切りませんでした。わたしは彼女のために、でなければ彼女の若い息子のためにこれをとっておくつもりでしたが、どちらも亡くなってしまいました。
サリーはカッターをひとつだけ、ティーポットの形のカッターだけを、ペインの子供のころの部屋に残しておいたそうよ。古いスポードのティーカップのなかに入れて、ペインがよく小さな宝物を隠していた、クロゼットのなかの隠し場所にしまったの。紅茶が好きだった少年への愛のしるしよ。それはそのままにしてあります。

小さく息をのむ声が聞こえ、オリヴィアはお客に目を走らせた。サディーおばさんが刺繍入りハンカチで目元をぬぐっていた。
マディーはつづけた。

あなたという友だちができて、わたしのクッキーカッターコレクションはあなたに譲ることに決めました。それまで、チャタレー家のカッターの存在は秘密にしておくつもりだったの。かなり使い古されているけれど、そうとう価値があるものだということは言っておきます。あなたのものですから、どうしようと自由です。でもあなたならきっと、この子たちにやさしくしてくれるでしょう。

「このチャタレー家のクッキーカッターをチャタレーハイツの町に寄付したら、クラリスはよろこぶと思うの。でもそのまえに、いくつかをみんなに、わたしの友人と家族に見せたいと思って」

「料理はあたしがしたんだから、手伝う権利はあるわよね」マディーがすばやく席を立って、オリヴィアの横に行った。

「専門家にカッターの鑑定をしてもらう必要があると思うけど、おそらくこれはいちばん古いものよ」オリヴィアはふたつのカッターを掲げた。「ひとつはうしろ脚で立った馬と、矢筒を背負った騎手。もうひとつは雌牛。溶融メッキされたブリキだから、あとの時代のものよりずっしりしてる」

マディーは両手にカッターをひとつずつ、ささげるように持った。

「きっとアメリア・チャタレーがフレデリック・Pと植民地に来たとき持ってきたものね」

彼女がそれをみんなにまわしはじめると、オリヴィアはさらに三つのカッターを手に取った。

「そしてこれは、シンプルなハート、星、鳥の形のカッター。廃品から作られた、典型的な初期のアメリカ製カッターよ」

「一八〇〇年代のものであるのはたしかね」マディーはカッターをひとつずつ調べたあと、みんなにまわした。「チャタレー家の妻が行商に来たブリキ屋から買ったものかもしれないわ。すごくいかしてる。つぎは？」

「つぎは」こっくりしている頭があるのに気づいて、オリヴィアは言った。「そろそろ寝る時間よ。みんな明日は朝から仕事なんだから」

「オリヴィア・グレイソン、あなたってほんとに――」

「頭が固いでしょ、わかってるわよ。アンティークのクッキーカッターの目録作りを手伝わせてあげるからかんべんして」オリヴィアは言った。

「いいわ、それなら許す」マディーはルーカスの手をにぎって正面ドアに向かった。「でも食器洗いはあなたがしてね」

お客たちはみなさようならと言って帰っていき、デルだけが残った。

「クウィルがすべてを話す気になったというメールが来たよ。だからすぐに行かないと。屋敷から持ってきた古い料理本を提出するよう、マディーに言ってくれるかな。あれもチャタレーハイツのものになるわけだからね」

オリヴィアはデルの手を取った。「またよけいなことをしたわたしに腹を立ててるのね？クウィルのそばではもっと気をつけるべきだったわ」

「そうだね」デルは言った。「もうあんなことはしないでくれよ。でなきゃ、やるまえに三回は考えてくれ」ふたりの指がからみ合う。「もう少しできみを失うところだったとわかったときは、心臓が止まりそうになったよ。でも条件をひとつのんでくれれば許してあげよう」デルはオリヴィアを立たせ、正面のドアに向かった。

「どんな条件？」

「金曜日の午後七時に、ぼくを〈ボン・ヴィヴァン〉に連れていってくれること」デルはオリヴィアの鼻の頭にキスをして、ポーチに出た。

「いいわ」オリヴィアはそう言って、彼のあとからポーチの階段をおりた。

デルは携帯電話を確認し、警察車両に急いだ。車に乗りこんでバタンとドアを閉める彼を、オリヴィアは見守った。エンジンをかけるまえに、デルは窓を開けた。

「それからもうひとつ」

「なあに？」

「酒場の女給の恰好をしてきてくれ」

訳者あとがき

小さな町でクッキーカッターショップ〈ジンジャーブレッドハウス〉を営むオリヴィア・グレイソンが、製菓道具のクッキーカッターをヒントに事件の謎を解くユニークなシリーズの第三弾は、町の創立記念イベントと創立者一族をめぐるお話です。一作目のフラワークッキー、二作目の野菜クッキーにつづき、今回はジンジャーブレッドクッキーで作ったゴージャスな「お菓子の家」が重要な役割を果たします。

メリーランド州の小さな町、チャタレーハイツがめでたく創立二百五十周年を迎え、町長のカレン・エヴァンソンを中心とする祝賀イベント実行委員会は、町をあげてのイベントの準備に余念がありません。なかでも目玉となるのは、町の創立者一族チャタレー家の屋敷の一般公開。ヴィクトリア朝様式の屋敷は、一族が死に絶えたため町のものになっていたのです。ボランティアが半年かけて修復した屋敷は、人気アトラクションになるはずでした。

ところが、週末にイベントを控えたある日、三十年ほどまえにヨーロッパにわたって死んだとされていたチャタレー家の息子、ペイン・チャタレーがいきなり帰ってきて、屋敷の返還を要求します。そのうえイベント前日、そのペインが屋敷の浴室で死体となって発見されてしまい、町は大パニック。事故なのか、自殺なのか、殺人なのか？　ペインの過去に何があったのか？　なぜヨーロッパにわたり、今また戻ってきたのか？　彼の死後も謎は深まるばかりです。ペインの妻ハーマイオニも、何やら秘密を持っているようで……。果たして祝賀イベントは無事おこなわれるのでしょうか？

このシリーズの魅力のひとつは、素朴な製菓道具であるクッキーカッター（クッキーの抜き型）が、重要な役割を果たすことです。では、クッキーカッターの魅力はどこにあるのでしょうか。オリヴィアは自身のクッキーカッター愛についてハーマイオニに語るシーンで、曲がったり壊れかけたりしている使いこまれたクッキーカッターが好きだと語っています。それほど珍しいものでなくても、そういう欠点があるからこそ、いかに愛されていたかがわかるので、そこが魅力なのだと。傷やへこみのひとつひとつの裏にある物語を想像して楽しむのが、コレクターの醍醐味《だいごみ》なんですね。実際に使うなら新品のほうが便利ですが。

もちろんヴィンテージとしての金銭的価値に魅力を感じるコレクターもいます。歴史的建造物であるチャタレー邸には、古いクッキーカッターのコレクションが隠されているという伝説があるので、オリヴィアは興味津々。チャタレー家のクッキーカッターコレクションがどこに隠されているのか、そもそも存在するのかどうかは、読んでからのお楽しみということで。

小型犬好きの心をわしづかみにして放さないスパンキーの愛くるしさは、本書でも健在です。スパンキーはオリヴィアの愛犬で、体重二・三キロのオスのヨークシャーテリア。小さな体でオリヴィアを守る騎士道精神にあふれたスパンキーですが、実は子犬時代のトラウマがあって、オリヴィアが長い時間留守にすると、捨てられたのかと思ってパニックになることも。そんなところもかわいくて、訳者はもうめろめろです。今回はワイルドな一面も見せてくれるし、意外な（でもないか）弱点も明らかになります。オリヴィア「ママ」の親バカぶりがまた笑えるんですよね。「おやつ」ということばに反応しただけで、頭がいいから大学に行かせたいけど、お金がないから奨学金をもらわないと……なんて親バカジョークも。元気でやんちゃな「息子」のスパンキーに手を焼きながらも、その存在に癒されているのがわかります。

ジンジャーブレッドクッキーは、日本ではあまり日常的ではありませんが、欧米ではとてもポピュラーなお菓子です。オリヴィアとマディーの店の名前も〈ジンジャーブレッドハウス〉ですしね。ジンジャーブレッドはショウガを加えた生地のことで、甘みにはモラセスと呼ばれる糖蜜を使うので、普通のクッキーより茶色っぽくなります。この生地で作ったクッキーを人の形に型抜きし、アイシングで顔や服などを描いたものがジンジャーブレッドマンやウーマンです。ジンジャーブレッドクッキーを組み立てて作ったお菓子の家は、今回の祝賀イベントの呼び物のひとつ。お菓子作りの天才マディーが、チャタレー邸を含むお屋敷の数々や、教会や店舗など、町の歴史的建造物をジンジャーブレッドクッキーで再現したお菓子の家は、見事と言うしかありません。窓から見える室内の様子や、室内にある製菓材料のはいったボウルまで、クッキーやアイシングやキャンディで再現しているんですから。

そのほかにも、オリヴィアと保安官のデルの関係、恋人ルーカスから指輪をもらったマディーの恋の行方など、注目のエピソードが盛りだくさん。本国ではこの夏に四作目が刊行されたこのシリーズ、機会があればぜひまたご紹介したいものです。

二〇一三年 十一月

コージーブックス

クッキーと名推理③

お菓子《かし》の家《いえ》の大騒動《おおそうどう》

著者　ヴァージニア・ローウェル
訳者　上條《かみじょう》ひろみ

2013年　12月20日　初版第1刷発行

発行人　成瀬雅人
発行所　株式会社　原書房
〒160-0022 東京都新宿区新宿1-25-13
電話・代表　03-3354-0685
振替・00150-6-151594
http://www.harashobo.co.jp
ブックデザイン　川村哲司(atmosphere ltd.)
印刷所　中央精版印刷株式会社

落丁・乱丁本はお取り替えいたします。
定価は、カバーに表示してあります。
 ISBN978-4-562-06022-1 Printed in Japan